CONTOS DA
RAINHA DO
CRIME

Publicado originalmente em 1950

Três ratos cegos e outros contos

Agatha Christie

· TRADUÇÃO DE ·
Jim Anotsu

Rio de Janeiro, 2022

Título original: *Three Blind Mice and Other Stories*
Copyright © 1950 Agatha Christie Limited. All rights reserved.
Copyright de tradução © 2021 HarperCollins Brasil

THE AC MONOGRAM and AGATHA CHRISTIE are registered trademarks of Agatha Christie Limited in the UK and/or elsewhere. All rights reserved.

Todos os direitos desta publicação são reservados à Casa dos Livros Editora LTDA. Nenhuma parte desta obra pode ser apropriada e estocada em sistema de banco de dados ou processo similar, em qualquer forma ou meio, seja eletrônico, de fotocópia, gravação etc., sem a permissão do detentor do copyright.

Diretora editorial: *Raquel Cozer*
Gerente editorial: *Alice Mello*
Editora: *Lara Berruezo*
Assistência editorial: *Anna Clara Gonçalves e Camila Carneiro*
Copidesque: *Luíza Amelio*
Revisão: *Julia Vianna*
Design gráfico de capa e miolo: *Túlio Cerquize*
Imagem de capa: *domin_domin | iStock*
Diagramação: *Abreu's System*

Dados Internacionais de Catalogação na Publicação (CIP)
(Câmara Brasileira do Livro, SP, Brasil)

Christie, Agatha, 1890-1976
  Três ratos cegos e outros contos / Agatha Christie ; tradução de Jim Anotsu. – Rio de Janeiro : HarperCollins Brasil, 2022.

  Título original: Three blind mice and other stories
  ISBN 978-65-5511-250-4

  1. Ficção policial e de mistério (Literatura inglesa) I. Título.

21-88914   CDD-823.0872

Índices para catálogo sistemático:
1. Ficção policial e de mistério : Literatura inglesa   823.0872
Cibele Maria Dias – Bibliotecária – CRB-8/9427

Os pontos de vista desta obra são de responsabilidade de seu autor, não refletindo necessariamente a posição da HarperCollins Brasil, da HarperCollins Publishers ou de sua equipe editorial.

HarperCollins Brasil é uma marca licenciada à Casa dos Livros Editora LTDA.
Todos os direitos reservados à Casa dos Livros Editora LTDA.
Rua da Quitanda, 86, sala 218 – Centro
Rio de Janeiro, RJ – CEP 20091-005
Tel.: (21) 3175-1030
www.harpercollins.com.br

Contos

Três ratos cegos	**7**
Estranha graça	**89**
O assassinato da fita métrica	**107**
O caso da empregada perfeita	**125**
O caso da zeladora	**143**
O apartamento do terceiro andar	**163**
A aventura de Johnnie Waverly	**187**
Vinte e quatro melros	**205**
Os detetives do amor	**225**

Três ratos cegos
Três ratos cegos
Veja como correm
Veja como correm
Correram atrás da mulher do fazendeiro
Que cortou fora seus rabos com uma faca de açougueiro
Você alguma vez já viu algo tão caricato
Quanto três cegos ratos?

Três ratos cegos

Publicado originalmente em 1948 na revista
Cosmopolitan e mais tarde na coletânea americana de
1950, *Three Blind Mice and Other Stories*

Fazia muito frio. O céu estava escuro e carregado de neve. Um homem em um casaco escuro, de cachecol ao redor do rosto e o chapéu caído por sobre os olhos, veio por Culver Street e subiu os degraus do número 74. Colocou o dedo na campainha e a ouviu estridente no porão abaixo.

Mrs. Casey, com as mãos ocupadas na pia, falou amargamente:

— Maldita campainha. Nenhum segundo de paz, nunca.

Arfando de leve, ela subiu as escadas do porão com esforço e abriu a porta.

O homem ali parado estava contra a luz do céu ameaçador e perguntou em um sussurro:

— Mrs. Lyon?

— Segundo andar — disse Mrs. Casey. — Pode subir. Ela o aguarda? — O homem sacudiu a cabeça lentamente. — Ah, bem, então suba e bata na porta.

Ela o observou subir as escadas de carpete maltrapilho. Depois ela diria que ele lhe havia causado "uma sensação esquisita". Mas a verdade é que tudo que ela pensou foi que ele devia estar com um resfriado horrível para só conseguir sussurrar daquele jeito — e nem era de se surpreender, com o tempo como estava.

Ao chegar à curva da escadaria, o homem começou a assoviar baixinho. A canção era "Três ratos cegos".

Molly Davis foi até a estrada e ergueu o olhar para a placa recém-pintada ao lado do portão.

Solar Monkswell
Casa de hóspedes

Ela balançou a cabeça em aprovação. Parecia bem profissional, muito mesmo. Ou, talvez, seria possível dizer, *quase* profissional. O *D* em *Casa de hóspedes* estava um pouco inclinado para o alto, e a parte final de *solar* estava meio apertada, mas Giles tinha feito um excelente trabalho no geral. Giles era realmente muito esperto. Havia tantas coisas que ele era capaz de fazer. Ela vivia fazendo novas descobertas acerca do marido. Ele falava tão pouco sobre si mesmo que era só com o passar do tempo que ela descobria os variados talentos que ele tinha. Um ex-marinheiro é sempre "habilidoso", diziam as pessoas.

Bem, Giles faria bom proveito de todos os seus talentos em seu novo empreendimento. Ninguém tinha menos experiência no que tangia cuidar de uma casa de hóspedes do que ela e Giles. Mas seria divertido. E resolvia o problema de moradia.

Tinha sido ideia de Molly. Quando Tia Katherine morreu, e os advogados escreveram para ela com o objetivo de informar que a tia lhe havia legado o Solar Monkswell, a reação natural do jovem casal tinha sido a de vender o imóvel. Giles perguntou:

— Como é o lugar?

E Molly respondeu:

— Ah, uma casa grande e velha, abarrotada de móveis vitorianos antiquados. Um belo jardim, mas terrivelmente malcuidado desde a guerra, porque só sobrou um antigo jardineiro.

Então eles decidiram colocar a casa à venda, e ficar com alguns móveis para mobiliar um pequeno chalé ou apartamento para eles.

Mas duas dificuldades surgiram ao mesmo tempo. Primeiro, não *havia* nenhum chalé ou apartamento em vista, e, em segundo lugar, todos os móveis eram enormes.

— Bem — disse Molly —, vamos ter que vender *tudo*. Imagino que *irá* vender, certo?

O procurador os assegurou que, hoje em dia, *tudo* vende.

— É muito provável — disse ele — que alguém compre a propriedade para transformar em um hotel ou em uma casa de hóspedes, e nesse caso a pessoa pode querer comprá-la com todos os móveis. Felizmente a casa está em ótimas condições. A falecida Miss Emory fez grandes reformas e modernizações pouco antes da guerra, e a deterioração foi pouca desde então. Ah, sim, está em ótimo estado.

E foi então que Molly teve uma ideia.

— Giles — disse ela —, por que *nós mesmos* não tocamos uma casa de hóspedes?

De início o marido zombou da ideia, mas Molly foi persistente.

— Não precisaríamos aceitar muita gente... não de início. É uma casa fácil de gerir... tem água quente e fria nos quartos, e aquecimento central e fogão a gás. E podemos ter patos e galinhas, nossos próprios ovos e legumes.

— Quem faria todo o trabalho? Não é difícil arrumar empregados?

— Ah, *nós* teríamos que fazer o trabalho. Mas teremos que fazer isso não importa onde moremos. Algumas pessoas a mais não fariam muita diferença na quantidade de trabalho. Poderíamos arrumar uma mulher para vir depois de um tempo, quando estivermos devidamente ajeitados. Se tivéssemos apenas cinco hóspedes, cada um pagando sete guinéus por semana...

Molly adentrou o reino de uma aritmética mental que era um tanto quanto otimista.

— E pensa só, Giles, seria a *nossa* casa — concluiu ela.

— Com as nossas *próprias* coisas. Do jeito que as coisas estão, anos irão se passar antes que encontremos um lugar para viver.

Isso, Giles admitiu, era verdade. Eles tinham tido tão pouco tempo juntos desde seu casamento apressado, que ambos desejavam uma casa para se acomodar.

Então, o grande experimento teve início. Anúncios foram impressos nos jornais locais e no *Times*, e muitas respostas vieram.

E agora, hoje, o primeiro hóspede chegaria. Giles tinha saído cedo de carro para tentar comprar um pouco de rede de arame farpado militar que tinha sido anunciada em promoção do outro lado do condado. Molly anunciou que precisava ir até o vilarejo para fazer algumas compras finais.

A única coisa de errado era o tempo. Os últimos dois dias tinham sido muito frios, e agora a neve começava a cair. Molly avançou depressa pela estrada, os flocos grossos e almofadados caindo em seus ombros impermeabilizados e cabelos brilhantes e encaracolados. As previsões do tempo tinham sido extremamente lúgubres. Nevasca pesada era esperada.

Ela esperava ansiosamente que os canos não congelassem. Seria péssimo se tudo desse errado quando estavam apenas começando. Olhou para o relógio. Já passava da hora do chá. Teria Giles voltado? Estaria ele se perguntando onde *ela* estava?

— Tive que voltar ao vilarejo para buscar uma coisa que tinha esquecido — diria ela.

E ele riria e falaria:

— Mais latas?

Latas eram uma piada entre eles. Estavam sempre atrás de latas de comida. A despensa agora estava bem estocada em caso de emergência.

E Molly, ao olhar para o céu, pensou com uma careta que as emergências surgiriam em breve.

A casa estava vazia. Giles ainda não tinha voltado. Molly entrou primeiramente na cozinha, então subiu para o andar de cima, visitando os quartos recém-preparados. Mrs. Boyle no quarto sul, com a mobília de mogno e a cama de quatro colunas. Major Metcalf no quarto azul com carvalho. Mr. Wren no quarto leste com a janela saliente. Todos os quartos estavam bonitos — e que bênção era o fato de Tia Katherine ter tido um estoque tão esplêndido de roupas de cama. Já estava quase escuro. A casa de repente pareceu muito quieta e vazia. Era uma casa solitária, a duas milhas do vilarejo — a duas milhas, como dizia Molly, de *tudo*.

Ela muitas vezes havia ficado sozinha na casa antes — mas nunca teve tanta consciência do fato de estar sozinha.

A neve batia em rajadas leves contra as vidraças. Fazia um barulho sussurrante, inquieto. E se Giles não conseguisse voltar? E se a neve fosse tão grossa que o carro não pudesse passar? E se ela tivesse que ficar sozinha ali — durante dias, talvez?

Ela olhou pela cozinha — uma cozinha grande e agradável, que parecia pedir por uma cozinheira grande e agradável presidindo a mesa, com as mandíbulas se movendo de maneira ritmada enquanto comia bolinhos e bebia chá preto. Ela seria flanqueada por uma arrumadeira alta, mais velha, de um lado, e uma faxineira rosada, gorducha, do outro, com uma copeira na outra ponta da mesa, observando suas superiores com olhos assustados. Mas, ao invés disso, só havia ela, Molly Davis, interpretando um papel que ainda não parecia muito natural de se interpretar. Sua vida inteira, nesse momento, parecia irreal. Ela estava interpretando um papel — apenas interpretando um papel.

Uma sombra passou pela janela, e ela deu um pulo — um homem estranho vinha pela neve. Ela ouviu a porta lateral chacoalhar. O desconhecido ficou parado à porta aberta, sacudindo a neve das roupas, um homem estranho, entrando na casa vazia.

E então, de repente, a ilusão se desfez.

— Ah, Giles — gritou ela —, estou tão feliz de você estar em casa!

— Olá, querida! Que clima terrível! Meu Deus, estou *congelado*.

Ele bateu os pés e soprou por entre as mãos.

Automaticamente, Molly pegou o casaco que ele tinha jogado de um jeito particular sobre a cômoda de carvalho. Ela o colocou no cabide, tirando dos bolsos cheios um cachecol, um jornal, uma bola de fiapos e a correspondência matinal, que ele tinha guardado ali de forma desorganizada. Indo para a cozinha, ela colocou os artigos sobre a cômoda e pôs a chaleira no fogo.

— Você comprou o arame farpado? — indagou ela. — O tanto que você demorou.

— Não era do tipo certo. Não teria servido para nós. Eu fui até outro depósito, mas também não tinham. O que você ficou fazendo? Ninguém apareceu ainda, imagino, não é?

— Mrs. Boyle não deve chegar até amanhã de manhã, de qualquer forma.

— Major Metcalf e Mr. Wren devem chegar hoje.

— Major Metcalf me mandou um cartão para dizer que não estaria aqui até amanhã.

— Então, dessa forma, restam Mr. Wren e nós para o jantar. Como você acha que ele é? Um funcionário público aposentado e certinho é a minha suposição.

— Não, acho que ele é um artista.

— Nesse caso — disse Giles —, é melhor pedirmos o aluguel de uma semana adiantado.

— Ah, não, Giles, eles trazem bagagens. Se não pagarem, nós ficamos com as bagagens deles.

— E se as malas estiverem cheias de pedras enroladas em jornais? A verdade, Molly, é que não sabemos o que estamos enfrentando nesse ramo. Espero que não percebam que somos novatos.

— Mrs. Boyle certamente irá — disse Molly. — Ela é esse tipo de mulher.

— Como você sabe? Você não a viu?

Molly se virou. Ela abriu um jornal por sobre a mesa, pegou um pouco de queijo, e pôs-se a ralá-lo.

— O que é isso? — indagou o marido.

— Será *Welsh rarebit*. — Molly o informou. — Migalhas de pão e purê de batata, e um *tiquinho* de queijo para fazer jus ao nome.

— E não é que você é uma cozinheira engenhosa? — disse o marido admirado.

— Eu me pergunto se realmente sou. Só consigo fazer uma coisa de cada vez. Juntar todas as partes é que exige muita prática. O café da manhã é terrível.

— Por quê?

— Porque acontece tudo de uma vez… ovos, bacon, leite quente, café e torrada. O leite ferve e derrama, ou a torrada queima, ou o bacon fica estorricado, ou os ovos ficam duros. É preciso ser veloz feito um gato escaldado ao cuidar de tudo ao mesmo tempo.

— Terei que rastejar de fininho até aqui embaixo amanhã de manhã e assistir a esta representação de gato escaldado.

— A chaleira está fervendo — disse Molly. — Vamos levar a bandeja para a biblioteca e ouvir o rádio? Já deve estar perto do horário das notícias.

— Já que parece que vamos passar a maior do nosso tempo na cozinha, precisamos ter um rádio aqui também.

— Sim. Quão maravilhosas são as cozinhas. Eu amo essa cozinha. Acho que é de longe o melhor espaço da casa. Gosto da cômoda e dos pratos, e eu simplesmente amo a sensação luxuosa que uma cozinha *enorme* assim passa… embora, claro, esteja grata por não ter que cozinhar nela.

— Imagino que a ração de combustível para um ano inteiro acabaria em um dia.

— Quase certeza de que sim, devo dizer. Mas pense em toda a carne excelente que foi assada aqui… lombos de boi e selas de cordeiros. Panelas colossais de cobre cheias de geleia de morango caseira com muito açúcar. Que era mais amável, mais confortável foi a era vitoriana. Olhe para a mobília lá em cima, ampla e sólida e bem ornada... mas, ah!... o conforto celestial dela, com amplo espaço para as roupas que se costumava ter, toda gaveta se abrindo e fechando com tanta facilidade. Você se lembra daquele apartamento moderno que nos foi emprestado? Tudo embutido e de correr, com a diferença de que nada deslizava, tudo sempre emperrava. E as portas com trava, que nunca ficavam fechadas, e se fechassem, nunca abriam de novo.

— Sim, esse é o problema com as bugigangas. Se elas não funcionarem direito, você está perdido.

— Bem, venha, vamos ouvir o noticiário.

O noticiário, em sua maior parte, consistia em avisos agourentos com relação ao clima, o impasse de sempre nos assuntos externos, discussões acaloradas no Parlamento e um assassinato em Culver Street, em Paddington.

— Ugh — disse Molly, desligando. — Nada além de sofrimento. Eu *não* irei me dignar a ouvir apelos pela economia de combustível outra vez. O que esperam que façamos, que nos sentemos e congelemos? Não acho que devêssemos ter aberto uma casa de hóspedes no inverno. Deveríamos ter esperado até a primavera. — Ela acrescentou em um tom de voz diferente: — Eu me pergunto como era a mulher assassinada.

— Mrs. Lyon?

— Era esse o nome dela? Eu me pergunto quem iria querer matá-la e o porquê.

— Talvez ela tivesse uma fortuna debaixo do assoalho.

— Quando é dito que a polícia está ansiosa para falar com um homem "visto nas proximidades" isso significa que ele é o assassino?

— Acho que geralmente é isso mesmo. É só uma forma educada de se falar.

A nota estridente da campainha deixou os dois assustados.

— É a porta da frente — disse Giles. — Entra... um assassino — acrescentou ele de modo jocoso.

— Seria, obviamente, em uma peça de teatro. Depressa. Deve ser Mr. Wren. Agora veremos quem está certo com relação a ele, você ou eu.

Mr. Wren e uma lufada de neve entraram juntos e apressados. Tudo que Molly, parada à porta da biblioteca, conseguia ver do recém-chegado era a silhueta dele contra o mundo branco do lado de fora.

"Quão parecidos", pensou Molly, "eram todos os homens em seus librés de civilização. Casaco escuro, chapéu cinza, cachecol em volta do pescoço."

Dali a pouco Giles fechou a porta da frente contra os elementos, e Mr. Wren estava desenrolando o cachecol e baixando a sua bagagem e tirando o seu chapéu — tudo, assim pareceu, ao mesmo tempo, e também falava. Ele tinha uma voz estridente, quase queixosa, e se revelou à luz do salão como sendo um jovem de cabeleira clara, queimada de sol, e olhos pálidos e inquietos.

— Muito, muito assustador — dizia ele. — O inverno inglês do pior tipo, um regresso a Dickens, Scrooge e Tiny Tim e todo o resto. Era preciso ter muita vitalidade para aguentar. Não acham? E eu fiz uma viagem terrível, atravessando a Inglaterra desde o País de Gales. Você é Mrs. Davis? Mas que prazer! — A mão de Molly foi logo agarrada em um aperto ossudo. — Não é nada parecida com a forma como a imaginei. Eu a havia imaginado, sabe, como viúva de um general do Exército indiano. Terrivelmente sombria e no estilo *memsahib*, e cheia de *tranqueiras* de Benares, uma verdadeira *tranqueira* vitoriana. Sublime, simplesmente sublime... você tem alguma flor-de-cera? Estrelítzia? Ah, mas vou *amar* este lugar. Eu estava com medo, sabe, de que seria um lugar muito Velho Mundo... muito, muito antiquado... com exceção do cobre de Benares, quero dizer. Ao invés disso é maravilhoso... a verdadeira respeitabilidade do alicerce vitoriano. Diga-me, você tem um daqueles lindos aparadores de mogno, mogno roxo-ameixa com belíssimas frutas entalhadas?

— Na verdade — disse Molly, um pouco sem fôlego diante da torrente de palavras do outro —, temos sim.

— Não! Posso ver? Agora. Aqui?

A celeridade dele era quase desconcertante. Ele tinha girado a maçaneta da sala de jantar e acendido a luz. Molly o seguiu sala adentro, ciente da expressão desaprovadora de Giles à sua esquerda.

Mr. Wren passou os seus longos dedos ossudos pela detalhada escultura do enorme aparador com gritinhos de apreciação. Então ele lançou um olhar de reprovação para sua anfitriã.

— Não tem uma grande mesa de jantar feita de mogno? Apenas essas mesinhas espalhadas por aí?

— Pensamos que as pessoas iriam preferir assim — disse Molly.

— Querida, claro que você está *bem* certa. Eu me deixei levar pela minha apreciação pela época. Claro, se você tivesse a mesa, seria necessário ter a família certa ao redor dela. Um pai belo, austero, com uma barba... uma mãe prolífica e bonita quando jovem, uma preceptora sombria, e alguém chamada de "pobre Harriet"... a pobre parente que trabalha como ajudante geral e é muito, muito grata por ter um bom lar. Olha para essa grelha... imagine só as chamas subindo pela chaminé e empolando as costas da pobre Harriet.

— Eu levarei a sua bagagem para cima — disse Giles. — Quarto leste?

— Isso — disse Molly.

Mr. Wren passou novamente para o corredor enquanto Giles subia.

— Ele tem uma cama de quatro colunas, com rosinhas de chita? — indagou ele.

— Não, não tem — respondeu Giles e desapareceu na curva da escadaria.

— Não creio que o seu marido irá gostar de mim — disse Mr. Wren. — Ele fazia o quê? Era da Marinha?
— Sim.
— Pensei mesmo. Eles são bem menos tolerantes do que o Exército e a Força Aérea. Há quanto tempo vocês são casados? Você é muito apaixonada por ele?
— Talvez você queira subir e conhecer o seu quarto.
— Sim, claro que isso foi impertinente. Mas eu realmente gostaria de saber. Quero dizer, é interessante, não acha, saber tudo acerca das pessoas? O que elas sentem e pensam, quero dizer, não apenas quem são e o que fazem.
— Imagino que você seja o Mr. Wren? — disse Molly em uma voz recatada.

O jovem parou de imediato, segurou os cabelos com as duas mãos e puxou.

— Mas que terrível... eu nunca coloco as coisas mais importantes em primeiro lugar. Sim, sou Christopher Wren... vamos, não ria. Meus pais eram um casal romântico. Eles tinham esperanças de que eu fosse um arquiteto. Por isso eles acharam que seria uma ideia esplêndida me batizar de Christopher... já era metade do caminho.

— E você é um arquiteto? — indagou Molly, incapaz de conter o sorriso.

— Sim, eu sou — disse Mr. Wren, triunfante. — Pelo menos estou quase lá. Ainda não sou completamente qualificado. Mas é um belo exemplo de um pensamento mágico se tornando verdade para variar. Veja bem, na verdade o nome será um problema. Eu jamais serei *o* Christopher Wren. No entanto, pode muito bem ser que Casas Pré-Fabricadas Chris Wren obtenham a fama.

Giles desceu as escadas de novo, e Molly falou:
— Eu mostrarei o seu quarto agora, Mr. Wren.

Quando ela voltou alguns minutos depois, Giles disse:
— Bem, ele gostou dos belos móveis de carvalho?

— Ele queria muito uma cama de quatro colunas, então dei o quarto rosa para ele ao invés disso.

Giles resmungou e murmurou algo que culminava em "... jovem imbecil".

— Olha, veja bem, Giles. — Molly assumiu uma postura séria. — Isso aqui não é uma festa em casa com convidados que precisamos entreter. É um negócio. Goste você ou não de Christopher Wren...

— Eu não gosto — exclamou Giles.

— ... isso não tem nada a ver com o assunto. Ele está pagando sete guinéus por semana, e isso é a única coisa que importa.

— Se ele pagar, sim.

— Ele concordou em pagar. Temos a carta dele.

— Você transferiu aquela mala dele para o quarto rosa?

— Ele carregou, claro.

— Muito galante. Mas não teria sido difícil para você. Pedras enroladas em jornal não são o caso. É tão leve que, ao que me parece, não tem nada ali dentro.

— *Shh*, aí vem ele — alertou Molly.

Cristopher Wren foi levado até a biblioteca que, na opinião de Molly, parecia muito boa, realmente, com as suas cadeiras grandes e lareira. O jantar, ela o informou, seria servido em meia hora. Respondendo uma pergunta, ela explicou que não havia nenhum outro hóspede no momento. Nesse caso, dissera Cristopher, o que ela acharia se ele entrasse na cozinha e ajudasse?

— Posso fazer uma omelete se você quiser — falou ele envolvente.

Os procedimentos subsequentes aconteceram na cozinha, e Christopher ajudou a lavar a louça.

De alguma forma, Molly teve a impressão de que não era o jeito certo de se começar uma casa de hóspedes convencional — e Giles não gostou nada disso. "Ah, bem", pensou

Molly ao adormecer, "amanhã quando os outros chegarem, será diferente."

A manhã chegou trazendo céu escuro e neve. Giles parecia sério, e o coração de Molly pesou. O clima tornaria tudo difícil. Mrs. Boyle chegou em um táxi local com correntes nas rodas, e o motorista trouxe notícias pessimistas com relação à conjuntura da estrada.

— Vamos ter derrapagens antes do cair da noite — profetizou.

A própria Mrs. Boyle não amenizou o pessimismo prevalecente. Ela era uma mulher grande, de aparência proibitiva, com uma voz ressonante e porte autoritário. A agressividade natural dela tinha sido acentuada por uma carreira de guerra de utilidade persistente e militante.

— Se eu não acreditasse que era uma questão de *urgência*, jamais teria vindo — disse ela. — Eu naturalmente pensei que se tratava de uma casa de hóspedes bem estabelecida, conduzida de forma apropriada, seguindo as linhas científicas.

— A senhora não é obrigada a ficar se não estiver satisfeita, Mrs. Boyle — disse Giles.

— Não mesmo, e eu não pensarei em fazer isso.

— Talvez, Mrs. Boyle, você gostaria de chamar um táxi. — disse Giles. — As estradas ainda não estão fechadas. Se houver algum problema, talvez, seja melhor que a senhora procure um outro lugar. — Ele acrescentou: — Tivemos tantos pedidos de quartos que seremos capazes de preencher a sua vaga facilmente... de fato, no futuro, iremos cobrar uma taxa maior pelos nossos quartos.

Mrs. Boyle lançou um olhar ferino para ele.

— Tenho certeza de que não irei embora antes de experimentar o lugar. Talvez você possa me oferecer uma grande toalha de banho, Mr. Davis. Não estou acostumada a me secar usando um lenço de bolso.

Giles sorriu para Molly por trás das costas de Mrs. Boyle, que se afastava.

— Querido, você foi maravilhoso — disse Molly. — A forma como você a enfrentou.

— Valentões logo abaixam a crista quando provam do próprio remédio — disse Giles.

— Ah, querido — disse Molly. — Eu me pergunto se ela irá se dar bem com Christopher Wren.

— Ela não irá — disse Giles.

E, realmente, naquela mesma tarde, Mrs. Boyle comentou com Molly: "Aquele é um jovem muito peculiar", com um desdém distinto na voz.

O padeiro chegou parecendo um explorador do Ártico e entregou o pão com o aviso de que a próxima entrega dele, em dois dias, talvez não ocorresse.

— Atrasos em todos os cantos — anunciou. — Você já tem muitas compras estocadas, não é?

— Ah, sim — disse Molly. — Temos muitos enlatados. No entanto, acho melhor pegar um pouco mais de farinha.

Ela pensou vagamente que tinha um negócio que os irlandeses faziam e que se chamava pão de soda. Se o pior acontecesse ela poderia fazer isso.

O padeiro também havia trazido os jornais, e ela os espalhou em cima da mesa da entrada. Os assuntos externos tinham diminuído de importância. O clima e o assassinato de Mrs. Lyon ocupavam a primeira página.

Ela encarava a reprodução borrada das feições da defunta quando, por detrás dela, a voz de Christopher Wren falou:

— Um assassinato bem *sórdido*, não acha? Uma mulher de aparência tão entediante e em uma rua tão *entediante*. Não é possível achar, ou será que é, que exista alguma história por trás disso?

— Não tenho a menor dúvida de que a criatura teve mesmo o que merecia — disse Mrs. Boyle bufando.

— Ah! — Mr. Wren se virou para ela com um entusiasmo envolvente. — Então você acha que definitivamente é um crime *sexual*, não é?

— Não sugeri nada do tipo, Mr. Wren.

— Mas ela *foi* estrangulada, não foi? Eu me pergunto... — ele estendeu as suas longas mãos brancas — como seria estrangular alguém.

— Ora, Mr. Wren!

Christopher se aproximou dela, baixando a voz.

— Já pensou, Mrs. Boyle, qual seria a sensação de ser estrangulada?

Ainda mais indignada, Mrs. Boyle falou de novo:

— Ora, Mr. Wren!

Molly leu apressadamente:

— O homem que a polícia está ansiosa para entrevistar estava vestindo um sobretudo escuro e um chapéu Homburg claro, tinha uma altura média e usava um cachecol de lã.

— Na verdade — falou Christopher Wren —, ele se parecia com qualquer pessoa.

Ele riu.

— Sim — disse Molly. — Com qualquer pessoa.

Em sua sala na Scotland Yard, o Inspetor Parminter falou para o Detetive Sargento Kane:

— Eu verei aqueles dois operários agora.

— Sim, senhor.

— Como eles são?

— Eles são trabalhadores de classe decente. Um pouco lentos. Confiáveis.

— Certo.

O Inspetor Parminter balançou a cabeça.

Imediatamente dois homens de aparência envergonhada, vestidos em suas melhores roupas, foram guiados para dentro da sala dele. Parminter os analisou com uma olhadela ligeira. Ele era um adepto de deixar as pessoas à vontade.

— Então vocês acham que têm alguma informação que pode ser útil para nós no caso Lyon — disse ele. — Que bom que vieram. Sentem-se. Fumam?

Ele aguardou enquanto eles aceitavam os cigarros e os acendiam.

— Que tempo terrível esse lá fora.

— É mesmo, senhor.

— Bem, então... vamos lá.

Os dois homens se entreolharam, constrangidos diante das dificuldades da narrativa.

— Anda, Joe — falou o maior deles.

Joe seguiu em frente.

— Foi desse jeito, veja só. Não tínhamos fósforo.

— Onde foi isso?

— Jarman Street... a gente tava trabalhando na estrada lá... rede de gás.

O Inspetor Parminter balançou a cabeça. Mais tarde ele pegaria os detalhes exatos de hora e local. Jarman Street, ele sabia, ficava nas cercanias de Culver Street, onde a tragédia tinha acontecido.

— Vocês não tinham um fósforo — repetiu ele, encorajando.

— Não. Já tinha acabado com a minha caixa, e o isqueiro do Bill não tava funcionando não, e por isso eu puxei conversa com um cidadão que tava de passagem. "Cê pode favorecer a gente com um fósforo, senhor?", eu falei. Não achei nada demais, nada, não naquele momento. Ele tava só passando, que nem todo mundo, eu que por acaso pedi pra ele isso.

Parminter balançou a cabeça de novo.

— Bem, ele nos deu um fósforo, sim. Não falou nada. "Friaca cruel essa", o Bill falou pra ele, e ele só respondeu, meio que sussurrando, "Sim, é mesmo". Tá resfriado, pensei. Tava todo enrolado, de qualquer forma. "Agradecido, senhor", eu disse e devolvi os fósforos pra ele, e ele saiu andando rápido, tão rápido que, quando vi que ele deixou cair um negócio, já era quase tarde demais pra chamar ele de volta. Era um caderninho que ele deve ter derrubado quando tirou os fósforos. "Oi, senhor", eu gritei pra ele, "cê deixou cair um negócio aqui." Mas ele nem pareceu ouvir... ele começou a andar mais depressa e sumiu na esquina, não foi, Bill?

— Isso mesmo — concordou Bill. — Que nem um coelho apressado.

— Tomou a Harrow Road, foi isso, e não tinha como a gente alcançar ele ali, não do jeito que ele tava indo, e, de qualquer forma, a essa altura já era tarde demais... era só um caderninho, não era uma carteira ou coisa do tipo... talvez não fosse importante. "Sujeito engraçado", eu disse. "O chapéu cobrindo os olhos, todo abotoado... que nem um bandido nos filmes", eu falei pro Bill, né, Bill?

— Foi isso que você falou — concordou Bill.

— Engraçado eu ter dito isso, não que tivesse pensado em nada naquele momento. Ele tava com pressa de ir pra casa, foi nisso que pensei, e não o culpava. Frio daquele jeito!

— Frio daquele jeito — concordou Bill.

— Então virei pro Bill e falei, "Vamos dar uma espiada nesse caderninho pra ver se é importante". Bem, senhor, eu espiei mesmo. "Só uns endereços", falei pro Bill. Culver Street, 74 e um Solar qualquer.

— Grã-fino — disse Bill com um bufo de desaprovação.

Joe continuou a história dele com certo vigor, agora que tinha ficado ansioso.

— "Culver Street, 74", disse para Bill. "É na esquina aqui. Quando a gente terminar aqui nós levamos até lá"... e foi então que eu vi algo escrito no topo da página. "O que é isso?", disse para Bill. E ele pegou e leu em voz alta. "*Três ratos cegos*... deve ser biruta", ele falou... e bem nessa hora... sim, foi nessa horinha, senhor, a gente escutou uma mulher gritando "Assassinato!" a algumas ruas de distância!

Joe fez uma pausa no clímax artístico.

— E não gritou pouco não, né? — Ele voltou a falar. — "Aqui", falei pro Bill, "vai lá ver". E dali a pouco ele voltou e falou que tinha um povaréu e a polícia estava lá e que cortaram a garganta duma mulher ou que estrangularam ela e aquela mulher gritando era a senhoria que encontrou o corpo, chamando a polícia. "Onde foi isso?", eu falei pra ele. "Em Culver Street", ele respondeu. "Qual número?", perguntei, e ele falou que não prestou muita atenção.

Bill tossiu e mexeu os pés com a aparência acanhada de quem não fez jus a si mesmo.

— Então falei "Vamos dar uma esticadinha até lá pra ter certeza", e quando a gente descobriu que era o número 74, a gente começou a conversar sobre isso e o Bill disse "Talvez o endereço no caderno não tenha nada a ver com isso", e eu falei que talvez *tenha* sim, e de qualquer modo, depois que a gente conversou sobre o negócio e ouviu que a polícia quer entrevistar o homem que saiu da casa mais ou menos naquela hora, a gente veio até aqui pra ver se a gente podia conversar com o cavalheiro que tá cuidando do caso, e eu espero que a gente não esteja desperdiçando o seu tempo.

— Vocês agiram de forma muito correta — falou Parminter em aprovação. — Você trouxe o caderno com você? Obrigado. Agora...

As perguntas se tornaram bruscas e profissionais. Ele pediu os lugares, horários, datas — a única coisa que não pegou foi uma descrição do homem que deixou o caderno cair. Ao invés disso, ele ouviu a mesma descrição que tinha obtido de uma senhoria histérica, a descrição de um chapéu baixado sobre os olhos, um casaco abotoado, um cachecol cobrindo a parte inferior do rosto, uma voz que era apenas um sussurro, mãos enluvadas.

Quando os homens se foram, ele permaneceu ali encarando o caderninho aberto em sua mesa. Logo aquilo iria para o departamento adequado que veria quais evidências, se é que havia alguma, ou impressões digitais o caderno poderia revelar. Mas agora a atenção dele estava presa nos dois endereços e na pequena linha manuscrita ao longo do topo da página.

Ele virou a cabeça no momento em que o Sargento Kane entrou na sala.

— Venha até aqui, Kane. Olhe para isso.

Kane ficou parado atrás dele e soltou um assovio baixo enquanto lia:

— "Três ratos cegos"! Estou abismado!

— Sim.

Parminter abriu uma gaveta e tirou metade de uma folha de papel, que colocou ao lado do caderno em sua mesa. Tinha sido encontrada cuidadosamente pregada na mulher assassinada.

Nela estava escrito: *Este é o primeiro*. Abaixo estava um desenho infantil de três ratos e uma nota musical.

Kane assoviou a música suavemente. *Três ratos cegos, Veja como correm...*

— É assim mesmo. Essa é a música-tema.

— Loucura, não é mesmo, senhor?

— Sim. — Parminter franziu a testa. — A identificação da mulher está correta?

— Sim, senhor. Aqui está o relatório do departamento de impressões digitais. Mrs. Lyon, como ela se apresentava, na verdade era Maureen Gregg. Ela foi solta de Holloway dois meses atrás depois de cumprir a sua sentença.

Parminter falou pensativo:

— Ela foi a Culver Street, 74, sob o nome de Maureen Lyon. Ela bebia um pouco de vez em quando e era sabido que ela tinha levado um homem para casa uma ou duas vezes. Ela não demonstrava medo de nada ou de qualquer pessoa. Não existe motivo para crer que ela acreditasse estar em perigo. Esse homem toca a campainha, pergunta por ela e a senhoria o manda subir ao segundo andar. Ela não consegue descrevê-lo, diz apenas que tinha altura mediana e parecia ter um péssimo resfriado e ter perdido a voz. Ela voltou para o porão e não escutou nada de natureza suspeita. Ela não escutou o homem indo embora. Uns dez minutos depois ela levou chá para a sua inquilina e a encontrou estrangulada.

— Não foi um assassinato casual, Kane. Foi cuidadosamente planejado. — Ele fez uma pausa e então acrescentou de modo abrupto: — Eu me pergunto, quantas casas de nome Solar Monkswell existem na Inglaterra?

— Deve existir apenas uma, senhor.

— Isso seria sorte demais. Mas siga em frente. Não há tempo a perder.

Os olhos do sargento repousaram de forma apreciativa em duas anotações no caderno — *Culver Street, 74; Solar Monkswell.*

Ele falou:

— Então você acha...

Parminter respondeu ligeiro:

— Sim. Você não?

— Pode ser. Solar Monkswell... agora onde... Sabe, senhor, posso jurar que vi esse nome recentemente.

— Onde?

— É isso que estou tentando lembrar. Espere um minuto... Jornal... *Times*. Última página. Espere um pouco... hotéis e pensões... um segundinho, senhor... é um antigo. Eu estava fazendo as palavras cruzadas.

Ele saiu correndo da sala e voltou em triunfo:

— Aqui está, senhor, olhe.

O inspetor seguiu o dedo indicador.

— Solar Monkswell, Harpleden, Berkshire. — Ele puxou o telefone em sua direção. — Coloque-me em contato com a polícia do condado de Berkshire.

Com a chegada do major Metcalf, o Solar Monkswell se estabeleceu em sua rotina como uma empresa em funcionamento. Major Metcalf não era intimidador como Mrs. Boyle e tampouco errático como Christopher Wren. Ele era um homem impassível de meia-idade, de aparência militar enérgica, que prestara a maior parte de seu serviço na Índia. Ele pareceu satisfeito com o seu quarto e mobília, e ainda que ele e Mrs. Boyle não tivessem realmente encontrado amigos mútuos, ele tinha conhecido primos de amigos dela — "o ramo de Yorkshire", lá em Poonah. A bagagem dele, no entanto, duas malas pesadas de pele de porco, satisfizeram até mesmo a natureza desconfiada de Giles.

Para dizer a verdade, Molly e Giles não tiveram muito tempo para especulações acerca dos hóspedes. Pelo trabalho dos dois, o jantar foi preparado, servido, comido, e as louças foram lavadas de modo satisfatório. Major Metcalf elogiou o café, e Giles e Molly foram para a cama, cansados, mas triunfantes — para serem acordados por volta das duas da manhã pelo tocar insistente da campainha.

— Caramba — falou Giles. — É a porta da frente. O que diabos...

— Depressa — disse Molly. — Vai lá ver.

Lançando um olhar reprovador para ela, Giles enrolou o roupão em volta do corpo e desceu a escada. Molly ouviu os ferrolhos sendo puxados e um murmúrio de vozes na entrada. Imediatamente, atiçada pela curiosidade, ela saiu da cama e foi espiar do topo da escada. No corredor abaixo, Giles ajudava um estranho barbado a sair de um sobretudo coberto de neve. Fragmentos de conversa flutuaram até ela.

— Brrr. — Era um explosivo som estrangeiro. — Meus dedos estão tão gelados que nem consigo senti-los. E os meus pés...

Um barulho de pisoteado foi ouvido.

— Entre aqui. — Giles abriu a porta da biblioteca. — Está quente. É melhor você esperar aqui enquanto preparo um quarto.

— Sou realmente sortudo — disse o estranho, educado.

Molly olhou curiosa através do corrimão. Ela viu um homem idoso com uma pequena barba preta e sobrancelhas mefistofelianas. Um homem que se movia com passos jovens e elegantes, apesar do grisalho em suas têmporas.

Giles fechou a porta da biblioteca atrás dele e subiu as escadas rapidamente. Molly se levantou da posição de cócoras em que estava.

— Quem é? — Ela exigiu saber.

Giles sorriu.

— Outro hóspede para a casa. O carro capotou em um monte de neve. Ele conseguiu sair, ainda é uma nevasca uivante, ouça, e estava avançando como podia pela estrada quando viu a nossa pensão. Ele falou que foi como uma resposta para as orações dele.

— Você acha que ele é... confiável?

— Querida, hoje não é o tipo de noite na qual um ladrão de casas faz a sua ronda.

— Ele é estrangeiro, não é?

— Sim. O nome dele é Paravicini. Eu vi a carteira dele, acho que ele mostrou de propósito, cheia de notas. Qual quarto daremos a ele?

— O quarto verde. Está todo arrumado e pronto. Só precisamos arrumar a cama.

— Imagino que vou ter que emprestar pijamas a ele. Todas as coisas dele estão no carro. Ele falou que teve que sair pela janela.

Molly buscou lençóis, fronhas e toalhas.

Enquanto arrumavam a cama de maneira apressada, Giles disse:

— A neve está piorando. Vamos ficar cobertos de neve, completamente isolados. É bem empolgante de certa forma, não é mesmo?

— Não sei — disse Molly em dúvida. — Você acha que eu consigo fazer pão de soda, Giles?

— Claro que consegue. Você consegue fazer qualquer coisa — disse o fiel marido.

— Eu nunca tentei fazer pão. É o tipo de coisa que não valorizamos. Pode ser novo ou dormido, mas é só uma coisa que o padeiro traz. Mas se ficarmos soterrados por neve, não haverá padeiro.

— Nem um açougueiro, nem um carteiro. Nenhum jornal. E provavelmente nenhum telefone.

— Apenas o rádio nos dizendo o que fazer?

— De qualquer forma, nós produzimos a nossa própria energia elétrica.

— Você precisa ligar o motor amanhã de novo. E nós precisamos manter o estoque do aquecimento central bem alto.

— Imagino que o nosso próximo carregamento de carvão coque não chegue durante a nevasca. Temos muito pouco.

— Ah, que incômodo. Giles, sinto que passaremos por uma época muito difícil. Ande depressa e traga o Para... sei lá qual é o nome dele. Vou voltar para a cama.

A manhã trouxe a confirmação dos pressentimentos de Giles. A camada de neve tinha cinco pés de altura, subindo contra as portas e janelas. Do lado de fora ainda nevava. O mundo estava branco, silencioso, e — de maneira sutil — ameaçador.

Mrs. Boyle sentou-se para o café da manhã. Não havia mais ninguém na sala de jantar. Na mesa ao lado, o lugar do major Metcalf tinha sido limpo. A mesa de Mr. Wren ainda estava posta para o café da manhã. Um que, ao que tudo indicava, acordava cedo, e outro que acordava tarde. Mrs. Boyle definitivamente sabia que só havia um horário apropriado para o café da manhã, nove da manhã em ponto.

Mrs. Boyle tinha terminado a sua excelente omelete e triturava uma torrada por entre os seus fortes dentes brancos. Ela estava de mau humor e indecisa. O Solar Monkswell não era nem um pouco como ela imaginava que seria. Ela esperava por partidas de bridge, por solteironas envelhecidas a quem pudesse impressionar com sua posição social e conexões, e a quem pudesse mencionar a importância e o sigilo de seu serviço de guerra.

O fim da guerra tinha deixado Mrs. Boyle à deriva, como se fosse uma ilha deserta. Ela sempre tinha sido uma mulher ocupada, falando sobre eficiência e organização de maneira fluente. O vigor e o ímpeto dela tinham impedido que as pessoas se perguntassem se ela era, realmente, uma organizadora boa ou eficiente. As atividades de guerra tinham se assentado nela de forma magnífica. Ela tinha mandado em pessoas e ameaçado pessoas e causado preocupação a chefes de departamentos e, fazendo jus a ela, não tinha feito corpo mole em momento nenhum. Mulheres subservientes tinham corrido de um lado para o outro, aterrorizadas com o menor de seus olhares feios. E agora toda aquela vida de ação tinha chegado ao fim. Ela tinha voltado para a sua vida privada, e sua antiga vida privada tinha desaparecido. A casa dela, que tinha sido requisitada pelo Exército, precisava de uma grande reforma e decoração antes que pudesse voltar para ela, e as dificuldades com empregadas domésticas tornavam seu retorno inviável de qualquer forma. Os amigos dela estavam bem espalhados e dispersos. Agora, sem dúvida, ela encontraria seu nicho, mas no momento era questão de matar o tempo. Um hotel ou uma pensão parecia a resposta. E ela escolheu vir para o Solar Monkswell.

Olhou para o seu entorno com desprezo.

"Que coisa mais desonesta", ela falou para si mesma, "não me dizer que estavam só começando."

Ela empurrou o prato para longe de si. O fato de que o café da manhã dela tinha sido preparado e servido de maneira excelente, com um bom café e marmelada caseira, de uma forma curiosa, a irritava ainda mais. Tinha roubado dela uma causa legítima de reclamação. A cama dela, também, tinha sido confortável, com lençóis bordados e um travesseiro macio. Mrs. Boyle gostava de conforto, mas ela também gostava de encontrar defeitos. A segunda coisa era, talvez, a sua maior paixão dentre as duas.

Se levantando majestosamente, Mrs. Boyle saiu da sala de jantar, passando por aquele extraordinário jovem ruivo no batente. Nesta manhã ele usava uma gravata xadrez de verde virulento — uma gravata de lã.

"Absurdo", disse Mrs. Boyle para si mesma. "Que absurdo." A forma como ele a olhava também, pela lateral daqueles olhos pálidos dele — ela não gostava disso. Havia algo de inquietante — incomum — naquele olhar um pouco zombeteiro.

"Mentalmente desequilibrado, eu não deveria me surpreender", disse Mrs. Boyle para si mesma.

Ela respondeu a mesura extravagante dele com um leve inclinar de cabeça e marchou para a enorme sala de estar. Cadeiras confortáveis aqui, em especial aquela rosada enorme. Ela decidiu deixar bem claro que aquela era a cadeira *dela*. Ela depositou o seu tricô ali por precaução e caminhou e pousou uma mão nos radiadores. Como suspeitava, eles estavam apenas mornos, não quentes. Os olhos de Mrs. Boyle brilharam combativos. Ela poderia falar alguma coisa sobre *aquilo*.

Ela olhou pela janela. Tempo terrível — horroroso. Bem, ela não ficaria aqui por muito tempo — não a menos que mais pessoas chegassem e tornassem o lugar interessante.

Um pouco de neve deslizou do telhado com um leve barulho sibilante. Mrs. Boyle deu um pulo.

— Não — disse ela em voz alta. — Eu não ficarei aqui por muito tempo.

Alguém riu — uma débil risada estridente. Ela virou a cabeça rapidamente. O jovem Wren estava parado no batente, olhando para ela com aquela expressão intrigante dele.

— Não — disse ele. — Eu não acho mesmo que vá.

Major Metcalf ajudava Giles a remover a neve da porta dos fundos com uma pá. Ele era um bom trabalhador, e Giles foi bem vocal em sua expressão de agradecimento.

— Bom exercício — disse o Major Metcalf. — É bom se exercitar todos os dias. É preciso manter a forma, sabe.

Portanto, o major era um fanático por exercícios. Giles achou mesmo que fosse. Isso havia ficado evidente pela exigência dele de café da manhã às 7h30.

Como se lesse os pensamentos de Giles, o major falou:

— Muito gentil da parte da sua esposa me preparar um café da manhã cedo. Também foi bom receber um ovo fresco.

Giles tinha se levantado antes das sete, por causa das exigências de cuidar de um hotel. Ele e Molly comeram ovos cozidos e tomaram chá e foram ajeitar as salas de estar. Tudo estava brilhando. Giles não conseguia deixar de pensar que se ele fosse um hóspede no seu próprio estabelecimento, nada o arrancaria da cama em uma manhã assim até o último momento possível.

O major, no entanto, tinha se levantado e tomado café da manhã, e vagado pela casa, aparentemente cheio de energia em busca de vazão.

"Bem", pensou Giles, "tem um monte de neve para ser removida."

Lançou um olhar de esguelha para o seu companheiro. Não era um homem muito fácil de se colocar em palavras, na verdade. Um homem obstinado, bem para lá da meia-idade, algo estranhamente vigilante nos olhos. Um homem que não entregava nada. Giles se perguntou o motivo de ele ter vindo para o Solar Monkswell. Desmobilizado, provavelmente, e sem um trabalho para onde ir.

Mr. Paravicini desceu tarde. Ele tomou café e comeu uma torrada — um simples café da manhã continental.

Ele desconcertou Molly quando ela trouxe o desjejum, levantando-se, curvando-se de maneira exagerada e exclamando:

— Minha charmosa anfitriã? Estou certo, não estou?

Molly admitiu rapidamente que ele estava certo. Ela não estava no clima para elogios àquela hora da manhã.

— E por que — disse ela, empilhando as louças de forma imprudente na pia — todo mundo precisa tomar o café da manhã em horários diferentes... é um tanto quanto difícil.

Ela enfiou os pratos no suporte e subiu correndo as escadas para cuidar dos quartos. Ela não podia contar com a ajuda de Giles nessa manhã. Ele tinha que abrir um caminho até o galinheiro e a caldeira.

Molly arrumou as camas em velocidade máxima e, de fato, de forma bem descuidada, alisando os lençóis e os estendendo o mais rápido que podia.

Ela estava cuidando dos banheiros quando o telefone tocou.

Molly primeiramente praguejou por ter sido interrompida, então sentiu uma pontada de alívio pelo fato de o telefone ainda estar funcionando, enquanto descia correndo para atendê-lo.

Ela chegou um pouco ofegante na biblioteca e levantou o receptor do telefone.

— Sim?

Uma voz cordial, com um leve, mas agradável, tom rural perguntou:

— É do Solar Monkswell?

— Casa de hóspedes Solar Monkswell.

— Posso falar com o Comandante David, por favor?

— Temo que ele não possa vir até o telefone agora — disse Molly. — Quem está falando é Mrs. Davis. Quem é, por favor?

— Superintendente Hogben, Polícia de Berkshire.

Molly arfou levemente. Ela disse:

— Ah, sim... eh... sim?

— Mrs. Davis, um assunto urgente surgiu. Não quero falar muito pelo telefone, mas enviei o Detetive Sargento Trotter até você, e ele deve chegar aí a qualquer minuto.

— Mas ele não vai chegar aqui. Estamos cobertos de neve... completamente cobertos. As estradas estão intransponíveis.

Não houve nenhuma quebra na confiança da voz do outro lado.

— Trotter chegará até vocês, acredite — dizia. — E por favor, Mrs. Davis, repasse ao seu marido a importância de ouvir cuidadosamente o que Trotter tem a dizer a vocês, e seguir à risca as instruções dele. Isso é tudo.

— Mas, Superintendente Hogben, o que...

Mas houve um clique decisivo. Hogben claramente já tinha dito tudo que tinha a dizer e desligou. Molly balançou o descanso do telefone uma ou duas vezes, depois desistiu. Ela se virou no momento em que a porta se abriu.

— Ah, Giles, querido, aí está você.

Giles tinha neve em seus cabelos e um bocado de sujeira de carvão no rosto. Ele parecia estar com calor.

— O que foi, meu amor? Eu enchi os baldes de carvão e trouxe a lenha. Vou cuidar das galinhas a seguir e então vou dar uma olhada na caldeira. É isso? O que foi, Molly? Você parece assustada.

— Giles, era a *polícia*.

— A polícia? — Giles soava incrédulo.

— Sim, estão mandando um inspetor ou um sargento ou sei lá.

— Mas por quê? O que fizemos?

— Eu não sei. Você acha que é por causa daquelas duas libras de manteiga que recebemos da Irlanda?

Giles estava franzindo o rosto.

— Eu me lembrei de obter a licença do rádio, não foi?

— Sim, está na mesa. Giles, a velha Mrs. Bidlock me deu cinco dos cupons dela em troca do meu velho casaco de tweed. Imagino que isso seja errado... mas *eu* acho que é perfeitamente justo. Tenho um casaco a menos então por que não deveria ter os cupons? Ah, querido, o que mais fizemos?

— Eu quase esbarrei com outro carro no outro dia. Mas, definitivamente, foi culpa do outro cidadão. Definitivamente.

— Devemos ter feito *alguma coisa* — lamentou Molly.

— O problema é que praticamente tudo que se faz hoje em dia é ilegal — falou Giles, sombrio. — É por isso que as pessoas têm um sentimento permanente de culpa. Na verdade, acho que seja alguma coisa relacionada à condução deste lugar. Gerir uma casa de hóspedes provavelmente está cheio de armadilhas das quais nem ouvimos falar.

— Eu pensei que a bebida fosse a única coisa importante. Não demos bebida alguma a ninguém. Fora isso, por que não podemos tocar a nossa própria casa da forma como preferimos?

— Eu sei. Parece certo. Mas, como falei, tudo é mais ou menos proibido hoje em dia.

— Ah, querido — suspirou Molly. — Eu queria que a gente nunca tivesse dado início a isso. Vamos ficar cobertos de neve por dias, e todo mundo ficará irritado e irão comer todas as nossas reservas de latas...

— Anime-se, querida — disse Giles. — Estamos passando por um momento ruim agora, mas vai dar tudo certo.

Ele beijou o topo da cabeça dela de forma distraída e, a soltando, disse em uma voz diferente.

— Sabe, Molly, pensando bem, deve ser uma coisa bem séria para mandar um sargento de polícia caminhando até aqui nessa situação.

Ele acenou a mão na direção da neve do lado de fora. Falou:

— Deve ser uma coisa *bem* urgente...

Enquanto se encaravam, a porta se abriu e Mrs. Boyle entrou.

— Aqui está você, Mr. Davis — disse Mrs. Boyle. — Você sabia que o aquecimento central na sala de estar está praticamente congelado?

— Lamento, Mrs. Boyle. Estamos com um estoque baixo de coque e...

Mrs. Boyle interrompeu bruscamente.

— Estou pagando sete guinéus por semana aqui... *sete* guinéus. E eu espero *não* morrer congelada.

Giles ficou vermelho. Ele respondeu de forma curta:

— Vou lá estocar mais carvão.

Ele saiu da sala e Mrs. Boyle se virou para Molly.

— Se você não se importar que eu diga, Mrs. Davis, aquele é um jovem muito extraordinário que você está hospedando aqui. Os modos dele... e as gravatas dele... E ele nunca escova os cabelos?

— Ele é um jovem arquiteto extremamente brilhante — disse Molly.

— Desculpe?

— Christopher Wren é um arquiteto e...

— Minha jovem — estalou Mrs. Boyle. — Eu obviamente já ouvi falar de Sir Christopher Wren. Claro que ele era um arquiteto. Ele construiu St. Paul's. Vocês, jovens, parecem achar que a educação nasceu com o Ato Educacional.

— Eu me referia a este Wren. O nome dele é Christopher. Os pais dele assim o batizaram porque esperavam que ele se tornasse um arquiteto. E ele é, ou quase, então deu tudo certo.

— Humpf — zombou Mrs. Boyle. — Parece uma história muito esquisita para mim. Eu faria algumas perguntas se fosse você. O que você sabe sobre ele?

— O mesmo tanto que sei sobre a senhora, Mrs. Boyle... que é o fato de que tanto você quanto ele me pagam sete guinéus por semana. Na verdade, isso é tudo que preciso saber, não é? É tudo que é da minha conta. Não me importa se gosto dos meus hóspedes ou... — Molly olhou firmemente para Mrs. Boyle — ou se não gosto.

Mrs. Boyle se encolerizou.

— Você é jovem e inexperiente e deveria aceitar os conselhos de alguém que sabe mais do que você. E esse estrangeiro peculiar? Quando foi que *ele* chegou?

— No meio da noite.

— Realmente. Muito peculiar. Não é um horário convencional.

— Mandar embora um viajante de boa-fé seria contra a lei, Mrs. Boyle. — Molly acrescentou suavemente. — Talvez a senhora não saiba disso.

— Tudo que posso dizer é que esse tal de Paravicini, ou qualquer que seja o nome dele, me parece ser...
— Cuidado, cuidado, querida senhora. Você fala sobre o diabo e então...
Mrs. Boyle saltou como se tivesse sido o próprio diabo a falar com ela. Mr. Paravicini, que tinha se aproximado sem que nenhuma das mulheres o ouvisse, riu e esfregou as mãos com uma espécie de idosa alegria satânica.
— Você me assustou — disse Mrs. Boyle. — Eu não o ouvi chegar.
— Eu caminho na ponta dos pés, então ninguém nunca me escuta chegar e partir — disse Mr. Paravicini. — Isso eu acho muito divertido. De vez em quando escuto coisas. Isso também me diverte. — Ele acrescentou suavemente: — Mas não esqueço aquilo que escuto.
Mrs. Boyle respondeu de forma débil:
— É mesmo? Preciso ir pegar o meu tricô... deixei na sala de estar.
Ela saiu apressadamente. Molly ficou olhando para Mr. Paravicini com uma expressão intrigada. Ele se aproximou dela com uma espécie de pulinho.
— A minha adorável anfitriã parece incomodada. — Antes que ela pudesse impedir, ele pegou a mão dela e beijou. — O que foi, querida senhora?
Molly deu um passo para trás. Ela não tinha muita certeza de que gostava de Mr. Paravicini. Ele a olhava feito um velho sátiro.
— Está tudo difícil nesta manhã — falou ela levemente. — Por causa da neve.
— Sim. — Mr. Paravicini virou sua cabeça para olhar janela afora. — A neve dificulta tudo, não é mesmo? Ou então deixa tudo muito fácil.
— Não sei do que você está falando.
— Não — falou, pensativo. — Tem muita coisa que você não sabe. Acho que, para começar, você não sabe muito sobre como gerir uma casa de hóspedes.

O queixo de Molly subiu agressivo.

— Ouso dizer que não sabemos. Mas pretendemos ser bons nisso.

— Bravo, bravo.

— Afinal — a voz de Molly traiu uma leve ansiedade —, eu não sou uma cozinheira ruim...

— Você é, sem dúvida nenhuma, uma cozinheira encantadora — disse Mr. Paravicini.

"Que inconveniência são os estrangeiros", pensou Molly. Talvez Mr. Paravicini lesse os pensamentos. De toda forma o jeito dele mudou. Ele falou de forma calma e bem sério.

— Posso oferecer um pequeno aviso, Mrs. Davis? Você e o seu marido não devem confiar tanto, sabe. Você tem referências desses seus hóspedes?

— Isso é comum? — Molly parecia agitada. — Eu achei que as pessoas simplesmente... simplesmente viessem.

— É aconselhável sempre saber um pouco sobre as pessoas que dormem debaixo do seu teto. — Ele se inclinou para a frente e bateu no ombro dela de uma forma ameaçadora. — Eu, por exemplo. Apareço no meio da noite. Meu carro, eu digo, capotou em um monte de neve. O que você sabe sobre mim? Nada mesmo. Talvez você também não saiba nada sobre os seus outros hóspedes.

— Mrs. Boyle... — começou Molly, mas parou no momento em que aquela senhora voltou a entrar na sala, o tricô em mãos.

— A sala de estar é muito gelada. Ficarei sentada aqui.

Ela marchou na direção da lareira.

Mr. Paravicini girou suavemente à sua frente.

— Permita-me agitar as brasas para você.

Molly ficou desconcertada, assim como tinha ficado na noite anterior, com a destreza jovem da passada dele. Ela notou que ele sempre parecia tomar o cuidado de deixar as suas costas viradas para a luz, e agora, ao se ajoelhar, cutucando o fogo, ela pensou ter visto o motivo para isso. O rosto de Mr. Paravicini estava, de forma muito esperta, mas com certeza, "maquiado".

Então o velho idiota tentou se fazer parecer mais jovem do que realmente era, não foi? Bem, ele não teve sucesso. Ele aparentava toda a sua idade e mais. Apenas o caminhar jovem era incongruente. Talvez aquilo também tivesse sido cuidadosamente falsificado.

Ela foi trazida de volta da especulação por meio da realidade desagradável ocasionada pela entrada brusca do Major Metcalf.

— Mrs. Davis. Temo que os canos do... humm... — ele baixou a voz de forma modesta — vestiário do andar de baixo estejam congelados.

— Ah, Deus — grunhiu Molly. — Que dia terrível. Primeiro a polícia e agora os canos.

Mr. Paravicini largou o atiçador na grade com um ruído. Mrs. Boyle parou de tricotar. Molly, olhando para o Major Metcalf, ficou intrigada com a repentina imobilidade rígida dele e pela expressão indescritível no seu rosto. Era uma expressão que ela não sabia como descrever. Era como se toda emoção tivesse sido drenada dali, deixando para trás alguma coisa talhada em madeira.

Ele falou em uma voz baixa, em staccato:

— *Polícia*, você falou?

Ela estava ciente de que, por trás da imobilidade rígida das feições dele, fortes emoções trabalhavam. Poderia ter sido medo ou alerta ou animação — mas havia *alguma coisa*. "Esse homem", falou para si mesma, "pode ser perigoso."

Ele falou de novo, e dessa vez a voz dele era apenas levemente curiosa:

— O que é isso de polícia?

— Recebemos uma ligação — disse Molly. — Agorinha. Para dizer que estão mandando um sargento para cá. — Ela olhou na direção da janela. — Mas eu não acho que ele vá chegar aqui — acrescentou esperançosamente.

— Por que a polícia está sendo enviada para cá?

Ele deu mais um passo para perto dela, mas antes que pudesse responder a porta se abriu, e Giles entrou.

— Esses malditos coques pesam mais de sete libras — disse ele irritado. Então acrescentou de forma incisiva: — Algum problema?

Major Metcalf se virou para ele.

— Ouvi dizer que a polícia está vindo aqui — disse ele.

— Por quê?

— Ah, está tudo bem. — disse Giles. — Ninguém consegue viajar com esse clima. Ora, os montes de neve têm um metro e meio de profundidade. A estrada está toda obstruída. Ninguém vai chegar aqui hoje.

E, naquele momento, ouviram-se três batidas fortes na janela.

Isso assustou a todos. Por um instante e outro, eles não localizaram a origem do som. O barulho veio com a ênfase e a ameaça de um aviso fantasmagórico. E então, com um grito, Molly apontou para a janela francesa. Um homem estava lá batendo no vidro, e o mistério de sua chegada foi explicado pelo fato de ele usar esquis.

Com uma exclamação, Giles cruzou a sala, mexeu com o ferrolho, e abriu a janela francesa.

— Obrigado, senhor — disse o recém-chegado.

Ele tinha uma voz levemente comum, alegre e um rosto bem bronzeado.

— Detetive Sargento Trotter — ele se anunciou.

Mrs. Boyle olhou para ele com desagrado por cima de seu tricô.

— Você não pode ser um sargento — falou ela desaprovadoramente. — Você é novo demais.

O jovem, que realmente era muito jovem, pareceu se sentir afrontado com a crítica e falou num tom levemente irritado:

— Não sou tão novo quanto pareço, madame.

Os olhos correram pelo grupo e pescaram Giles.

— Você é Mr. Davis? Posso tirar esses esquis e guardá-los em algum lugar?

— Claro, venha comigo.

Mrs. Boyle falou acidamente para a porta do corredor que se fechava atrás deles:

— Imagino que seja para isso que pagamos aos nossos policiais hoje em dia, para saírem por aí se divertindo em esportes de inverno.

Paravicini tinha se aproximado de Molly. Havia um sibilo na voz dele ao dizer em uma voz rápida, baixa:

— Por que você chamou a polícia, Mrs. Davis?

Ela recuou um pouco diante da malignidade constante daquele olhar. Este era um novo Mr. Paravicini. Por um instante ela sentiu medo. Ela respondeu desesperada:

— Mas eu não fiz isso. Eu não fiz isso.

E então Christopher Wren passou empolgado pela porta, falando em um sussurro agudo e penetrante:

— Quem é aquele homem no corredor? De onde ele veio? Tão terrivelmente forte e coberto de neve.

A voz de Mrs. Boyle ribombou acima do clique das suas agulhas de tricô.

— Você pode ou não acreditar, mas aquele homem é um policial. Um policial... esquiando!

A ruptura definitiva das classes inferiores tinha chegado, assim o jeito dela parecia dizer.

Major Metcalf murmurou para Molly:

— Com licença, Mrs. Davis, mas posso usar o seu telefone?

— Claro, Major Metcalf.

Ele foi até o instrumento, no mesmo momento em que Christopher Wren dizia de forma estridente:

— Ele é muito bonito, você não acha? Sempre achei policiais terrivelmente atraentes.

— Alô, alô... — O Major Metcalf chacoalhava o telefone de forma irritada. Ele se virou para Molly. — Mrs. Davis, este telefone está mudo, bem mudo.

— Estava funcionando agora. Eu...

Ela foi interrompida. Christopher Wren ria, um grito estridente, uma risada quase histérica.

— Quer dizer que estamos isolados agora. Realmente isolados. Isso é engraçado, não é?

— Não vejo nada de engraçado nisso — disse o Major Metcalf de forma rígida.

— Não, realmente — falou Mrs. Boyle.

Christopher ainda estava morrendo de rir.

— É uma piada particular minha — disse ele. — *Shh* — ele levou o dedo aos lábios —, o detetive está chegando.

Giles entrou com o Sargento Trotter. O segundo homem tinha se livrado dos esquis e limpado a neve das roupas e segurava um enorme caderno e lápis na mão. Ele trazia consigo uma atmosfera de procedimento judicial despreocupado.

— Molly — disse Giles —, o Sargento Trotter quer trocar uma palavrinha conosco em particular.

Molly seguiu os dois para fora da sala.

— Vamos para o escritório — falou Giles.

Entraram no quartinho no fundo do corredor ao qual chamavam assim. O Sargento Trotter fechou a porta cuidadosamente atrás dele.

— O que fizemos, sargento? — Molly exigiu saber queixosamente.

— Fizeram? — O Sargento Trotter a encarou. Então ele abriu um largo sorriso. — Ah — disse ele. — Não é nada do tipo, madame. Lamento por qualquer tipo de equívoco. Não, Mrs. Davis, é algo bem diferente. Tem mais a ver com proteção policial, se é que vocês me entendem.

Sem entendê-lo de forma alguma, ambos olharam para ele em indagação.

O Sargento Trotter prosseguiu desenvolto.

— Está relacionado com a morte de Mrs. Lyon, Mrs. Maureen Lyon, que foi assassinada em Londres dois dias atrás. Vocês devem ter lido sobre o caso.

— Sim — disse Molly.
— A primeira coisa que eu quero saber é, você conhecia Mrs. Lyon?
— Nunca ouvi falar — respondeu Giles, e Molly murmurou em concordância.
— Bem, é o que esperávamos. Mas, na realidade, Lyon não era o verdadeiro nome da mulher assassinada. Ela tinha uma ficha criminal, e as impressões digitais dela estavam fichadas, então conseguimos identificá-la sem muita dificuldade. O verdadeiro nome dela era Gregg; Maureen Gregg. Seu falecido marido, John Gregg, era um fazendeiro que residia na Fazenda Longridge, não muito longe daqui. Vocês devem ter ouvido falar do caso da Fazenda Longridge.

A sala estava muito quieta. Apenas um som quebrou a calmaria, um *plop* suave, inesperado, quando neve deslizou do telhado e caiu no chão do lado de fora. Foi um barulho secreto, quase sinistro.

Trotter continuou.

— Três crianças evacuadas foram alocadas para os Gregg na Fazenda Longridge em 1940. Uma dessas crianças morreu subsequentemente como resultado de negligência criminosa e maus tratos. O caso fez bastante furor, e os Gregg foram condenados a cumprir uma pena na prisão. Gregg escapou durante o trajeto até a prisão, roubou um carro e bateu enquanto tentava fugir da polícia. Ele morreu na hora. Mrs. Gregg cumpriu a sentença dela e foi solta dois meses atrás.

— E agora foi assassinada — disse Giles. — Quem a polícia acha que foi?

Mas o Sargento Trotter não seria apressado.

— Você se lembra do caso, senhor? — indagou.

Giles sacudiu a cabeça.

— Em 1940 eu era um cadete naval servindo no Mediterrâneo.

— Eu... eu me lembro de ouvir falar sobre isso, acho — disse Molly, um pouco sem fôlego. — Mas por que você veio até nós? O que temos a ver com isso?

— Tem a ver com a senhora estar em perigo, Mrs. Davis!
— Perigo? — falou Giles incrédulo.
— É o seguinte, senhor. Um caderno foi encontrado perto da cena do crime. Nele estavam dois endereços. O primeiro era Culver Street, 74.
— Onde a mulher foi assassinada? — Molly formulou.
— Sim, Mrs. Davies. O outro endereço era o Solar Monkswell.
— O quê? — O tom de Molly era de incredulidade. — Que coisa extraordinária.
— Sim. Foi por isso que o Superintendente Hogben achou que fosse de extrema importância descobrir se vocês sabem de qualquer conexão entre vocês, ou entre essa casa, e o caso da Fazenda Longridge.
— Mas não há... absolutamente nada — disse Giles. — Deve ser algum tipo de coincidência.
O Sargento Trotter falou gentilmente:
— O Superintendente Hogben não acredita que seja uma coincidência. Ele mesmo teria vindo se fosse possível. Por causa das condições climáticas, e já que sou um especialista em esquiar, ele me mandou com instruções de obter todas as informações acerca de todos nessa casa, dar-lhe retorno por telefone, e tomar todas as medidas que eu achar necessárias para a segurança da casa.
Giles falou bruscamente:
— Segurança? Meu bom Deus, você não acha mesmo que alguém será *morto* aqui, não é?
Trotter respondeu se desculpando.
— Eu não queria alarmar a senhora, mas sim, é isso que o Superintendente Hogben acha.
— Mas que motivo poderia existir para que...
Giles não terminou, e Trotter falou:
— É isso que estou aqui para descobrir.
— Mas todo esse negócio é *louco*.
— Sim, senhor, mas é por causa da loucura que é perigoso.
Molly falou:

— Tem mais alguma coisa que você ainda não nos contou, não tem, sargento?

— Sim, madame. No topo da página do caderno estava escrito "Três ratos cegos". Preso no corpo da mulher morta estava um papel com *Esse é o primeiro* escrito nele. E debaixo disso o desenho dos três ratos e um compasso musical. A música era a melodia da canção infantil "Três ratos cegos". Molly cantou suavemente:

Três ratos cegos,
Veja como correm
Correram atrás da mulher do fazendeiro
Que cortou...

Ela não terminou.

— Oh, é horrível... *horrível*. Eram três crianças, não eram?

— Sim, Mrs. Davis. Um garoto de 15 anos, uma menina de 14 e o menino de 12 que morreu.

— O que aconteceu com os outros?

— A garota, eu acredito, foi adotada por alguém. Não conseguimos localizá-la. O garoto teria 23 anos agora. Perdemos o rastro dele. Foi dito que era um pouco... diferente. Ele se juntou ao Exército com 18 anos. Depois desertou. Desde então ele desapareceu. O psiquiatra do Exército diz que ele definitivamente não é normal.

— Você acha que foi ele quem matou Mrs. Lyon? — indagou Giles. — E que ele é um maníaco homicida e que pode aparecer aqui por alguma razão desconhecida?

— Achamos que deve existir alguma conexão entre alguém aqui e o negócio da Fazenda Longridge. Assim que identificarmos qual é a conexão, poderemos nos precaver. Agora, você afirma, senhor, que você mesmo não tem nenhuma conexão com o caso. O mesmo é verdade para você, Mrs. Davis?

— Eu... ah, sim... sim.

— Talvez você possa me dizer exatamente quem mais está na casa?

Deram a ele os nomes. Mrs. Boyle. Major Metcalf. Mr. Christopher Wren. Mr. Paravicini. Ele anotou os nomes em seu caderno.

— Empregados?

— Não temos empregados — disse Molly. — E isso me lembra que preciso ir e colocar as batatas no fogo.

Ela saiu do escritório abruptamente.

Trotter se virou para Giles.

— O que o senhor sabe sobre essas pessoas?

— Eu... nós... — Giles fez uma pausa. Então falou tranquilamente: — Na verdade, não sabemos nada sobre eles, Sargento Trotter. Mrs. Boyle escreveu de um hotel em Bournemouth. Major Metcalf, de Leamington. Mr. Wren, de um hotel particular em South Kensington. Mr. Paravicini apareceu do nada, ou melhor, da neve, já que o carro dele capotou em um monte de neve perto daqui. Ainda assim, imagino, eles têm carteiras de identidade, cadernetas de racionamento, esse tipo de coisa?

— Irei verificar tudo isso, obviamente.

— De certa forma é até uma sorte que o clima esteja tão horrível — disse Giles. — O assassino não pode chegar aqui desse jeito, não é?

— Talvez ele não precise, Mr. Davis.

— O que você quer dizer?

O Sargento Trotter hesitou por um momento e então disse:

— Você precisa levar em consideração a hipótese, senhor, de que *talvez ele já esteja aqui.*

Giles o encarou.

— O que você quer dizer?

— Mrs. Gregg foi assassinada há dois dias. *Todos os seus hóspedes chegaram aqui desde então, Mr. Davis.*

— Sim, mas eles fizeram reservas de antemão... um bom tempo antes... com exceção de Paravicini.

O Sargento Trotter suspirou. A voz dele soava cansada.
— Estes crimes foram planejados com antecedência.
— Crimes? Mas só um crime aconteceu. Por que você tem tanta certeza de que haverá outro?
— Que haverá outro... não. Espero impedir isso. Que haverá uma tentativa, sim.
— Mas, então... se você estiver certo — falou Giles ansioso —, só existe uma pessoa possível. Só existe uma pessoa na idade certa. *Christopher Wren!*
O Sargento Trotter tinha se juntado a Molly na cozinha.
— Eu agradeceria muito, Mrs. Davis, se você pudesse vir comigo até a biblioteca. Gostaria de fazer uma declaração geral para todos. Mr. Davis gentilmente se adiantou para preparar as coisas...
— Tudo bem... apenas permita-me terminar essas batatas. De vez em quando eu gostaria que Sir Walter Raleigh nunca tivesse descoberto as danadas.
Sargento Trotter manteve um silêncio de desaprovação. Molly falou se desculpando:
— Eu não consigo acreditar, sabe... é tão fantástico...
— Não é fantástico, Mrs. Davis... são apenas *fatos*.
— Você tem uma descrição do homem? — indagou Molly curiosa.
— Altura mediana, constituição magra, usava um sobretudo escuro e um chapéu claro, falava em um sussurro, o rosto coberto por um cachecol. Veja bem... isso pode ser qualquer pessoa. — Ele fez uma pausa e acrescentou: — Há três sobretudos escuros e chapéus claros pendurados no seu hall de entrada aqui, Mrs. Davis.
— Eu não acho que nenhuma dessas pessoas tenha vindo de Londres.
— Não vieram, Mrs. Davis?
Com um movimento ligeiro, o Sargento Trotter foi até a cômoda e pegou um jornal.

— O jornal *Evening Standard* de 19 de fevereiro. Dois dias atrás. *Alguém* trouxe esse jornal até aqui, Mrs. Davis.
— Mas que extraordinário. — Molly encarou, um leve acorde de memória sendo tocado. — De onde pode ter vindo esse jornal?
— Você nem sempre pode acreditar de cara nas pessoas, Mrs. Davis. Você não sabe nada sobre as pessoas cuja entrada você permitiu na sua casa — acrescentou. — Presumo que você e Mr. Davis sejam novos no ramo de hotelaria?
— Sim, somos — admitiu Molly.
Ela de repente se sentiu jovem, tola e infantil.
— Você talvez não seja casada há muito tempo também, não é?
— Apenas um ano. — Ela corou levemente. — Foi tudo muito rápido.
— Amor à primeira vista — disse o Sargento Trotter, complacente.
Molly se viu incapaz de esnobá-lo.
— Sim — disse ela, e acrescentou em um arroubo de confiança —, nós só nos conhecíamos há quinze dias.
Os pensamentos dela se voltaram para aqueles catorze dias de namoro rápido. Não havia a menor dúvida — os dois sabiam. Em um mundo preocupante, desesperado, eles tinham encontrado o milagre um do outro. Um sorrisinho apareceu no rosto dela.
Ela voltou ao presente e encontrou o Sargento Trotter a encarando de forma indulgente.
— O seu marido não vem dessa região, não é?
— Não — respondeu Molly vagamente. — Ele vem de Lincolnshire.
Ela sabia muito pouco da infância e criação de Giles. Os pais dele tinham morrido, e ele sempre evitou falar sobre o passado. Ele tinha tido, ela imaginava, uma infância infeliz.
— Vocês dois são bem jovens, se me permite dizer, para gerenciar um lugar assim — disse Sargento Trotter.

— Ah, não sei. Eu tenho 22 anos e...
Ela deixou a frase inacabada no momento em que a porta se abriu e Giles entrou.
— Está tudo pronto. Já passei um resumo para eles — falou ele. — Espero que não tenha problemas, sargento?
— Poupa tempo — disse Trotter. — Você está pronta, Mrs. Davis?
Quatro vozes falaram ao mesmo tempo assim que o Sargento Trotter entrou na biblioteca.
A mais aguda e estridente foi a de Christopher Wren declarando que isso, também, era muito, muito emocionante e que ele não iria pregar os olhos essa noite, e por favor, *por favor*, será que poderíamos ouvir todos os detalhes sanguinolentos?
Uma espécie de contrabaixo de acompanhamento veio de Mrs. Boyle.
— Atrocidade absurda... pura incompetência... a polícia não tem nada que deixar assassinos vagando pelo interior.
Mr. Paravicini foi mais eloquente com as suas mãos. Os gestos dele eram mais expansivos que suas palavras, que eram vencidas pelo contrabaixo de Mrs. Boyle. O Major Metcalf podia ser ouvido por meio de um ocasional latido em staccato. Ele pedia os fatos.
Trotter esperou um instante ou dois, então levantou uma mão autoritária e, surpreendentemente, o silêncio se fez.
— Obrigado — disse ele. — Então, Mr. Davis já adiantou o motivo pelo qual estou aqui. Quero saber uma coisa, apenas uma coisa, e quero saber rápido. *Qual de vocês tem alguma conexão com o caso da Fazenda Longridge?*
O silêncio não foi quebrado. Quatro rostos vazios olharam para o Sargento Trotter. As emoções de alguns segundos antes — animação, indignação, histeria, curiosidade, foram levadas embora assim como uma esponja limpa as marcas de giz de uma lousa.
O Sargento Trotter falou de novo, mais urgente:

— Por favor, me entendam. Um de vocês, temos motivos para assim crer, está em perigo... perigo mortal. *Eu preciso saber qual de vocês!*

E ainda assim ninguém falou nada ou se moveu.

Alguma coisa parecida com raiva surgiu na voz de Trotter.

— Muito bem... vou questionar um por um. Mr. Paravicini?

Um sorriso tímido passou pelo rosto de Mr. Paravicini. Ele ergueu as mãos num estrangeiro gesto de protesto.

— Mas sou um estranho nessas partes, inspetor. Não sei de nada, mas nada, desses assuntos locais de anos remotos.

Trotter não perdeu tempo. Ele vociferou:

— Mrs. Boyle?

— Sinceramente, não vejo como, quero dizer, por qual motivo *eu* teria qualquer coisa a ver com um negócio tão perturbador?

— Mr. Wren?

Christopher falou de modo estridente:

— Eu era só uma criança nessa época. Nem me lembro de *ouvir* falar sobre isso.

— Major Metcalf?

O major falou abruptamente:

— Li sobre o assunto nos jornais. Eu estava em Edimburgo na época.

— Isso é tudo que vocês têm a dizer... todos vocês?

Silêncio novamente.

Trotter soltou um suspiro exasperado.

— Se algum de vocês for assassinado — disse ele —, só terão a si mesmos para culpar.

Ele se virou subitamente e saiu da sala.

— Meus queridos — disse Christopher. — Que *melodramático!* — Ele acrescentou: — Ele é muito bonito, não é? Eu admiro muito os policiais. Tão severos e durões. Esse negócio todo é muito emocionante. "Três ratos cegos." Como é mesmo a música?

Ele assoviou o ar de modo suave, e Molly gritou de forma involuntária:

— *Não faça isso!*

Ele girou ao redor dela e riu.

— Mas, querida — disse ele —, é a minha canção *de assinatura*. Eu nunca fui suspeito de assassinato antes e estou me divertindo muito com isso!

— Besteira melodramática — disse Mrs. Boyle. — Não acredito em uma só palavra disso tudo.

Os olhos claros de Christopher dançaram com uma travessura diabólica.

— Espere só, Mrs. Boyle — ele baixou a voz —, até que eu me esgueire atrás de você e você sinta as minhas mãos ao redor da sua garganta.

Molly estremeceu.

Giles falou raivoso:

— Você está perturbando a minha esposa, Wren. É uma piada sem graça, de qualquer modo.

— Não é assunto para brincadeira — disse Metcalf.

— Ah, mas é sim — retrucou Christopher. — É exatamente o que é, a piada de um louco. É o que deixa tudo tão deliciosamente *macabro*.

Ele olhou ao redor para eles e riu de novo.

— Se vocês pudessem ver seus rostos — disse ele.

Então saiu ligeiro da sala.

Mrs. Boyle foi a primeira a se recuperar.

— Um jovenzinho neurótico e singular em sua falta de modos — disse ela. — Provavelmente é um objetor de consciência.

— Ele me disse que ficou enterrado por 48 horas durante um ataque aéreo antes de ser escavado — disse o Major Metcalf. — Isso explica muita coisa, ouso dizer.

— As pessoas dão tantas desculpas para justificar a fraqueza dos nervos — disse acidamente Mrs. Boyle. — Eu tenho certeza de que passei por tudo pelo que todos passaram durante a guerra, e os *meus* nervos estão sob controle.

— Que bom para você, Mrs. Boyle — disse Metcalf.
— O que você quer dizer?
Major Metcalf falou baixinho:
— Eu acho que você era a oficial de habitação desse distrito em 1940, Mrs. Boyle. — Ele olhou para Molly, que acenou séria com a cabeça. — É isso, não é?
Um rubor furioso apareceu no rosto de Mrs. Boyle.
— E daí? — ela exigiu saber.
Metcalf respondeu de maneira circunspecta.
— *Você* foi a pessoa responsável por enviar três crianças para a Fazenda Longridge.
— Ora, Major Metcalf, eu não vejo como posso ser considerada responsável pelo que aconteceu. O pessoal da fazenda parecia bom e estavam desejosos em ter crianças. Eu não me vejo como culpada de forma alguma, ou que possa ser considerada responsável... — A voz dela morreu.
Giles falou bruscamente:
— Por que você não contou isso ao Sargento Trotter?
— Não é da conta da polícia — respondeu Mrs. Boyle de modo ríspido. — Eu consigo cuidar de mim mesma.
Major Metcalf disse suavemente:
— É melhor você ficar atenta.
Então, ele também saiu da sala.
Molly murmurou:
— Claro, você *era mesmo* a oficial de habitação. Eu me lembro.
— Molly, você sabia? — Giles a encarou.
— Você tinha aquela casa enorme na reserva, não era?
— Requisitada durante a guerra — disse Mrs. Boyle. — E completamente arruinada — acrescentou amargamente. — *Devastada*. Uma coisa iníqua.
Então, muito de leve, Mr. Paravicini começou a rir. Ele jogou a cabeça para trás e gargalhou sem restrição.
— Você precisa me perdoar. — Ele engasgou. — Mas, de verdade, acho tudo isso muito cômico. Eu me divirto, sim, eu me divirto muito.

O Sargento Trotter então adentrou o recinto outra vez. Lançou um olhar de desaprovação para Mr. Paravicini.

— Fico feliz que todo mundo ache isso muito engraçado — disse ele ácido.

— Peço desculpas, meu caro inspetor. Eu peço desculpas. Estou estragando o efeito do seu aviso solene.

O Sargento Trotter deu de ombros.

— Fiz tudo que podia para deixar a posição bem clara — disse ele. — E eu não sou um inspetor. Sou apenas um sargento. Eu gostaria de usar o telefone, por favor, Mrs. Davis.

— Eu me rebaixo — disse Mr. Paravicini. — E rastejo para longe.

Longe de rastejar, ele saiu da sala com aquela passada jovial e alegre que Molly tinha notado antes.

— Ele é um tipo estranho — apontou Giles.

— Tipo de criminoso — disse Trotter. — Eu jamais confiaria nele.

— Ah — disse Molly. — Você acha que *ele*... mas ele é velho demais... ou será mesmo que é velho? Ele usa maquiagem... bastante até. E o caminhar dele é jovem. Talvez ele tenha se feito *parecer* velho. Sargento Trotter, você acha que...

O Sargento Trotter a esnobou de maneira severa.

— Não vamos chegar a lugar algum com essa especulação vazia, Mrs. Davis — disse ele. — Preciso fazer o meu relatório ao Superintendente Hogben.

Ele atravessou a sala em direção ao telefone.

— Mas você não pode fazer isso — disse Molly. — O telefone está mudo.

— O quê?

Trotter se virou.

A preocupação aguda em sua voz impressionou a todos.

— Mudo? Desde quando?

— Major Metcalf tentou usar pouco antes de você chegar.

— Mas estava funcionando bem antes disso. Você recebeu a mensagem do Superintendente Hogben?

— Sim. Imagino que... desde as dez... a linha está muda... por causa da neve.
Mas o rosto de Trotter permanecia rígido.
— Eu me pergunto — disse ele. — Pode ter sido... cortada.
Molly encarou.
— Você acha mesmo?
— Vou me certificar.
Ele saiu apressado da sala. Giles hesitou, então foi atrás dele.
Molly exclamou:
— Bons céus! Quase hora do almoço, preciso me apressar... ou não teremos nada para comer.
Enquanto corria para fora da sala, Mrs. Boyle resmungava:
— Fedelha incompetente! Que lugar. *Eu* não vou pagar sete guinéus por *esse* tipo de coisa.

O Sargento Trotter se curvou, seguindo os cabos. Ele perguntou a Giles:
— Tem alguma extensão?
— Sim, no nosso quarto lá em cima. Quer que eu suba lá para ver?
— Por favor.
Trotter abriu a janela e se inclinou para fora, limpando neve do peitoril. Giles correu escada acima.
Mr. Paravicini estava na grande sala de estar. Ele atravessou o cômodo até o piano e o abriu. Sentando-se no banquinho, começou a tocar uma melodia com um dedo.

Três ratos cegos
Veja como correm...

Christopher Wren estava em seu quarto. Ele andava pelo espaço, assoviando alegremente. De repente, o assovio perdeu força e morreu. Ele se sentou na beira da cama. Enterrou o rosto nas mãos e começou a chorar. Murmurou de maneira infantil:

— Eu não consigo continuar.
Então o humor dele mudou. Ele se levantou, ajeitou os ombros.
— Eu tenho que continuar — disse ele. — Preciso ir até o fim.
Giles estava ao lado do telefone que ficava no quarto dele e de Molly. Ele se abaixou em direção ao rodapé. Uma das luvas de Molly estava lá. Ele a pegou. Uma passagem de ônibus cor-de-rosa caiu de dentro dela. Giles ficou olhando para ela enquanto caía no chão. Vendo isso, seu rosto mudou. Poderia muito bem ter sido um homem diferente que caminhou devagar, como se estivesse em um sonho, até a porta, abriu-a e ficou um momento olhando ao longo do corredor, em direção ao topo da escada.
Molly terminou as batatas, jogou-as na panela, e colocou a panela no fogo. Ela olhou para o fogão. Estava tudo pronto, de acordo com o plano.
Na mesa da cozinha estava a cópia do *Evening Standard* de dois dias atrás. Ela franziu a testa ao olhar para ele. Se ela ao menos pudesse se *lembrar...*
De repente, as mãos dela foram até os olhos.
— Oh, não — disse Molly. — Oh, *não!*
Lentamente ela afastou as mãos. Ela olhou ao redor da cozinha como se fosse uma pessoa olhando para um lugar estranho. Tão acolhedora e confortável e espaçosa, com o seu cheiro leve de tempero.
— Oh, *não* — repetiu baixinho.
Ela se moveu lentamente, feito uma sonâmbula, na direção da porta para o corredor. Ela a abriu. A casa estava silenciosa, com a exceção do assovio de alguém.
Aquela melodia...
Molly estremeceu e recuou. Ela esperou um minuto ou dois, olhando mais uma vez para a cozinha familiar. Sim, tudo estava em ordem e progredindo. Ela foi mais uma vez em direção à porta da cozinha.

Major Metcalf desceu as escadas do fundo calmamente. Ele aguardou durante alguns instantes no corredor, e então abriu o enorme armário debaixo das escadas e espiou. Tudo parecia quieto. Ninguém por ali. Era uma hora tão boa quanto qualquer outra para fazer aquilo que ele tinha se proposto a fazer...

Mrs. Boyle, na biblioteca, girou os botões do rádio com certa irritação.

A primeira tentativa dela a levou para o meio de uma conversa sobre a origem e o significado de rimas infantis. A última coisa que ela queria ouvir. Girando impacientemente, ela foi informada por uma voz culta:

— A psicologia do medo deve ser compreendida por completo. Digamos que você esteja sozinho numa sala. Uma porta se abre suavemente atrás de você...

Uma porta realmente se abriu.

Mrs. Boyle, com um impulso violento, se virou de uma vez.

— Ah, é você — falou ela com alívio. — Programas idiotas que eles passam nesse negócio. Eu não consigo encontrar nada que valha a pena ouvir!

— Eu não me daria ao trabalho de ouvir, Mrs. Boyle.

Mrs. Boyle bufou.

— O que mais eu tenho para fazer? — ela quis saber. — Ficar calada numa casa com um possível assassino... não que eu acredite *naquela* história melodramática nem por um segundo...

— Não acredita, Mrs. Boyle?

— Ora... o que você quer dizer...

O cinto do sobretudo foi colocado ao redor do pescoço dela tão rapidamente que ela nem percebeu o significado daquilo. O botão do amplificador do rádio foi girado para um volume mais alto. O palestrante da psicologia do medo gritava suas eruditas observações para dentro da sala e abafou os ruídos incidentais que ocorreram durante a morte de Mrs. Boyle.

Mas não houve muito barulho.
O assassino era experiente demais para isso.

Estavam todos amontoados na cozinha. No fogão a gás as batatas borbulhavam alegremente. O aroma saboroso que vinha do forno, de torta de carne e rim, era mais forte do que nunca.

Quatro pessoas abaladas olhavam umas para as outras, a quinta, Molly, pálida e tremendo, tomava um gole do copo de uísque que o sexto, Sargento Trotter, a forçou a beber.

O próprio Sargento Trotter, o rosto endurecido e furioso, olhava para as pessoas reunidas ao seu redor. Apenas cinco minutos tinham se passado desde que os gritos aterrorizados de Molly trouxeram ele e os outros correndo para a biblioteca.

— Ela tinha acabado de ser assassinada quando você chegou até ela, Mrs. Davis — disse ele. — Tem certeza de que não viu ou ouviu ninguém enquanto passava pelo corredor?

— Assovios — respondeu Molly debilmente. — Mas isso foi mais cedo. Acho... não tenho certeza... acho que ouvi uma porta se fechando... suave, em algum lugar... no momento em que eu... em que eu... entrei na biblioteca.

— Qual porta?

— Eu não sei.

— Pense, Mrs. Davis, faça um esforço e *pense*, andar de cima, de baixo, direita, esquerda?

— Eu não *sei*, estou dizendo — gritou Molly. — Eu nem tenho certeza de que escutei alguma coisa.

— Será que você não pode parar de intimidá-la? — falou Giles raivoso. — Não consegue ver como ela está esgotada?

— Estou investigando um assassinato, Mr. Davis, perdão, *Comandante* Davis.

— Eu não uso o meu título de guerra, sargento.

— É mesmo, senhor. — Trotter fez uma pausa, como se tivesse provado um ponto sutil. — Como eu estava dizendo, estou investigando um assassinato. Até o momento ninguém levou o negócio a sério. Mrs. Boyle não levou. Ela escondeu informações de mim. Todos vocês esconderam informações de mim. Bem, Mrs. Boyle está morta. A menos que cheguemos ao fundo disso, e rápido, vejam bem, pode ocorrer outra morte.

— Outra? Besteira. Por quê?

— Porque — disse o Sargento Trotter, sério — havia três ratinhos cegos.

Giles falou incrédulo:

— Uma morte para cada um deles? Mas seria preciso existir uma conexão... quero dizer, outra conexão com o caso.

— Sim, isso seria necessário.

— Mas por que outra morte *aqui*?

— Porque apenas dois endereços estavam no caderno. Só havia uma possível vítima em Culver Street, 74. Ela está morta. Mas no Solar Monkswell há uma gama maior.

— Besteira, Trotter. Seria uma coincidência pouco provável que *duas* pessoas chegassem aqui por acaso, as duas com culpa no caso da Fazenda Longridge.

— Dadas certas circunstâncias, não seria uma coincidência tão grande. Pense bem, Mr. Davis. — Ele se virou para os outros. — Eu ouvi as versões de onde cada um de vocês estava quando Mrs. Boyle foi assassinada. Vou analisá-las. Você estava no seu quarto, Mr. Wren, quando ouviu o grito de Mrs. Davis?

— Sim, sargento.

— Mr. Davis, você estava no andar de cima examinando a extensão do telefone no seu quarto?

— Sim — disse Giles.

— Mr. Paravicini estava na sala de estar tocando piano. A propósito, Mr. Paravicini, ninguém o ouviu?

— Eu estava tocando muito, muito de leve, sargento, apenas com um dedo.

— Qual era a melodia?

— "Três ratos cegos", sargento. — Ele sorriu. — A mesma melodia que Mr. Wren assoviava no andar de cima. A melodia que está na cabeça de todo mundo.

— É uma melodia horrenda — disse Molly.

— E a linha telefônica? — indagou Metcalf. — Foi deliberadamente cortada?

— Sim, Major Metcalf. Uma parte foi cortada bem perto da janela da sala de jantar... eu tinha acabado de encontrar o corte no momento em que Mrs. Davis gritou.

— Mas isso é loucura. Como ele espera se safar disso? — Christopher quis saber de maneira estridente.

O sargento o estudou cuidadosamente com o olhar.

— Talvez ele não se importe muito com isso — disse ele.

— Ou, quem sabe, ele pode estar muito certo de que é esperto demais para nós. Assassinos são assim. — Ele acrescentou: — Fazemos um curso de psicologia, sabe, durante o nosso treinamento. Uma mentalidade esquizofrênica é muito interessante.

— Será que é possível cortar esse palavreado longo?

— Certamente, Mr. Davis. Duas palavras de cinco letras são tudo que nos interessa agora. Uma delas é "morte" e a outra é "risco". É nisso que precisamos nos concentrar. Então, Major Metcalf, deixe-me ser bem claro com relação a sua movimentação. Você diz que estava no *porão*... por quê?

— Bisbilhotando — disse o major. — Olhei naquele armário debaixo das escadas e então notei uma porta ali e a abri e vi um lance de escadas, então desci. Belo porão que vocês têm — falou para Giles. — A cripta de um antigo monastério, eu diria.

— Não estamos interessados em pesquisa de antiquário, Major Metcalf. Estamos investigando um assassinato. Você poderia escutar por um instante, Mrs. Davis? Vou deixar a porta da cozinha aberta. — Ele saiu; uma porta se fechou com um ranger suave. — Foi isso que você ouviu, Mrs. Davis? — perguntou ao reaparecer na porta aberta.

— Eu... parece com isso.

— Isso foi o armário debaixo da escada. Pode ser que, sabe, depois de matar Mrs. Boyle, o assassino, voltando pelo corredor, a tenha ouvido saindo da cozinha, e se esgueirado para dentro do armário, fechando a porta atrás de si.

— Então as impressões digitais dele estarão do lado de dentro do armário — gritou Christopher.

— As minhas já estão lá — disse Major Metcalf.

— Certamente — disse o Sargento Trotter. — Mas temos uma explicação satisfatória para elas, não temos? — acrescentou escorregadio.

— Olha só, sargento — disse Giles —, reconheço que o senhor está no comando desse assunto. Mas essa é a minha casa e, até certo ponto, eu me sinto responsável pelas pessoas aqui hospedadas. Não deveríamos tomar medidas de prevenção?

— Tais como, Mr. Davis?

— Bem, para ser honesto, restringir a pessoa que parece mais claramente indicada como principal suspeito.

Ele olhou diretamente para Christopher Wren.

Cristopher Wren deu um salto para a frente, a voz dele subiu, estridente e histérica.

— Não é verdade! Não é *verdade*! Vocês estão todos contra mim. Todo mundo está sempre contra mim. Vocês irão me incriminar disso. É perseguição... perseguição...

— Calma lá, rapaz — disse Major Metcalf.

— Está tudo bem, Chris. — Molly se adiantou. Colocou a mão no braço dele. — Ninguém está contra você. Diga a ele que está tudo bem — falou ela para o Sargento Trotter.

— Não incriminamos as pessoas — disse o Sargento Trotter.

— Diga a ele que você não irá prendê-lo.

— Não vou prender ninguém. Para fazer isso eu preciso de evidência. Não há evidência alguma... no momento.

Giles gritou:

— Acho que você está louca, Molly. E você também, sargento. Apenas uma pessoa se encaixa na descrição, e...

— Espera, Giles, espera... — Molly se intrometeu. — Oh, por favor, fique quieto. Sargento Trotter, será que eu posso... posso falar com você por um instante?

— Eu vou ficar aqui — disse Giles.

— Não, Giles, você também, por favor.

O rosto de Giles se fechou feito um trovão. Ele falou:

— Não sei o que deu em você, Molly.

Ele seguiu os outros para fora da sala, batendo a porta atrás de si.

— Sim, Mrs. Davis, o que foi?

— Sargento Trotter, quando você nos contou sobre o caso da Fazenda Longridge, você parecia pensar que devia ser o garoto mais velho a ser... o responsável por tudo isso. Mas você não *tem certeza* disso, não é?

— Isso é perfeitamente verdade, Mrs. Davis. Mas as probabilidades indicam isso... instabilidade mental, deserção do Exército, relatório psiquiátrico.

— Ah, eu sei, e por isso tudo parece apontar para Christopher. Mas eu não acredito que *seja* Christopher. Devem existir outras... possibilidades. Essas crianças não tinham parentes? Pais, por exemplo?

— Sim. A mãe tinha morrido. Mas o pai estava servindo no exterior.

— Bem, e ele? Onde está *ele* agora?

— Não temos informação. Ele obteve os seus papéis de dispensa no ano passado.

— E se o filho era mentalmente instável, o pai deve ter sido também.

— Isso é verdade.

— Então o assassino pode ser de meia-idade ou idoso. O Major Metcalf, você se lembra, ficou terrivelmente incomodado quando contei a ele que a polícia tinha ligado. Ele *realmente* ficou.

O Sargento Trotter falou baixinho:

— Por favor, acredite em mim, Mrs. Davis, tenho todas as possibilidades na minha cabeça desde o início. O garoto Jim, o pai, até mesmo a irmã. *Pode* ter sido uma mulher, sabe. Eu não ignorei nada. Posso estar bem certo dentro da minha cabeça, mas não *sei* ainda. É muito difícil saber qualquer coisa sobre qualquer um, principalmente nos dias de hoje. Você ficaria surpresa com o que vemos na força policial. Com casamentos, em especial. Casamentos apressados, casamentos de guerra. Não existe histórico, sabe. Nenhum parente ou relacionamentos a serem conhecidos. Pessoas aceitam as palavras umas das outras. O cidadão diz que é um piloto de caça ou major do Exército... a garota acredita nele de forma implícita. De vez em quando ela demora um ano ou dois para descobrir que ele é um bancário fugitivo com esposa e família, ou um desertor.

Ele fez uma pausa e continuou.

— Eu sei exatamente o que se passa na sua cabeça, Mrs. Davis. Só quero dizer uma coisa. *O assassino está se divertindo.* Essa é a única coisa da qual eu tenho certeza.

Ele foi em direção à porta.

Molly permaneceu imóvel e ereta, um furor vermelho queimando as suas bochechas. Depois de ficar parada por alguns instantes, ela foi lentamente até o fogão, se ajoelhou, e abriu a porta do forno. Um cheiro familiar, saboroso, veio na direção dela. O coração dela ficou leve. Era como se, de repente, ela tivesse sido transportada de volta para o querido mundo familiar das coisas mundanas. Cozinhar, trabalho doméstico, cuidar da casa, o viver prosaico e cotidiano.

Pois, desde tempos imemoriais, as mulheres cozinhavam para os seus maridos. O mundo de perigo — de loucura, retrocedeu. A mulher, em sua cozinha, estava em segurança — eternamente segura.

A porta da cozinha se abriu. Ela virou a cabeça no instante em que Christopher Wren adentrou. Ele estava um tanto quanto sem fôlego.

— Minha querida — disse ele. — Que *caos!* Alguém roubou os esquis do sargento!
— Os esquis do sargento? Mas por que alguém faria isso?
— Nem consigo imaginar. Quero dizer, se o sargento decidisse ir embora e nos deixasse, imagino que o assassino ficaria bem feliz. Quero dizer, isso não faz muito *sentido*, faz?
— Giles os guardou no armário debaixo da escada.
— Bem, eles não estão lá agora. Intrigante, não é? — Ele riu cheio de contentamento. — O sargento está muito irritado com isso. Xingando feito louco. Ele está inquirindo o pobre Major Metcalf. O velho continua dizendo que não notou se eles estavam ou não lá quando ele olhou lá dentro pouco antes de Mrs. Boyle ser assassinada. Trotter diz que ele *tem* que ter visto. Se você perguntar a minha opinião — Christopher baixou a voz e se inclinou adiante —, esse negócio todo está começando a pesar para cima de Trotter.
— Está pesando para todos nós — disse Molly.
— Não para mim. Acho isso estimulante. É tudo tão deliciosamente surreal.
Molly falou bruscamente:
— Você não diria isso se... se tivesse sido você a encontrá-la. Mrs. Boyle, quero dizer. Continuo pensando nisso... não consigo esquecer. O rosto dela... todo inchado e roxo...
Ela estremeceu. Christopher foi até ela. Colocou uma mão no ombro dela.
— Eu sei. Sou um idiota. Desculpe. Eu não pensei direito.
Um soluço seco escalou a garganta de Molly.
— Tudo parecia tão bem agora mesmo... a comida... a cozinha — falou confusa, incoerente. — E então, de repente... tudo voltou... que nem um pesadelo.
Havia uma expressão curiosa no rosto de Christopher Wren enquanto ele ali permanecia, olhando para a cabeça baixa dela.
— Entendo — disse ele. — Entendo. — Ele se afastou. — Bem, é melhor eu sair e... não te interromper.

Molly gritou "Não vá!" bem no momento em que a mão dele encostava na maçaneta.

Ele se virou, olhando para ela de forma intrigada. Então voltou lentamente.

— Você realmente está falando sério?

— Falando sério sobre o quê?

— Você realmente não quer... que eu vá?

— Não, estou dizendo. Não quero ficar sozinha. Estou com medo de ficar sozinha.

Christopher se sentou à mesa. Molly se abaixou ao fogão, colocou a torta em uma prateleira mais alta, fechou a porta do forno, voltou e se juntou a ele.

— Isso é muito interessante — disse Christopher em uma voz equilibrada.

— O que foi?

— O fato de você não ter medo de ficar... sozinha comigo. Você não tem, não é?

Ela sacudiu a cabeça.

— Não, não tenho.

— Por que você não tem medo, Molly?

— Não sei... não tenho.

— E ainda assim eu sou a única pessoa que... se encaixa no perfil. Um assassino sob medida.

— Não — disse Molly. — Existem... outras possibilidades. Andei conversando com o Sargento Trotter sobre elas.

— Ele concordou com você?

— Ele não discordou — Molly falou lentamente.

Certas palavras ressoavam de novo e de novo na cabeça dela. Especialmente aquela última frase: *Eu sei exatamente o que se passa na sua cabeça, Mrs. Davis.* Mas será que sabia mesmo? Será que poderia mesmo saber? Ele também tinha dito que o assassino estava se divertindo. Seria isso verdade?

Ela falou para Christopher:

— *Você* não está se divertindo de verdade, não é? Apesar do que você acabou de falar.

— Meu bom Deus, não — disse Christopher, encarando-a.
— Que coisa esquisita de se dizer.
— Oh, eu não falei isso. O Sargento Trotter falou. Eu odeio aquele homem! Ele... ele coloca coisas na sua cabeça... coisas que não são verdade... que não podem ser verdade.

Ela levou as mãos à cabeça, cobrindo os olhos com elas. Muito delicadamente, Christopher afastou-as.

— Olha aqui, Molly — disse ele —, o que está acontecendo?

Ela permitiu que ele a forçasse gentilmente a se sentar em uma cadeira à mesa da cozinha. O jeito dele não mais era histérico ou infantil.

— Qual é o problema, Molly? — disse ele.

Molly olhou para ele — um longo olhar estimativo. Ela perguntou em vão:

— Há quanto tempo eu lhe conheço, Christopher? Dois dias?

— Por aí. Você está pensando, não é, que embora seja tão pouco tempo, parecemos nos conhecer muito bem.

— Sim... é esquisito, não é?

— Ah, eu não sei. Existe uma espécie de solidariedade entre nós. Possivelmente porque nós dois já... enfrentamos muito.

Não era uma pergunta. Era uma afirmação. Molly deixou passar. Ela falou bem baixinho, e de novo era uma afirmação ao invés de uma pergunta:

— O seu nome não é realmente Christopher Wren, não é.
— Não.
— Por que você...
— Escolheu esse? Ah, parecia um capricho agradável. O pessoal costumava zombar de mim e me chamar de Christopher Robin na escola. Robin... Wren... uma associação de ideias, imagino.

— Qual é o seu verdadeiro nome?

Christopher falou baixinho:

— Não vamos falar disso. Não significaria nada para você. Não sou um arquiteto. Na verdade, sou um desertor do Exército.

Um choque leve perpassou os olhos de Molly em um breve instante.

Christopher percebeu.

— Sim — disse ele. — Tal qual o nosso assassino desconhecido. Eu falei que era o único cuja especificação se encaixava.

— Não seja estúpido — disse Molly. — Eu falei que não acreditava que você era o assassino. Anda... fale-me sobre você. O que fez com que você desertasse? Os nervos?

— Medo, você diz? Não, curiosamente, eu não estava com medo... não mais do que os outros, quero dizer. Na verdade eu tinha a fama de manter a calma no meio da ação. Não, foi algo bem diferente. Foi... a minha mãe.

— A sua mãe?

— Sim... sabe, ela foi morta... em um ataque aéreo. Soterrada. Tiveram... tiveram que desenterrá-la. Não sei o que aconteceu comigo quando ouvi a notícia... acho que enlouqueci um pouco. Pensei, sabe, que tivesse acontecido *comigo*. Eu senti que precisava voltar para casa rápido e... e me desenterrar... não consigo explicar... foi tudo muito confuso. — Ele baixou a cabeça até as mãos e falou em uma voz abafada. — Eu vaguei durante um bom tempo, procurando por ela, ou por mim mesmo, não sei qual. E então, quando a minha mente clareou, eu tinha muito medo de voltar, ou de me apresentar, sabia que jamais poderia me explicar. Desde então, tenho sido... nada.

Ele a encarou, o seu rosto jovem feito oco pelo desespero.

— Você não deveria se sentir assim — disse Molly gentilmente. — Você pode começar de novo.

— Será que isso é possível?

— Claro... você é bem novo.

— É, mas veja só... eu cheguei ao fim.

— Não — disse Molly. — Você não chegou ao fim, você só acha que chegou. Acredito que todo mundo já se sentiu assim, pelo menos uma vez em sua vida... que é o fim, que não consegue continuar.

— Você já passou por isso, não foi, Molly? Deve ter passado... para conseguir falar assim.
— Sim.
— O que aconteceu com você?
— Comigo foi o que aconteceu com muita gente. Eu estava noiva de um jovem piloto de guerra... e ele foi morto.
— Não teve mais coisa além disso?
— Imagino que sim. Eu tive um choque terrível quando era mais nova. Eu enfrentei uma coisa bem cruel e monstruosa. Isso me predispôs a pensar que a vida era sempre... horrível. Quando Jack foi morto isso serviu para confirmar a minha crença de que a vida toda era cruel e traidora.
— Eu sei. E então, imagino — disse Christopher, observando-a —, apareceu Giles.
— Sim. — Ele viu o sorriso, gentil, quase tímido, que tremulava na boca dela. — Giles apareceu... tudo pareceu certo e seguro e feliz... Giles!
O sorriso sumiu dos lábios dela. O rosto se tornou subitamente afetado. Ela tremeu como se estivesse sentindo frio.
— Qual é o problema, Molly? O que está te assustando? Você *está* assustada, não está?
Ela assentiu.
— E tem alguma coisa a ver com Giles? Algo que ele falou ou fez?
— Não é Giles, na verdade. É aquele homem horrível!
— Que homem horrível? — Christopher estava surpreso. — Paravicini?
— Não, *não*. Sargento Trotter.
— Sargento Trotter?
— Sugerindo coisas... insinuando coisas... colocando pensamentos terríveis na minha cabeça com relação a Giles... pensamentos que eu não sabia que estavam ali. Ah, eu o odeio... eu o odeio.
As sobrancelhas de Christopher subiram em lenta surpresa.

— Giles? *Giles*! Sim, claro, ele e eu somos quase da mesma idade. Ele me parece muito mais velho do que eu... mas imagino que não seja, realmente. Sim, Giles deve se encaixar igualmente bem na descrição. Mas, veja só, Molly, tudo isso é besteira. Giles estava aqui com você no dia em que aquela mulher foi morta em Londres.

Molly não respondeu.

Christopher a encarou de forma penetrante.

— Ele não estava aqui?

Molly falou sem respirar, as palavras saindo em uma confusão incoerente.

— Ele ficou fora o dia todo, de carro, ele foi até o outro lado do condado para ver um arame farpado que estava em promoção lá, pelo menos foi isso que ele falou... foi isso que eu pensei... até... até...

— Até o quê?

Lentamente a mão de Molly se esticou e tracejou a data do *Evening Standard* que cobria uma parte da mesa da cozinha.

Christopher olhou para aquilo e falou:

— Edição de Londres, de dois dias atrás.

Christopher encarou. Ele encarou o jornal e encarou Molly. Ele juntou os lábios e começou a assoviar, então se deu conta abruptamente. Não era de bom tom assoviar aquela melodia agora.

Escolhendo suas palavras cuidadosamente, e evitando o olhar dela, falou:

— O quanto você realmente... sabe sobre Giles?

— Não — gritou Molly. — Não! Foi exatamente o que aquele monstro do Trotter falou... ou insinuou. Que as mulheres geralmente não sabiam de nada sobre os homens com os quais elas se casavam, especialmente durante a guerra. Elas... elas simplesmente acreditavam nas palavras dos homens sobre eles mesmos.

— Isso é bem verdade, imagino.

— *Você* não diga isso também! Não suporto. É só porque estamos todos nesse estado, tão perturbados. Nós... nós acreditaríamos em *qualquer* sugestão fantasiosa... Não é verdade! Eu...

Ela parou. A porta da cozinha se abriu. Giles entrou. Havia uma expressão sombria no rosto dele.

— Estou interrompendo alguma coisa? — indagou.

Christopher deslizou da mesa.

— Só estou tendo algumas aulas de culinária — disse ele.

— É mesmo? Bem, olha só, Wren, conversas privadas não são muito saudáveis no momento atual. Fique fora da cozinha, ouviu?

— Ah, mas certamente...

— Fique longe da minha esposa, Wren. Ela não será a próxima vítima.

— Isso é exatamente com o que eu me preocupo — disse Christopher.

Se havia qualquer significado nas palavras, Giles aparentemente não percebeu. Ele simplesmente ganhou uma tonalidade mais escura de vermelho.

— Deixe a preocupação para mim — falou. — Eu posso cuidar da minha esposa. Cai fora daqui.

Molly falou em uma voz límpida:

— Por favor, Christopher, vá. Sim... de verdade.

Christopher se moveu lentamente em direção à porta.

— Eu não irei para muito longe — disse ele, e as palavras foram direcionadas a Molly e guardavam um significado muito definitivo.

— Você *pode* sair daqui de uma vez?

Christopher soltou uma aguda risadinha infantil.

— Sim, sim, comandante — disse ele.

A porta se fechou atrás dele. Giles se voltou para Molly.

— Pelo amor de Deus, Molly, você não *pensa*? Trancada aqui sozinha com um maníaco homicida perigoso!

— Ele não é o... — ela mudou a frase rapidamente — ele não é perigoso. De qualquer forma, estou atenta. Eu consigo... cuidar de mim mesma.

Giles riu de modo desagradável.

— Assim como Mrs. Boyle.

— Ah, Giles, *não* faça isso.

— Lamento, querida. Mas estou furioso. Aquele moleque desgraçado. O que você enxerga nele eu não consigo entender.

Molly falou lentamente:

— Eu sinto pena dele.

— Pena de um lunático homicida?

Molly lançou um olhar curioso a ele.

— Eu posso estar sentindo pena de um lunático homicida — disse ela.

— E chamando-o de Christopher, além disso. Desde quando vocês se conhecem tão bem a ponto de usarem os primeiros nomes?

— Ah, Giles, não seja ridículo. Todo mundo se trata pelo nome hoje em dia. Você sabe disso.

— Mesmo depois de apenas alguns dias? Mas talvez seja mais do que isso. Talvez você já conhecesse Mr. Christopher Wren, o arquiteto de araque, antes de ele vir aqui? Talvez você tenha sugerido a ele que *viesse* aqui? Talvez vocês dois tenham planejado isso entre vocês?

Molly o fitou.

— Giles, você enlouqueceu? O que diabos você está insinuando?

— Estou insinuando que Christopher Wren é um velho amigo, que você tem ligações mais próximas com ele do que gostaria que eu soubesse.

— Giles, você deve estar louco!

— Imagino que você irá continuar dizendo que nunca o viu até ele entrar aqui. Muito estranho que ele venha e fique num lugar longe de tudo que nem esse, não é?

— É mais estranho do que Major Metcalf e... e Mrs. Boyle se hospedarem aqui?

— Sim... eu acho que é. Eu sempre li que esses resmungões lunáticos têm uma fascinação peculiar por mulheres. Como você o conheceu? Há quanto tempo isso acontece?

— Você está sendo absolutamente ridículo, Giles. Eu nunca vi Christopher Wren até ele chegar aqui.

— Você não foi até Londres para se encontrar com ele dois dias atrás e combinar de se encontrarem aqui como se não se conhecessem?

— Você sabe muito bem, Giles, que eu não vou a Londres há semanas.

— Não? Isso é interessante. — Ele pescou uma luva forrada de pele do bolso e a exibiu. — Essa é uma das luvas que você estava usando antes de ontem, não é? No dia em que fui até Sailham comprar o arame.

— No dia em que *você* foi até Sailham comprar o arame — disse Molly, o encarando fixamente. — Sim, eu usei essas luvas quando saí.

— Você falou que foi ao vilarejo. Se você realmente tivesse ido ao vilarejo, o que isso estaria fazendo dentro dessa luva?

De modo acusatório, ele estendeu um bilhete de ônibus cor-de-rosa.

Fez-se silêncio por um momento.

— Você foi até Londres — disse Giles.

— Tudo bem — disse Molly. O queixo dela se ergueu. — Eu fui a Londres.

— Para se encontrar com esse tal de Christopher Wren.

— Não, não foi para me encontrar com Christopher.

— Então, por que você foi?

— Acontece que nesse momento, Giles — disse Molly —, eu não vou te contar.

— O que significa que você irá usar o tempo para inventar uma boa história!

— Eu acho que te odeio! — disse Molly.

— Eu não te odeio — falou Giles lentamente. — Mas bem que gostaria. Eu simplesmente tenho a impressão de que... não te conheço mais... eu não sei nada sobre você.

— Eu sinto o mesmo — disse Molly. — Você... você é apenas um estranho. Um homem que mente para mim...

— Quando foi que eu menti para você?

Molly riu.

— Você acha que eu acredito naquela sua história do arame? *Você* estava em Londres também, naquele dia.

— Imagino que você tenha me visto lá — disse Giles. — E você não confia em mim o bastante...

— Confiar em você? Eu nunca mais vou confiar em ninguém... nunca... mais.

Nenhum deles tinha notado a abertura suave da porta da cozinha. Mr. Paravicini tossiu de leve.

— Que vergonhoso — ele murmurou. — Espero que vocês, jovens, não estejam falando mais do que gostariam. É tão fácil fazer isso numa briga entre amantes.

— Briga entre amantes — disse Giles com zombaria. — Essa é boa.

— Muito mesmo, muito mesmo — disse Mr. Paravicini. — Eu sei exatamente como vocês se sentem. Eu já passei por tudo isso quando era mais novo. Mas o que eu vim até aqui para dizer é que o inspetor insistiu para que todos nós fôssemos para a sala de estar. Parece que ele tem uma ideia. — Mr. Paravicini riu delicadamente. — A polícia tem uma pista... sim, escutamos isso o tempo todo. Mas uma *ideia*? Eu duvido muito. Um oficial zeloso e meticuloso, sem dúvida, o nosso Sargento Trotter, mas não creio que seja muito dotado de inteligência.

— Vá, Giles — disse Molly. — Eu preciso cuidar da comida. O Sargento Trotter consegue se virar sem mim.

— Falando em comida — falou Mr. Paravicini, saltitando pela cozinha até se colocar ao lado de Molly —, já experimentou fígado de galinha servido em uma torrada muito bem coberta de *foie gras* e uma fina camada de bacon coberta de mostarda francesa?

— *Foie gras* não é muito comum de se ver hoje em dia — disse Giles — Vamos, Paravicini.

— Quer que eu fique e a ajude, minha cara dama?

— O senhor venha para a sala de estar, Paravicini — disse Giles.

Mr. Paravicini riu de leve.

— O seu marido teme por você. O que é muito natural. Ele nem cogita a ideia de deixá-la sozinha *comigo*. São as minhas tendências sádicas que ele teme, não as desonráveis. Eu me submeto à força dele.

Ele se curvou graciosamente e beijou a ponta dos seus dedos.

Molly falou desconfortável:

— Ah, Mr. Paravicini, eu tenho certeza...

Mr. Paravicini sacudiu a cabeça. Ele falou para Giles:

— Você é muito sábio, meu jovem. *Não se arrisque.* Posso provar a você, ou ao inspetor, aliás, que não sou um maníaco homicida? Não, não posso. Negativas são coisas tão difíceis de serem provadas.

Ele cantarolou alegre.

Molly estremeceu.

— Por favor, Mr. Paravicini... essa melodia horrenda não.

— "Três ratos cegos"... é mesmo! A melodia ficou na minha cabeça. Agora que penso nisso, é uma rimazinha bem grotesca. Não é nem de longe uma rima agradável. Mas as crianças gostam de coisas grotescas. Vocês já notaram isso? Essa rima é muito inglesa, a bucólica e cruel zona rural inglesa. "Cortou fora seus rabos com uma faca de açougueiro." Claro que uma criança iria amar isso... eu poderia te contar coisas sobre crianças que...

— Por favor, não — interrompeu Molly debilmente — Eu também acho que você é cruel. — A voz dela subiu histericamente. — Você ri e sorri... você é que nem um gato brincando com um rato... brincando...

Ela começou a rir.

— Calma, Molly — disse Giles. — Venha, vamos todos juntos para a sala. Trotter vai começar a ficar impaciente. Esqueça a cozinha. Assassinato é mais importante do que comida.

— Não sei se concordo com você — disse Mr. Paravicini enquanto os seguia com passinhos saltitantes. — O condenado come bem... é o que dizem por aí.

Christopher Wren se juntou a eles no corredor e recebeu uma carranca de Giles. Ele olhou rápido para Molly, com uma expressão ansiosa, mas Molly, de cabeça erguida, caminhou olhando para a frente. Marcharam quase que como em uma procissão até a sala de estar. Mr. Paravicini vinha por último com seus passinhos saltitantes.

Sargento Trotter e Major Metcalf aguardavam de pé na sala. O major parecia mal-humorado. Sargento Trotter parecia corado e enérgico.

— Isso mesmo — disse, enquanto entravam. — Eu queria todos vocês reunidos. Quero fazer um experimento... e para isso vou precisar da cooperação de vocês.

— Vai demorar? — indagou Molly. — Estou muito ocupada na cozinha. Afinal, vamos ter que comer em algum momento.

— Sim — disse Trotter. — Agradeço, Mrs. Davis. Mas, se você puder me desculpar, existem coisas mais importantes que refeições! Mrs. Boyle, por exemplo, não precisará de outra refeição.

— Sinceramente, sargento — disse Major Metcalf —, essa é uma extraordinária falta de tato para abordar o assunto.

— Desculpe-me, Major Metcalf, mas quero que todo mundo coopere com isso.

— Você encontrou os seus esquis, Sargento Trotter? — indagou Molly.

O jovem corou.

— Não, eu não encontrei, Mrs. Davis. Mas posso dizer que tenho uma suspeita perspicaz de quem os pegou. E o motivo pelo qual os esquis foram levados. Não direi mais nada.

— Por favor, não — implorou Mr. Paravicini. — Eu sempre acreditei que as explicações deveriam ser guardadas para o finalzinho... aquele emocionante último capítulo, sabe.

— Isso não é um jogo, senhor.

— Não é? É aí que eu acho que você está errado. Eu acho que *é* um jogo... para alguém.

— O *assassino* está se divertindo — murmurou Molly suavemente.

Os outros olharam para ela em surpresa. Ela enrubesceu.

— Só estou repetindo aquilo que o Sargento Trotter me falou.

O Sargento Trotter não pareceu gostar muito disso.

— Está tudo bem, Mr. Paravicini, mencionar últimos capítulos e falar como se tudo isso fosse um livro de mistérios — disse ele. — Mas é tudo real. Tudo isso está acontecendo de verdade.

— Desde — disse Christopher Wren, passando o dedo pelo pescoço delicadamente — que não aconteça comigo.

— Ora — disse o Major Metcalf. — Nada disso, jovem. O sargento aqui irá nos dizer o que ele quer que façamos.

O Sargento Trotter limpou a garganta. A voz dele se tornou oficial.

— Eu ouvi alguns depoimentos de todos vocês há um tempo — disse ele. — Aqueles depoimentos estavam relacionados com as posições de vocês no momento em que o assassinato de Mrs. Boyle aconteceu. Mr. Wren e Mr. Davis estavam em seus quartos individuais. Mrs. Davis estava na cozinha. Major Metcalf estava no porão. Mr. Paravicini estava aqui nesta sala...

Ele fez uma pausa e então continuou.

— São as declarações que vocês fizeram. Eu não tenho como checar nenhuma das informações. Podem ser verdadeiras... podem não ser. Para deixar bem claro, quatro das afirmações são verdadeiras, mas *uma delas é falsa*. Qual?

Ele olhou de rosto para rosto. Ninguém falou.

— Quatro de vocês estão falando a verdade... um está mentindo. Tenho um plano que pode me ajudar a encontrar o mentiroso. E se eu descobrir que um de vocês mentiu para mim... então eu descubro quem é o assassino.

Giles falou bruscamente:

— Não necessariamente. Alguém pode ter mentido... por algum outro motivo.

— Duvido muito, Mr. Davis.

— Mas qual é a ideia, homem? Você acabou de falar que não tem como checar as afirmações.

— Não, mas supondo que todos tivessem que repetir esses movimentos uma segunda vez.

— Bah — disse o Major Metcalf depreciativamente. — Reconstituição do crime. Que ideia mais diferente.

— Não é uma reconstituição do *crime*, Major Metcalf. Uma reconstituição dos movimentos de pessoas aparentemente inocentes.

— E o que você espera descobrir com isso?

— Perdoe-me por não revelar isso no momento.

— Você quer uma repetição dos eventos? — indagou Molly.

— Mais ou menos, Mrs. Davis.

Houve um silêncio. Era, de alguma forma, um silêncio inquieto.

"É uma armadilha", pensou Molly. "É uma armadilha... mas eu não entendo como..."

Poderia se pensar que havia cinco culpados na sala, ao invés de um culpado e quatro inocentes. Todos lançaram olhares indagadores para o jovem sorridente, cheio de certeza, que tinha proposto esse estratagema que parecia tão inofensivo.

Christopher explodiu estridente:

— Mas eu não entendo... simplesmente não entendo... o que você espera descobrir... fazendo as pessoas repetirem aquilo que fizeram antes. Parece apenas absurdo!

— É mesmo, Mr. Wren?

— Claro — falou Giles lentamente —, que faremos o que você disser, sargento. Vamos cooperar. Vamos fazer exatamente o que fizemos antes?

— As mesmas ações serão realizadas, sim.

Uma leve ambiguidade na frase fez com que o Major Metcalf olhasse para cima bruscamente. O Sargento Trotter continuou.

— Mr. Paravicini nos contou que ele se sentou ao piano e tocou determinada melodia. Talvez, Mr. Paravicini, você pudesse nos fazer a gentileza de nos mostrar exatamente o que fez?

— Muito certamente, meu querido sargento.

Mr. Paravicini saltitou agilmente pela sala até o piano de cauda e se acomodou no banquinho.

— O maestro no piano irá tocar a música tema de um assassinato — disse ele com um floreio.

Ele sorriu e, com maneirismos elaborados, usou de um dedo para tocar a melodia de "Três ratos cegos".

"Ele está se divertindo", pensou Molly. "Ele está se divertindo."

Na grande sala, as notas suaves, abafadas, tinham um efeito quase sobrenatural.

— Obrigado, Mr. Paravicini — disse o Sargento Trotter. — Essa, eu presumo, foi a maneira exata como você tocou a melodia na... na ocasião anterior?

— Sim, sargento, foi. Eu repeti três vezes.

Sargento Trotter se virou para Molly.

— Você toca piano, Mrs. Davis?

— Sim, Sargento Trotter.

— Você seria capaz de tocar a melodia, tal qual Mr. Paravicini fez, tocando exatamente da mesma maneira?

— Certamente que sim.

— Então você poderia se sentar ao piano e se preparar para assim o fazer quando eu der o sinal?

Molly pareceu levemente chocada. Então foi lentamente até o piano.

Mr. Paravicini se ergueu do banco do piano com um protesto estridente.

— Mas, sargento, eu entendi que iríamos cada um repetir os nossos papéis de antes. *Eu* estava aqui no piano.

— As mesmas ações serão realizadas como na ocasião anterior... *mas elas não serão executadas exatamente pelas mesmas pessoas.*

— Eu... não vejo o propósito disso — disse Giles.

— *Existe* um propósito, Mr. Davis. É uma maneira de checar as declarações originais... e posso falar de *uma* declaração em especial. Agora, por favor. Eu irei indicar as suas variadas posições. Mrs. Davis ficará aqui, no piano. Mr. Wren, será que você poderia gentilmente ir para a cozinha? Apenas fique de olho no jantar de Mrs. Davis. Mr. Paravicini, será que você pode ir para o quarto de Mr. Wren? Lá você pode exercitar os seus talentos musicais assoviando "Três ratos cegos" tal qual ele fez. Major Metcalf, você poderia subir até o quarto de Mr. Davis e examinar o telefone? E você, Mr. Davis, pode dar uma olhada no armário no corredor e então descer ao porão?

Houve um momento de silêncio. Então quatro pessoas se moveram lentamente na direção da porta. Trotter as seguiu. Ele olhou por cima do ombro.

— Conte até cinquenta e então comece a tocar, Mrs. Davis — disse ele.

Ele seguiu os outros em saída. Antes que a porta se fechasse, Molly ouviu a voz de Mr. Paravicini dizer estridente:

— Eu não sabia que a polícia gostava tanto de jogos de salão.

— Quarenta e oito, quarenta e nove, cinquenta.
Obedientemente, a contagem chegou ao fim, Molly começou a tocar. De novo a cruel melodia suave ressoou na enorme sala ecoante.

Três ratos cegos
Veja como correm...

Molly sentiu o coração dela bater mais e mais depressa. Tal como Paravicini tinha dito, era uma rimazinha estranhamente assustadora e grotesca. Tinha aquela incompreensão infantil do conceito de piedade que era tão assustadora quando encontrada em um adulto.

Muito de leve, vindo do andar de cima, ela conseguia ouvir a mesma melodia sendo assoviada no quarto acima — Paravicini encenando o papel de Christopher Wren.

De repente, no cômodo ao lado, o rádio foi ligado na biblioteca. Sargento Trotter deve ter ligado. Ele próprio fazia o papel de Mrs. Boyle.

Mas por quê? Qual era o objetivo de tudo isso? Onde estava a armadilha? Porque havia uma armadilha, disso ela tinha certeza.

Uma lufada de ar frio soprou na traseira do pescoço dela. Ela virou a cabeça de uma vez. Certamente a porta tinha sido aberta. Alguém tinha entrado na sala — não, a sala estava vazia. Mas de repente ela sentiu ansiedade — medo. Se alguém *entrasse*. Imagine que Mr. Paravicini saltitasse pela porta, viesse em pulinhos até o piano, seus longos dedos se contorcendo e se contorcendo...

— *Então você está tocando a sua própria marcha fúnebre, minha querida dama, um pensamento feliz...*

Besteira... não seja estúpida... não imagine coisas. Além disso, você é capaz de ouvi-lo assoviando acima da sua cabeça, assim como ele consegue lhe ouvir.

Molly quase tirou os dedos do piano no momento em que o pensamento ocorreu a ela. Ninguém *ouviu* Mr. Paravicini tocando. Era essa a armadilha? Seria, talvez, possível, que Mr. Paravicini não estivesse tocando de verdade? Que ele tinha estado não na sala, mas na biblioteca? Na biblioteca, estrangulando Mrs. Boyle?

Ele ficou incomodado, muito incomodado, quando Trotter a colocou para tocar. Ele havia enfatizado a suavidade com que tinha executado a melodia. Claro, ele enfatizou a suavidade na esperança de que fosse suave demais para ser ouvida fora da sala. Porque se qualquer pessoa que escutasse dessa vez não tivesse ouvido antes — bem, dessa forma Trotter conseguiria aquilo que desejava — *a pessoa que tinha mentido.*

A porta da sala de estar se abriu. Molly se levantou esperando que fosse Paravicini, quase gritou. Mas era apenas o Sargento Trotter que tinha entrado, no momento em que ela terminava a terceira repetição da melodia.

— Obrigado, Mrs. Davis — disse ele.

Ele parecia extremamente satisfeito consigo mesmo, e os seus modos eram vivazes e confiantes.

Molly tirou as mãos das teclas.

— Você conseguiu aquilo que queria? — indagou ela.

— Sim, com certeza. — A voz dele era exultante. — Eu consegui exatamente aquilo que eu queria.

— O quê? Quem?

— Você não sabe, Mrs. Davis? Por favor... não é tão difícil assim. A propósito, você foi, se me permite dizer, extraordinariamente tola. Você me deixou caçando a terceira vítima. E, como resultado, se colocou em grande perigo.

— Eu? Eu não sei do que você está falando.

— Estou dizendo que você não tem sido honesta comigo, Mrs. Davis. Você escondeu informações de mim... assim como Mrs. Boyle escondeu informações de mim.

— Eu não entendo.

— Ah, sim, você entende. Ora, quando mencionei o caso da Fazenda Longridge pela primeira vez, *você sabia tudo sobre ele*. Ah, sim, você sabia. Você ficou incomodada. E foi você quem confirmou que Mrs. Boyle era a oficial de habitação nessa parte do país. Tanto você quanto ela vieram daqui. Então comecei a especular quem poderia ser a terceira vítima, eu me foquei imediatamente em você. Você tinha demonstrado conhecimento de primeira mão sobre o caso da Fazenda Longridge. Nós policiais não somos tão burros quanto parecemos, sabe.

Molly falou em uma voz baixa.

— Você não entende. Eu não queria relembrar.

— Posso entender isso. — A voz dele mudou um pouco.

— O seu nome de solteira era Wainwright, certo?

— Sim.

— E você é só um pouquinho mais velha do que finge ser. Em 1940, quando isso aconteceu, você era a professora na escola Abbeyvale.

— Não!

— Ah, sim, você era, Mrs. Davis.

— Eu não era, estou lhe dizendo.

— O menino que morreu conseguiu enviar uma carta para você. Ele roubou um selo. A carta implorava por ajuda... ajuda de sua gentil professora. É obrigação de uma professora descobrir por que uma criança não vai para a escola. Você não descobriu. Você ignorou a carta do pobre coitado.

— Pare. — As bochechas de Molly estavam em chamas. — É da minha irmã que você está falando. Ela era a professora. E ela não ignorou a carta. Ela estava doente... com pneumonia. Ela não chegou a ver a carta até depois de a criança estar morta. Isso a perturbou profundamente... profundamente... ela era uma pessoa muito sensível. Mas não era culpa dela. E foi por ela ter sentido tanto que eu jamais consegui suportar a lembrança disso. Tem sido um pesadelo para mim, sempre.

As mãos de Molly foram para os olhos dela, os cobrindo. Quando ela as retirou, Trotter a encarava.

Ele falou suavemente.

— Então era a sua irmã. Bem, no fim das contas... — Ele abriu um sorriso contente. — Não importa muito, não é mesmo? A sua irmã... *meu* irmão...

Ele tirou algo do bolso. Ele sorria agora, alegre.

Molly encarou o objeto que ele segurava.

— Eu sempre achei que a polícia não carregasse armas — disse ela.

— *A polícia não* — disse o jovem. E continuou: — Mas, veja bem, Mrs. Davis, *eu não sou um policial*. Eu sou Jim. Sou o irmão de Georgie. Você achou que eu era um policial porque liguei da cabine policial no vilarejo e falei que o Sargento Trotter estava a caminho. Então cortei as linhas telefônicas do lado de fora assim que cheguei, para que você não conseguisse ligar de volta para a delegacia.

Molly o encarou. O revólver agora estava apontado para ela.

— Não se mexa, Mrs. Davis... e não grite... senão eu puxo o gatilho de uma vez.

Ele ainda sorria. Era, Molly se deu conta horrorizada, um sorriso de criança. E a voz dele, ao falar, se tornava uma voz de criança.

— Sim — disse ele —, eu sou o irmão de Georgie. Georgie morreu na Fazenda Longridge. Aquela mulher horrível nos mandou para lá, e a esposa do fazendeiro era cruel com a gente, e você não nos ajudou... três ratinhos cegos. Eu disse que mataria todos vocês quando crescesse. Eu estava falando sério. Penso nisso desde então. — Ele de repente franziu a testa. — Importunavam-me bastante no Exército, aquele médico vivia fazendo perguntas, eu precisava ir embora. Temia que eles fossem me impedir de fazer aquilo que eu queria fazer. Mas sou crescido agora. Adultos podem fazer aquilo que quiserem.

Molly se recompôs. "Fale com ele", disse ela a si mesma. "Distraia a mente dele."
— Mas, Jim, escute — disse ela. — Você jamais escapará em segurança.

O rosto dele se anuviou.
— Alguém escondeu os esquis. Eu não consigo encontrá-los. — Ele riu. — Mas ouso dizer que vai dar tudo certo. É o revólver do seu marido. Eu tirei da gaveta dele. Ouso dizer que vão achar que *ele* atirou em você. De qualquer forma... eu não ligo. Foi tão divertido... tudo isso. Fingir! Aquela mulher em Londres, o rosto dela quando ela me reconheceu. Aquela mulher idiota hoje de manhã!

Ele balançou a cabeça.

Claramente, com um efeito assombroso, veio o assovio. Alguém assoviando a melodia de "Três ratos cegos".

Trotter se alarmou, o revólver tremeu — uma voz gritou:
— Se abaixe, Mrs. Davis.

Molly foi ao chão no momento em que Major Metcalf, se levantando de detrás do esconderijo proporcionado pelo sofá, insurgiu para cima de Trotter. O revólver disparou — e a bala se alojou em uma das medíocres pinturas a óleo que eram tão queridas ao coração da falecida Miss Emory.

Um momento depois, era tudo pandemônio — Giles entrou correndo, seguido por Christopher e Mr. Paravicini.

Major Metcalf, mantendo o seu domínio de Trotter, falou em uma explosão de frases curtas:
— Entrei enquanto você tocava... me escondi atrás do sofá... estava na cola dele desde o começo... o que significa que eu sabia que ele não era um policial. *Eu sou* um policial... Inspetor Tanner. Combinamos com Metcalf que eu tomaria o lugar dele. A Scotland Yard achou adequado que tivéssemos alguém no local. Agora, meu garoto... — Ele falou bem gentilmente com o agora dócil Trotter. — Você vem comigo. Ninguém irá machucá-lo. Você ficará bem. Vamos cuidar de você.

Em uma voz infantil comovente, o jovem bronzeado perguntou:
— Georgie não vai ficar bravo comigo?
Metcalf respondeu:
— Não. Georgie não vai ficar bravo.
Ele murmurou para Giles ao passar por ele:
— Completamente biruta, o pobre diabo.
Saíram juntos. Mr. Paravicini encostou no braço de Christopher Wren.
— Você também, meu amigo — disse ele. — Venha comigo.
Giles e Molly, sozinhos, se entreolharam. Em um instante estavam um nos braços do outro.
— Querida — disse Giles —, tem certeza de que ele não a machucou?
— Não, não, estou bem. Giles, fiquei tão confusa. Eu quase pensei que você... por que você foi a Londres naquele dia?
— Querida, eu queria comprar um presente de aniversário de casamento para você, para amanhã. Eu não queria que você soubesse.
— Que extraordinário! *Eu* fui a Londres para comprar um presente para *você* e não queria que você soubesse.
— Eu fiquei terrivelmente enciumado daquele paspalho neurótico. Devo ter enlouquecido. Perdoe-me, querida.
A porta se abriu, e Mr. Paravicini veio saltitante feito um bode. Ele estava exultante.
— Interrompendo a reconciliação... uma cena tão bonita... Mas, infelizmente, preciso dizer adeus. Um jipe da polícia conseguiu chegar aqui. Irei convencê-los a me levar com eles. — Ele se abaixou e sussurrou misteriosamente no ouvido de Molly. — Pode ser que eu tenha alguns apertos no futuro, mas sei que resolverei tudo logo, e se você receber um pacote, contendo um ganso, um peru, umas latas de *foie gras*, um presunto... umas meias de náilon, sim? Bem, veja só, será com os meus cumprimentos a uma charmosa dama. Mr. Davis, meu cheque está na mesa da entrada.
Ele beijou a mão de Molly e saltitou até a porta.

— Náilon? — murmurou Molly — *Foie gras*? Quem é Mr. Paravicini? O Papai Noel?

— Estilo mercado ilegal, imagino — disse Giles.

Christopher Wren enfiou timidamente a cabeça na sala.

— Meus queridos — disse ele —, espero não estar incomodando, mas há um terrível cheiro de queimado vindo da cozinha. Será que eu preciso *fazer* alguma coisa com relação a isso?

Com um grito angustiado de "Minha torta!", Molly saiu correndo da sala.

Estranha graça

Publicado originalmente em 1941 nos Estados Unidos
na *This Week*, e em 1944 no Reino Unido, na *Strand
Magazine*, como "A Case of Buried Treasure"

— E essa — disse Jane Helier, completando suas apresentações — é Miss Marple!
Sendo uma atriz, ela era capaz de se fazer valer. Era claramente o clímax, o final triunfante! O tom dela era, ao mesmo tempo, composto de admiração reverente e triunfo.
A parte estranha era que o objeto de tal proclamação orgulhosa era apenas uma solteirona idosa, gentil, de aparência temperamental. Aos olhos de duas pessoas jovens que tinham acabado, graças ao esforço de Jane, de conhecê-la, houve demonstrada incredulidade e um toque de descrença. Eram pessoas de boa aparência; a garota, Charmian Stroud, magra e de cabelos pretos — o homem, Edward Rossiter, um jovem altíssimo, amável e de cabelos claros.
Charmian falou um tanto sem fôlego:
— Ah! Estamos muito felizes em conhecê-la.
Mas havia dúvida nos olhos dela. Ela lançou um rápido olhar questionador a Jane Helier.
— Querida — disse Jane, respondendo ao olhar —, ela é absolutamente *maravilhosa*. Deixe tudo com ela. Eu disse a você que a traria aqui e fiz isso. — Ela acrescentou para Miss Marple: — *Você irá* resolver tudo isso para eles, eu sei disso. Vai ser fácil para *você*.
Miss Marple virou seus plácidos olhos azuis de porcelana na direção de Mr. Rossiter.

— Será que você pode me dizer o que está havendo?
— Jane é uma amiga nossa. — Charmian se intrometeu impaciente. — Edward e eu estamos em uma situação difícil. Jane falou que se viéssemos à festa dela, ela iria nos apresentar a alguém que iria... que conseguiria... que poderia...

Edward veio ao auxílio.

— Jane nos disse que você é a última palavra naquilo que se refere a investigação, Miss Marple!

Os olhos da velha senhora brilharam, mas ela protestou de forma modesta.

— Ah, não, não! Nada do tipo. É que, morando em uma aldeia como eu, fica-se sabendo muito sobre a natureza humana. Mas vocês me deixaram muito curiosa. Me contem qual é o problema.

— Temo que seja por demasiado banal... apenas um tesouro enterrado — disse Edward.

— É mesmo? Mas isso me soa muito interessante!

— Eu sei. Que nem *A ilha do tesouro*. Mas o nosso problema carece dos costumeiros toques românticos. Não há nenhum ponto em um mapa indicado por uma caveira e ossos cruzados, nenhuma direção parecida com "quatro passos à esquerda, oeste a norte". É terrivelmente prosaico... só precisamos saber onde temos que cavar.

— Já tentaram, ao menos?

— Devo dizer que já cavamos por volta de dois acres quadrados! O lugar inteiro está pronto para ser transformado em uma horta. Só estamos vendo se plantamos abóboras ou batatas.

Charmian falou de forma bem abrupta:

— Podemos mesmo lhe contar tudo sobre o caso?
— Mas é claro, minha querida.
— Então vamos encontrar um lugar tranquilo. Venha, Edward.

Ela os guiou para fora da sala lotada e cheia de fumaça, e subiram as escadas até uma salinha de estar no segundo andar.

Quando se sentaram, Charmian começou de forma repentina.
— Bem, vamos lá! A história começa com Tio Mathew, tio... ou melhor, tio-bisavô... de nós dois. Ele era incrivelmente velho. Edward e eu éramos seus únicos parentes. Ele gostava de nós e sempre falou que quando morresse, nos deixaria o dinheiro dele. Bem, ele morreu em março e deixou tudo que tinha para ser dividido entre Edward e eu. O que eu acabei de falar parece insensível... não quero dizer que tenha sido bom que ele tenha morrido... na verdade, nós gostávamos bastante dele. Mas ele estava doente há um bom tempo.

"A verdade é que 'tudo' que ele deixou na verdade era praticamente nada. E isso, francamente, foi meio que um choque para nós dois, não foi, Edward?"

O amável Edward concordou.

— Veja bem — disse ele — estávamos contando com isso. Quero dizer, quando você sabe que uma fortuna está vindo em sua direção, você não... bem... não aperta o cinto e se esforça para ganhar dinheiro. Estou no Exército... não tenho nada além do meu salário... e Charmian não tem nada. Ela trabalha como gerente de palco em um teatro de repertório... bem interessante e ela gosta disso... mas não paga bem. Planejávamos nos casar, mas não estávamos preocupados com a parte financeira porque sabíamos que ficaríamos bem de vida um dia.

— E agora, veja só, não estamos! — disse Charmian. — Além disso, Ansteys, esse é o nome da casa da família, e Edward e eu amamos o lugar... provavelmente precisará ser vendida. E nós achamos que não conseguimos aguentar isso! Mas se não encontrarmos o dinheiro de Tio Mathew, teremos que vender.

Edward falou:
— Sabe, Charmian, ainda não chegamos no ponto principal.
— Bem, fale você, então.
Edward se virou para Miss Marple.

— É assim, veja bem. A medida em que Tio Mathew envelhecia, ele foi se tornando cada vez mais desconfiado. Ele não confiava em ninguém.

— Muito sábio da parte dele — disse Miss Marple. — A depravação da natureza humana é inacreditável.

— Bem, talvez você esteja certa. De qualquer forma, Tio Mathew assim pensava. Ele tinha um amigo que perdeu o dinheiro em um banco, e outro amigo que foi levado a ruína por um advogado fugitivo, e ele mesmo perdeu uma certa quantia de dinheiro numa empresa fraudulenta. Ele chegou ao ponto de fazer longos discursos, dizendo que a única coisa segura e sensata a se fazer com dinheiro era convertê-lo em barras de ouro e enterrá-lo.

— Ah — disse Miss Marple. — Começo a entender.

— Sim. Amigos argumentaram com ele, apontaram que ele não ganharia juros nenhum dessa forma, mas ele seguia firme, dizendo que não importava. A maior parte do seu dinheiro, dizia ele, deveria ser "mantida numa caixa debaixo da cama ou enterrada no jardim". Essas foram as palavras dele.

Charmian continuou:

— E quando ele morreu, não deixou quase nada em títulos, ainda que fosse muito rico. Então achamos que foi isso que ele fez.

Edward explicou:

— Descobrimos que ele tinha vendido títulos e fazia grandes saques de dinheiro de tempos em tempos, e ninguém sabia o que ele fazia com isso. Mas parece provável que ele tenha vivido de acordo com os seus princípios, e que ele tenha comprado ouro e o enterrado.

— Ele não falou nada antes de morrer? Não deixou nenhum papel? Nenhuma carta?

— Essa é a parte enlouquecedora. Ele não fez isso. Ele passou alguns dias inconsciente, mas teve uma melhora antes de morrer. Ele olhou para nós dois e riu, uma risadinha fraca, débil. Ele disse: "*Vocês* ficarão bem, meus dois pombinhos." E então ele bateu no olho, no olho direito dele, e piscou para nós. E então... morreu. Pobre Tio Mathew.

— Ele bateu no olho — disse Miss Marple pensativa.

Edward falou ansioso:

— Isso lhe alguma coisa? Fez-me pensar em uma história de Arsène Lupin na qual havia algo escondido no olho de vidro de um homem. Mas Tio Mathew não tinha um olho de vidro.

Miss Marple sacudiu a cabeça.

— Não... não consigo pensar em nada no momento.

Charmian falou desapontada:

— Jane nos falou que você nos diria *imediatamente* onde cavar!

Miss Marple sorriu.

— Não sou uma feiticeira, sabe. Eu não conheci o seu tio, ou que tipo de homem ele era, e eu não conheço a casa ou o terreno.

Charmian falou:

— E se você os conhecesse?

— Bem, deve ser bem simples, não é mesmo? — disse Miss Marple.

— Simples! — exclamou Charmian. — Pois venha até Ansteys e veja se é simples!

É bem possível que ela não tenha tido a intenção de que o convite fosse levado a sério, mas Miss Marple falou vivamente:

— Bem, isso é realmente muito gentil da sua parte, querida. Eu sempre quis ter a oportunidade de caçar um tesouro enterrado. E — acrescentou, olhando para eles com um iluminado sorriso do fim da era vitoriana — com um interesse romântico também!

—Viu só? — disse Charmian, gesticulando de forma dramática. Eles tinham acabado de completar uma grande excursão por Ansteys. Tinham andado pela horta — cheia de valas. Passaram pelo pequeno bosque, onde toda árvore importante teve o seu entorno escavado, e olharam com tristeza para a superfície esburacada do gramado que um dia fora liso. Subiram até o sótão, onde velhas cômodas e baús tinham sido esvaziados de seus conteúdos. Desceram até os porões, onde blocos de pedra haviam sido arrancados relutantemente de suas bases. Eles haviam medido e batido nas paredes, e mostrado a Miss Marple todos os móveis antigos que tinham ou onde se poderia suspeitar que houvesse uma gaveta secreta.

Em uma mesa da sala matinal havia uma pilha de papéis — todos os papéis que o falecido Mathew Stroud tinha deixado. Nenhum tinha sido destruído, e Charmian e Edward costumavam se voltar para eles repetidas vezes, examinando seriamente as contas, os convites e as correspondências de negócios na esperança de encontrar uma pista até então despercebida.

— Consegue pensar em um local que ainda não tenhamos olhado? — indagou Charmian esperançosa.

Miss Marple sacudiu a cabeça.

— Vocês parecem ter sido muito minuciosos, minha querida. Talvez, se me permite dizer, minuciosos até *demais*. Eu sempre penso, sabe, que é preciso ter um plano. É que nem a minha amiga, Mrs. Eldritch, ela tinha uma empregada muito boa, polia o linóleo lindamente, mas ela era tão minuciosa que polia demais o chão do banheiro, e, quando Mrs. Eldritch saiu da banheira, o tapete de cortiça escorregou debaixo dela, e ela teve uma queda terrível e quebrou a perna! Uma coisa muito embaraçosa, porque a porta do banheiro estava trancada, claro, e o jardineiro teve que pegar uma escada e entrar pela janela... terrivelmente incômodo para Mrs. Eldritch, que sempre foi uma mulher muito recatada.

Edward se remexeu inquieto.

Miss Marple falou rapidamente:

— Por favor, perdoe-me. É tão fácil, eu sei, me distrair com uma tangente. Mas uma coisa lembra a outra. E de vez em quando isso é útil. Tudo que estava tentando dizer era que, talvez, se tentássemos colocar as nossas mentes para trabalhar e pensássemos em um local provável...

Edward falou irritado:

— Você pense em um, Miss Marple. O meu cérebro e o de Charmian se tornaram belas telas em branco!

— Puxa vida. Mas é claro... muito exaustivo para vocês. Se vocês não se importarem, eu vou dar uma olhada nisso tudo aqui. — Ela indicou os papéis em cima da mesa. — Isto é, se não houver nada de particular... não quero dar a impressão de que estou bisbilhotando.

— Ah, tudo bem. Mas temo que você não irá encontrar nada.

Ela se sentou à mesa e avaliou metodicamente a pilha de documentos. Conforme redistribuía cada um, ela os classificava automaticamente em pequenos montes organizados. Ao terminar, ela permaneceu sentada, encarando por alguns minutos o que havia na frente dela.

Edward perguntou, não sem um toque de malícia:

— E então, Miss Marple?

Miss Marple voltou a si mesma com um leve sobressalto.

— Perdoe-me. Foi muito útil.

— Você encontrou alguma coisa relevante?

— Ah, não, nada disso, mas acredito saber que tipo de homem era o seu Tio Mathew. Bem parecido com o meu Tio Henry, eu acho. Ele gostava bastante de piadas bem óbvias. Um solteirão, evidentemente... eu me pergunto o motivo disso... por causa de alguma decepção quando mais novo? Metódico até certo ponto, mas não afeito a organização... poucos solteirões são!

Por trás das costas de Miss Marple, Charmian fez um sinal para Edward. Um sinal que dizia *ela é louca*.

Miss Marple continuava a tagarelar alegremente sobre seu falecido Tio Henry.

— Gostava muito de trocadilhos. E para algumas pessoas, trocadilhos são as coisas mais irritantes. Um simples jogo de palavras pode mesmo ser bastante chato. Ele também era um homem desconfiado. Vivia com a certeza de que os empregados estavam o roubando. E, de vez em quando, claro, realmente estavam, mas não sempre. Isso tomou conta dele, pobre coitado. No fim da vida ele suspeitava de que estavam mexendo na comida dele e, por fim, se recusava a comer qualquer coisa além de ovos cozidos! Dizia que ninguém poderia adulterar o interior de um ovo cozido. Querido Tio Henry, ele costumava ser uma alma tão alegre em uma determinada época... gostava muito do seu café depois do jantar. Ele sempre costumava dizer: "Este café está cheio dos tiques", o que significava que ele queria mais um tiquinho.

Edward tinha a impressão de que enlouqueceria se continuasse a ouvir falar de Tio Henry.

— Gostava de jovens também — continuou Miss Marple —, mas tinha o hábito de pegar no pé deles, se é que você me entende. Colocava sacos de doces em lugares que as crianças não conseguiam alcançar.

Deixando a educação de lado, Charmian falou:

— Parece uma pessoa horrível!

— Ah, não, querida, apenas um solteirão, sabe, e nada acostumado com crianças. E ele não era nem um pouco idiota, sério. Ele costumava manter uma boa quantidade de dinheiro em casa, e instalou um cofre. Fez um grande estardalhaço com relação a isso... e quão seguro era. Como resultado de tanto falatório, ladrões invadiram certa noite e fizeram um corte no cofre com um equipamento químico.

— Bem feito para ele — disse Edward.

— Ah, mas não havia nada no cofre — disse Miss Marple.

— Veja bem, na verdade ele guardava o dinheiro em outro lugar... atrás de um volume de sermões na biblioteca, para ser mais exata. Ele dizia que as pessoas nunca tiram um livro desses da prateleira!

Edward interrompeu animado:

— Ora, isso é uma ideia. E a biblioteca?

Mas Charmian balançou a cabeça zombeteira.

— Você acha que eu já não pensei nisso? Eu vasculhei todos os livros na terça-feira da semana passada, quando você foi para Portsmouth. Tirei cada um deles, sacudi todos. Nada ali.
Edward suspirou. Então, como que despertando, fez um esforço para despachar delicadamente sua hóspede decepcionante.
— Foi muito bom da sua parte ter vindo até aqui e tentado nos ajudar. Lamento que tenha sido tudo em vão. Sinto que já desperdiçamos muito do seu tempo. Contudo... vou tirar o carro, e você conseguirá pegar o trem de 15h30...
— Ah — disse Miss Marple —, mas precisamos encontrar o dinheiro, não é? Você não deve desistir, Mr. Rossiter. "Se você não consegue de primeira, tente, tente, tente outra vez."
— Quer dizer que você vai continuar... continuar tentando?
— Para falar a verdade — disse Miss Marple —, eu ainda nem comecei. "Primeiro você pega o seu coelho...", como dizia Mrs. Beaton em seu livro de receitas... um belo livro, mas terrivelmente caro; a maior parte das receitas começa com "Pegue um quarto de creme e uma dúzia de ovos". Deixe-me ver, onde eu estava? Ah, sim. Bem, nós, por assim dizer, já pegamos o nosso coelho... o coelho sendo, obviamente, o seu Tio Mathew, e só precisamos decidir agora onde ele teria escondido o dinheiro. Deve ser bem simples.
— Simples? — indagou Charmian.
— Ah, sim, querida. Tenho certeza de que ele teria feito a coisa óbvia. Uma gaveta secreta... essa é a minha solução.
Edward falou secamente:
— Você não poderia colocar barras de ouro em uma gaveta secreta.
— Não, não, claro que não. Mas não há motivos para crer que o dinheiro esteja em ouro.
— Ele sempre dizia que...
— Assim como o meu Tio Henry e o cofre dele! Então eu acredito fortemente que seja apenas uma distração. Diamantes... eles sim caberiam facilmente em uma gaveta secreta.

— Mas olhamos em todas as gavetas secretas. Chamamos um marceneiro para examinar toda a mobília.

— Chamou mesmo, querida? Isso foi esperto da sua parte. Eu diria que a mesa do seu tio seria o lugar mais provável. Era a escrivaninha alta encostada lá na parede?

— Sim. E vou mostrar.

Charmian foi até lá. Abaixou a tampa. Dentro havia escaninhos e pequenas gavetas. Ela abriu uma portinha no centro e tocou em uma mola dentro da gaveta esquerda. A parte inferior da repartição central clicou e deslizou para a frente. Charmian a puxou, revelando um compartimento raso embaixo. Estava vazio.

— Olha só que coincidência, não é mesmo? — exclamou Miss Marple. — Tio Henry tinha uma mesa igual a essa, só que a dele era de nogueira e essa é de mogno.

— De qualquer modo — disse Charmian —, não há nada aqui, como você pode ver.

— Suponho que o seu marceneiro era um jovem. Ele não sabia de tudo. As pessoas eram muito astutas quando faziam esconderijos no passado. Existem segredos dentro de segredos — disse Miss Marple.

Ela tirou um grampo de cabelo do seu firme coque de cabelos grisalhos. Endireitando-o, ela enfiou a ponta naquilo que parecia ser um buraco de minhoca em um lado do compartimento secreto. Com certa dificuldade, ela puxou uma gavetinha. Dentro dela estava um fardo de cartas desbotadas e um papel dobrado.

Edward e Charmian atacaram o achado em conjunto. Com dedos trêmulos, Edward desdobrou o papel. Ele soltou uma exclamação de desgosto.

— A porcaria de uma receita culinária. Presunto assado!

Charmian estava desfazendo o laço que segurava as cartas. Puxou uma e examinou-a.

— Cartas de amor!

Miss Marple reagiu com um prazer vitoriano.
— Que interessante! Talvez seja o motivo pelo qual o seu tio nunca se casou.

Charmian leu em voz alta:

Meu sempre querido Mathew, devo confessar que parece fazer muito tempo desde que recebi a sua última carta. Tento me ocupar com as várias atividades alocadas a mim, e frequentemente digo a mim mesma que sou muito afortunada por poder ver tantas partes do globo, ainda que mal tivesse pensado na ideia de que viajaria para ilhas tão distantes quando parti para a América!

Charmian parou.
— De onde é isso? Ah! Havaí!
Ela continuou:

Ai, os nativos daqui se encontram longe de ver a luz. Eles se encontram num estado desnudo e selvagem e passam a maior parte do tempo nadando e dançando, se adornando com guirlandas de flores. Mr. Gray converteu alguns mas é um trabalho difícil, e ele e Mrs. Gray ficam tristemente desencorajados. Eu tento fazer tudo que posso para animá-lo e motivá-lo, mas eu, também, frequentemente me entristeço por um motivo que você deve saber, querido Mathew. Ah, a ausência é uma tribulação pesada para o coração que ama. Os seus votos renovados e demonstrações de afeto me animam muito. Agora e sempre você possui o meu coração fiel e devoto, querido Mathew, e eu permaneço — o seu verdadeiro amor, Betty Martin.

P.S.: Endereço a minha carta em segredo para a nossa amiga mútua, Matilda Graves, como sempre. Espero que os céus perdoem esse pequeno subterfúgio.

Edward assoviou.

— Uma mulher missionária! Então esse foi o romance de Tio Mathew. Eu me pergunto por que eles nunca se casaram.

— Ela parece ter andado pelo mundo todo — disse Charmian, olhando as cartas. — Ilhas Maurício... todo tipo de lugar. Provavelmente morreu de febre amarela ou coisa do tipo.

Uma risadinha gentil os deixou agitados. Miss Marple estava, aparentemente, achando muita graça.

— Bem, bem — disse ela. — Imagine só isso!

Ela lia a receita do presunto assado. Ao ver os olhares questionadores deles, ela leu em voz alta:

— *Presunto assado com espinafre. Pegue um bom pedaço de pernil, recheie com cravo e cubra com açúcar mascavo. Asse em forno lento. Sirva com uma borda de purê de espinafre.* O que vocês acham disso?

— Acho que parece nojento — disse Edward.

— Não, não, na verdade seria muito bom... mas o que você acha do *negócio todo?*

Um súbito raio de luz iluminou o rosto de Edward.

— Você acha que é um código... algum tipo de criptograma? — Ele apanhou o papel. — Olha aqui, Charmian, pode ser, sabe! Não há motivo algum para colocar uma receita culinária em uma gaveta secreta por qualquer outro motivo.

— Exatamente — disse Miss Marple. — Muito, muito significativo.

Charmian falou:

— Eu sei o que pode ser... tinta invisível! Vamos aquecê-la. Ligue a lareira elétrica.

Edward assim o fez, mas nenhum sinal de escrita apareceu com o calor.

Miss Marple tossiu.

— Eu realmente acho, sabe, que vocês estão complicando *demais.* A receita é só uma indicação, por assim dizer. Eu acho que as cartas é que possuem significado.

— As cartas?

— Especialmente a assinatura — disse Miss Marple.

Mas Edward mal a ouviu. Ele falou animado:

— Charmian! Vem cá! Ela está certa. Veja... os envelopes são velhos, até aí tudo bem, mas as cartas foram escritas muito depois.

— Exatamente — disse Miss Marple.

— Elas são antigas de mentira. Aposto que o velho Tio Mat as falsificou ele mesmo...

— Precisamente — disse Miss Marple.

— O negócio todo é um despiste. Nunca houve uma mulher missionária. Deve ser um código.

— Minhas caras crianças... não existe a necessidade de dificultar tudo. O seu tio era um homem muito simples. Ele queria se divertir, só isso.

Pela primeira vez eles deram a ela a mais completa atenção.

— O que exatamente você quer dizer, Miss Marple? — indagou Charmian.

— Quero dizer, querida, que você está segurando o dinheiro na sua mão neste exato minuto.

Charmian olhou para baixo.

— A assinatura, querida. Isso desvenda todo o negócio. A receita é só uma dica. Tirando todo o cravo e açúcar mascavo e o resto, o que é *realmente*? Ora, presunto e espinafre, é claro! *Presunto e espinafre*! O que quer dizer... uma bobagem! Então está claro que são as cartas que importam. E então, se vocês levarem em consideração o que seu tio fez pouco antes de morrer. Ele bateu no olho, vocês disseram. Bem, aí está... isso lhes dá uma pista, entendem.

Charmian falou:

— Nós estamos loucos ou você está?

— Obviamente, minha querida, você deve ter ouvido a expressão que significa que algo não é verdade, ou será que ela caiu em desuso hoje em dia? "O meu olho e Betty Martin."

Edward engasgou, os olhos caindo na carta em sua mão.

— Betty Martin...

— Claro, Mr. Rossiter. Como você mesmo disse, não existe... não existiu essa pessoa. As cartas foram escritas pelo seu tio, e eu ouso dizer que ele se divertiu muito as escrevendo! Como você disse, a escrita nos envelopes é muito mais antiga... na verdade, os envelopes não poderiam pertencer às cartas, de qualquer forma, porque a marca de postagem da carta que você está segurando é de 1851.

Ela fez uma pausa. Foi muito enfática:

— Mil, oitocentos e cinquenta e um. E isso explica tudo, não é mesmo?

— Não para mim — disse Edward.

— Bem, claro — disse Miss Marple —, ouso dizer que também não faria sentido para mim não fosse o meu sobrinho-neto Lionel. Um menino tão querido e um colecionador de selos tão apaixonado. Sabe tudo sobre selos. Foi ele quem me contou sobre os selos raros e valiosos, e que uma maravilhosa descoberta tinha sido colocada em leilão. E eu me lembro mesmo dele mencionando um selo... um selo *azul de dois centavos* de 1851, acredito. Imaginem só! Presumo que os outros selos também sejam raros e valiosos. Sem dúvida o seu tio comprou de negociadores e tomou o cuidado de "cobrir os seus rastros", como dizem nas histórias de detetives.

Edward gemeu. Ele se sentou a afundou o rosto nas mãos.

— Qual é o problema? — indagou Charmian.

— Nada. É só o terrível pensamento de que, se não fosse por Miss Marple, nós teríamos queimado essas cartas de um jeito decente e cavalheiresco!

— Ah — disse Miss Marple —, isso é o que esses velhos cavalheiros que amam suas piadas nunca se dão conta. Tio Henry, eu me lembro, mandou uma nota de cinco libras para a sua sobrinha favorita como presente de Natal. Ele a colocou dentro de um cartão de Natal, lacrou o cartão com cola, e escreveu *Amor e os melhores votos. Temo que seja tudo que eu consiga oferecer esse ano.*

"Ela, pobre garota, ficou irritada com o que achou que fosse maldade dele e jogou aquilo no fogo; então, claro, ele teve que dar outra a ela."

Os sentimentos de Edward com relação a Tio Henry sofreram uma mudança completa e abrupta.

— Miss Marple — disse ele —, vou pegar uma garrafa de champanhe. Vamos beber pela saúde do seu Tio Henry.

O assassinato da fita métrica

Publicado originalmente em 1941 nos Estados Unidos.
No Reino Unido, na *Strand Magazine* em 1942 com o
título "The Case of the Retired Jeweller"

Miss Politt segurou na aldrava e bateu educadamente à porta do chalé. Depois de um pequeno intervalo, ela bateu de novo. O pacote sob seu braço esquerdo escorregou um pouco quando ela assim o fez, e ela o reacomodou. Dentro do pacote estava o novo vestido verde de inverno de Mrs. Spenlow, pronto para ajustes. Da mão esquerda de Miss Politt pendia uma bolsa de seda preta, contendo uma fita métrica, uma almofada de alfinetes e uma grande e prática tesoura.

Miss Politt era alta e magra, com um nariz fino, lábios comprimidos e ralos cabelos grisalhos. Ela hesitou antes de usar a aldrava pela terceira vez. Baixando o olhar para a rua, ela viu uma figura se aproximando rapidamente. Miss Hartnell, alegre, castigada pelo clima, 55 anos, gritou em sua costumeira voz alta de barítono:

— Boa tarde, Miss Politt!

A costureira respondeu:

— Boa tarde, Miss Hartnell. — A voz dela era excessivamente fina, e refinada em sua entonação. Ela tinha começado a vida como criada de companhia. — Com licença — continuou ela —, mas você sabe se, por acaso, Mrs. Spenlow não está em casa?

— Não faço a menor ideia — disse Miss Hartnell.

— É muito esquisito, veja bem. Eu estava agendada para fazer os ajustes no vestido novo de Mrs. Spenlow esta tarde. Três e meia, disse ela.

Miss Hartnell consultou o seu relógio de pulso.

— Já passou um pouco da meia hora.

— Sim. Bati três vezes, mas não parece haver resposta alguma, por isso eu estava me perguntando se Mrs. Spenlow poderia ter saído e se esquecido. Ela não tem o costume de esquecer compromissos e quer usar o vestido depois de amanhã.

Miss Hartnell passou pelo portão e caminhou pela estradinha para se juntar a Miss Politt do lado de fora do Chalé Laburnum.

— Por que Gladys não atende a porta? — ela quis saber. — Ah, não, claro, é quinta-feira... dia de folga da Gladys. Imagino que Mrs. Spenlow tenha adormecido. Acho que você não fez barulho o suficiente com esse negócio.

Tomando a aldrava, ela executou um ensurdecedor *rá-tá-tá-tá*, e além disso bateu nos painéis da porta. Ela também chamou com uma voz estrondosa:

— Ô de casa, abre a porta!

Não houve resposta.

Miss Politt murmurou:

— Ah, acho que Mrs. Spenlow deve ter se esquecido e saído, voltarei em uma outra hora.

Ela começou a seguir pelo caminho.

— Besteira — disse Miss Hartnell, firme. — Ela não pode ter saído. Eu a teria visto. Vou só dar uma olhadinha pela janela e ver se encontro algum sinal de vida.

Ela riu do seu jeito caloroso, para indicar que era uma piada, e deu uma olhadela superficial para o painel mais próximo — superficial porque ela sabia muito bem que a sala da frente raramente era usada, Mr. e Mrs. Spenlow prefeririam a salinha de estar dos fundos.

No entanto, ainda que fosse superficial, obteve sucesso em sua empreitada. Miss Hartnell, é verdade, não viu sinal algum de vida. Pelo contrário, ela viu, através da janela, Mrs. Spenlow caída no tapete em frente à lareira... morta.

— Claro — disse Miss Hartnell, contando a história depois —, eu consegui manter a cabeça no lugar. Aquela coitada da Politt não teria a menor ideia do que fazer. "Precisamos manter a calma", falei para ela. "*Você* fica aqui e eu vou chamar o policial Palk." Ela falou alguma coisa sobre não querer ficar para trás, mas não dei a menor atenção. É preciso ser firme com pessoas como ela. Eu sempre fui da opinião que gente assim adora fazer escândalo. Estava saindo quando, naquele exato momento, Mr. Spenlow dobrou a esquina da casa.

Aqui Miss Hartnell fez uma pausa significativa. Isso permitiu que o público dela indagasse ofegante:

— Conte, como ele *estava*?

Miss Hartnell então dava prosseguimento:

— Francamente, *eu* suspeitei de algo logo de cara! Ele estava calmo *demais*. Ele não parecia nem um pouco surpreso. E digam o que quiserem, não é natural que um homem ouça que a esposa dele está morta e não demonstre emoção alguma.

Todos concordaram com essa afirmação.

A polícia também concordou. Tão suspeito era o desprendimento de Mr. Spenlow, que não perderam tempo em averiguar como ficava a situação daquele cavalheiro em consequência da morte de sua esposa. Quando foi descoberto que Mrs. Spenlow era a esposa endinheirada, e que o dinheiro dela ia para o marido por causa de um testamento feito pouco depois do casamento deles, a suspeita foi maior do que nunca.

Miss Marple, aquela velha solteirona de rosto dócil — e, de acordo com alguns, língua afiada — que vivia na casa ao lado da reitoria, foi entrevistada muito cedo — dentro de meia hora depois da descoberta do crime. Ela foi procurada pelo Policial Palk, todo cheio de importância folheando um caderno.

— Se você não se importa, senhora, eu tenho algumas perguntas para você.

Miss Marple perguntou:

— Em conexão com o assassinato de Mrs. Spenlow?

Palk se sobressaltou.

— Posso perguntar como você ficou sabendo?

— O peixe — disse Miss Marple.

A resposta foi perfeitamente inteligível para o Policial Palk. Ele supôs corretamente que o filho do peixeiro tinha trazido a informação, juntamente com o jantar de Miss Marple.

Miss Marple continuou gentilmente.

— Caída no chão da sala de estar, estrangulada... possivelmente por um cinto muito estreito. Mas o que quer que tenha sido, foi levado embora.

O rosto de Palk estava furioso.

— Como o jovem Fred sabe de tudo...

Miss Marple o interrompeu habilmente. Ela falou:

— Tem um alfinete na sua túnica.

Policial Palk olhou para baixo, agitado. Ele disse:

— Diz o ditado *veja um alfinete e o pegue, e você terá sorte o dia todo*.

— Espero que isso se torne verdade. Mas o que é que você quer que eu diga?

Policial Palk pigarreou, pareceu importante, e consultou seu caderno.

— Uma declaração foi dada a mim por Mr. Arthur Spenlow, marido da falecida. Mr. Spenlow diz que, às 14h30, pelo que ele sabe, ele recebeu uma ligação de Miss Marple, que lhe perguntou se ele poderia ir até sua casa às 15h15, já que ela estava ansiosa para consultá-lo acerca de alguma coisa. Isso é verdade, senhora?

— Certamente não — disse Miss Marple.

— Você não ligou para Mr. Spenlow às 14h30?

— Nem às 14h30 e em nenhum outro horário.

— Ah — disse Policial Palk, e chupou o seu bigode com a maior das satisfações.

— O que mais Mr. Spenlow falou?

— Mr. Spenlow declarou que veio até aqui como foi pedido, deixando a casa dele às 15h10; e que ao chegar aqui foi informado por uma empregada que Miss Marple "não tava em casa".

— Essa parte é verdade — disse Miss Marple. — Ele veio até aqui, mas eu estava em uma reunião no Instituto das Mulheres.

— Ah — disse Policial Palk outra vez.

Miss Marple exclamou:

— Diga-me, policial, você suspeita de Mr. Spenlow?

— Não é meu lugar afirmar isso a essa altura, mas me parece que alguém, sem dar nomes aos bois aqui, está tentando ser capcioso.

Miss Marple falou pensativa:

— Mr. Spenlow?

Ela gostava de Mr. Spenlow. Ele era um homenzinho magro, rígido e convencional na fala, o auge da respeitabilidade. Parecia estranho que ele tivesse vindo morar no interior, ele tinha tão claramente passado a vida inteira em cidades. Para Miss Marple ele confidenciou o motivo. Ele falou:

— Eu sempre quis, desde que era um garotinho, viver no interior um dia e ter o meu próprio jardim. Eu sempre fui muito ligado a flores. Minha esposa, sabe, era dona de uma floricultura. Foi onde eu a conheci.

Uma declaração seca, mas abriu uma perspectiva de romance. Uma Mrs. Spenlow mais jovem e bonita, vista contra um fundo de flores.

Mr. Spenlow, no entanto, não sabia nada de flores. Ele não fazia ideia de sementes, podas, de como preparar o solo, de flores anuais ou perenes. Ele tinha apenas uma visão — a visão do jardim de um chalezinho cheio de plantas com cheiro doce, flores de cores vivas. Ele tinha pedido, de forma quase patética, por instruções, e anotou as respostas de Miss Marple em um caderninho.

Ele era um homem de métodos silenciosos. Foi, talvez, por causa desse traço, que a polícia se interessou por ele quando a esposa foi encontrada assassinada. Com paciência e perseverança eles descobriram muitas coisas sobre a falecida Mrs. Spenlow — e logo todo St. Mary Mead sabia também.

A falecida Mrs. Spenlow tinha começado a vida como empregada em uma grande casa. Ela abandonou o posto para se casar com o segundo jardineiro, e junto com ele abriu uma floricultura em Londres. A loja prosperou. O jardineiro nem tanto, que dentro de pouco tempo adoeceu e morreu.

A viúva dele deu prosseguimento à loja e a fez crescer de forma ambiciosa. Ela continuou a prosperar. Então vendeu o empreendimento por um bom preço e se casou pela segunda vez — com Mr. Spenlow, um joalheiro de meia idade que tinha herdado um negócio pequeno e em dificuldades. Não muito depois, eles venderam o negócio e vieram para St. Mary Mead.

Mrs. Spenlow era uma mulher bem de vida. Os lucros da floricultura ela havia investido — "sob influência dos espíritos", como ela dizia para toda gente. Os espíritos a tinham aconselhado com um tino inesperado.

Todos os investimentos dela tinham prosperado, alguns de forma espetacular. Em vez disso, entretanto, ter aumentado sua crença no espiritualismo, Mrs. Spenlow basicamente abandonou os médiuns e as sessões, e fez um mergulho breve, mas sincero, em uma religião obscura com afinidades indianas e que se baseava em várias formas de respiração profunda. Quando, entretanto, ela chegou a St. Mary Mead, ela recaiu em um período de crenças ortodoxas da Igreja Anglicana. Trabalhava bastante no vicariato e frequentava as celebrações religiosas com assiduidade. Prestigiava as lojas do vilarejo, interessava-se pelos acontecimentos locais e jogava bridge.

Uma vida monótona e comum. E, de repente... assassinato.

Coronel Melchett, o chefe policial, convocou o Inspetor Slack.

Slack era um homem positivo. Quando tomava uma decisão, estava certo dela. Ele tinha bastante certeza agora.

— O marido fez isso, senhor — disse ele.

— Você acha?

— Tenho bastante certeza. É só olhar para ele. Culpado como o diabo. Nunca demonstrou nenhum sinal de luto ou emoção. Ele voltou para casa sabendo que ela estava morta.

— Não teria ele ao menos tentado interpretar o papel do marido desesperado?

— Ele não, senhor. Satisfeito demais consigo mesmo. Alguns cavalheiros não conseguem fingir. Rígidos demais.

— Alguma outra mulher na vida dele? — indagou Coronel Melchett.

— Não consegui encontrar indícios de nenhuma. Claro, ele é do tipo esperto. Ele cobriria os seus rastros. Da forma como enxergo, ele só estava cansado da esposa. Ela tinha o dinheiro, e eu preciso dizer que ela era uma mulher com a qual era difícil conviver... ela estava sempre metida com alguma doutrina. Ele decidiu a sangue frio acabar com ela e viver sozinho em conforto.

— Sim, esse poderia ser o caso, imagino.

— Pode confiar, era isso. Planejou cuidadosamente. Fingiu receber uma ligação...

Melchett o interrompeu.

— Nenhuma ligação foi rastreada?

— Não, senhor. Isso significa que, ou ele mentiu, ou que a ligação foi feita de uma cabine de telefone público. Os dois únicos telefones públicos do vilarejo ficam na estação e no correio. Do correio certamente não foi. Mrs. Blade vê todo mundo que chega. Da estação, é possível. Os trens chegam às 14h27 e há um pouco de tumulto a essa hora. Mas o principal é que *ele* diz que foi Miss Marple quem ligou para ele, e isso certamente não é verdade. A ligação não veio da casa dela, e ela própria estava fora de casa, no Instituto.

— Você não estaria deixando passar a possibilidade de que o marido foi deliberadamente tirado do caminho... por alguém que queria matar Mrs. Spenlow?

— Você está pensando no jovem Ted Gerard, não é, senhor? Eu o estive investigando... o nosso problema ali é a falta de motivo. Ele não ganha nada com isso.

— No entanto, ele é um tipo desagradável. Tem um belo histórico de fraude em seu nome.

— Não estou dizendo que ele não é um marginal. Ainda assim, ele foi até o chefe dele e assumiu aquela fraude. E os empregadores dele nem suspeitavam.

— Um convertido do Grupo de Oxford — disse Melchett.

— Sim, senhor. Ele se converteu e foi fazer a coisa certa e assumir que tinha roubado dinheiro. Não estou dizendo, veja bem, que não pode ter sido uma armação. Ele pode ter pensado que era um suspeito e decidiu apostar no arrependimento honesto.

— Você tem uma mente cética, Slack — disse Coronel Melchett. — A propósito, você já conversou com Miss Marple?

— O que *ela* tem a ver isso, senhor?

— Ah, nada. Mas ela ouve coisas, sabe. Por que você não vai bater um papo com ela? Ela é uma senhora muito astuta.

Slack mudou de assunto.

— Uma coisa que eu queria perguntar ao senhor. Aquele trabalho doméstico com o qual a falecida começou a sua carreira... a casa de Sir Robert Abercrombie. Foi onde aconteceu aquele roubou de joias... esmeraldas... valiam um bocado. Nunca foram recuperadas. Estive olhando... deve ter acontecido na mesma época em que Mrs. Spenlow esteve por lá, ainda que fosse muito nova na época. Você não acha que ela esteve envolvida com isso, não é, senhor? Mr. Spenlow, como sabe, era um desses joalheiros medíocres... o cara certo para ser um receptador.

Melchett sacudiu a cabeça.

— Não acho que isso dê em nada. Ela nem conhecia Spenlow nessa época. Eu me lembro do caso. A opinião nos círculos policiais era a de que o filho da casa estava envolvido nisso... Jim Abercrombie... um desperdício de jovem. Tinha muitas dívidas, e pouco depois do roubo todas elas foram pagas... uma mulher rica, foi o que disseram, mas não sei... o velho Abercrombie tentou abafar o caso um pouco... tentou afastar a polícia.

— Era só uma ideia, senhor — disse Slack.

Miss Marple recebeu o Inspetor Slack com prazer, especialmente quando ouviu que ele tinha sido enviado pelo Coronel Melchett.

— Ora, isso é muito gentil da parte do Coronel Melchett. Eu não sabia que ele se lembrava de mim.

— Ele se lembra, sim, de você. Falou que aquilo que você não soubesse acerca dos acontecimentos em St. Mary Mead não valia a pena saber.

— Muito gentil da parte dele, mas eu realmente não sei de nada. Sobre esse assassinato, digo.

— Você sabe o que as pessoas estão falando sobre ele.

— Ah, claro... mas não ajudaria muito, não é mesmo, só repetir conversa fiada.

Slack falou, em uma tentativa de genialidade:

— Isso não é uma conversa oficial, sabe. É em segredo, por assim dizer.

— Quer dizer que você realmente quer saber o que as pessoas estão dizendo? Quer contenha um grão de verdade ou não?

— Essa é a ideia.

— Bem, claro, há muita conversa e especulação. E existem dois lados distintos, se é que você me entende. Para começar tem o pessoal que acredita que o marido fez isso. Um marido ou uma esposa é, de certa forma, o suspeito natural, não acha?

— Talvez — disse cuidadosamente o inspetor.

— Tanta proximidade, sabe. E, frequentemente, há o viés do dinheiro. Ouvi dizer que era Mrs. Spenlow quem tinha dinheiro, e, consequentemente, Mr. Spenlow se beneficia da morte dela. Eu temo que, neste mundo maldito, as suspeitas mais impiedosas sejam as mais justificadas.

— Ele realmente recebe uma boa quantia.

— Realmente. Pareceria bem plausível, não é, que ele a estrangulasse, saísse de casa pelos fundos, cruzasse os campos até chegar na minha casa e chamasse por mim, fingindo que tinha recebido uma ligação minha e então voltado e encontrado a esposa assassinada durante a sua ausência... esperando, claro, que a culpa do crime fosse colocada em algum vagabundo ou ladrão.

O inspetor assentiu.

— Considerando o viés do dinheiro... e se eles estivessem brigados nos últimos tempos...

Mas Miss Marple o interrompeu.

— Ah, mas não estavam.

— Sabe com certeza?

— Todo mundo saberia se tivessem discutido! A empregada, Gladys Brent... ela logo teria espalhado para todo o vilarejo.

O inspetor falou debilmente:

— Ela poderia não saber...

E recebeu um sorriso de pena em resposta.

Miss Marple continuou.

— E então há a outra escola de pensamento. Ted Gerard. Um jovem de boa aparência. Acredito que você saiba que a boa aparência tende a influenciar uma pessoa mais do que deveria. O nosso penúltimo pároco tinha um efeito mágico! Todas as meninas iam para a igreja... tanto para a missa da manhã quanto para a da noite. E muitas mulheres mais velhas se tornaram estranhamente ativas no serviço paroquial... e os chinelos e cachecóis que foram feitos para ele! Muito constrangedor para o pobre homem.

"Mas onde eu estava mesmo? Ah, sim, esse jovem, Ted Gerard. Claro, ele tem sido assunto de conversas. Ele a visitava frequentemente. Ainda que a própria Mrs. Spenlow tenha me dito que ele era um membro do que acredito que chamam de

Grupo de Oxford. Um movimento religioso. Eles são bem sinceros e muito sérios, acredito, e Mrs. Spenlow estava muito impressionada com tudo isso."

Miss Marple tomou um fôlego e continuou.

— E eu tenho certeza de que não há motivos para crer que houvesse mais do que isso ali, mas você sabe como as pessoas são. Muita gente está certa de que Mrs. Spenlow estava encantada com o jovem, e que ela tinha emprestado a ele uma boa quantia de dinheiro. E é perfeitamente verdade que ele foi visto na estação aquele dia. No trem... o trem das 14h27. Mas claro que seria bem fácil, não é mesmo, escapulir pelo outro lado do trem, atravessar os trilhos, saltar o anteparo e dar a volta pela cerca viva, sem nunca passar pela entrada da estação. E, muito obviamente, as pessoas consideram muito peculiar aquilo que Mrs. Spenlow vestia.

— Peculiar?

— Um quimono. Não um vestido. — Miss Marple corou. — Esse tipo de coisa é, você sabe, talvez, muito sugestivo para algumas pessoas.

— Você acha que era sugestivo?

— Ah, não, *eu* não acho que seja, creio que era perfeitamente natural.

— Você acha que era natural?

— Sob as circunstâncias, sim.

O olhar de Miss Marple era calmo e ponderado.

Inspetor Slack falou:

— Isso pode nos dar um outro motivo pelo marido. Ciúmes.

— Ah, não, Mr. Spenlow jamais seria ciumento. Ele não é o tipo de homem que nota as coisas. Se a esposa dele tivesse ido embora e deixado um recado em uma almofada de alfinetes, seria a primeira vez que ele teria sabido do assunto.

Inspetor Slack estava intrigado com a forma fixa como ela o encarava. Ele tinha uma noção de que toda a conversa dela tinha o objetivo de indicar alguma coisa que ele não entendia. Ela agora falou com um pouco de ênfase:

— *Vocês* não encontraram nenhuma pista, inspetor... no local?

— As pessoas não deixam impressões digitais e cinzas de cigarro hoje em dia, Miss Marple.

— Mas esse, acho — sugeriu ela —, foi um crime à moda antiga...

Slack falou bruscamente:

— O que você quer dizer com isso?

Miss Marple comentou lentamente:

— Sabe, eu acho que o Policial Palk poderia te ajudar. Ele foi a primeira pessoa na... "cena do crime", como chamam.

Mr. Spenlow estava sentado em uma espreguiçadeira. Parecia aturdido. Ele falou em sua voz fina, precisa.

— Eu posso, claro, estar imaginando o que aconteceu. Minha audição não é tão boa quanto antes. Mas eu acredito ter ouvido claramente um garoto gritar para mim: "Ei, quem aqui é o assassino de esposa?" Isso... isso me deu a impressão de que ele acreditava que eu tinha... tinha matado a minha esposa querida.

Miss Marple, delicadamente podando um botão de rosa murcho, disse:

— Essa foi a impressão que ele quis passar, sem dúvida.

— Mas o que poderia ter possivelmente colocado uma ideia dessas na cabeça de uma criança?

Miss Marple tossiu.

— Ouvir, certamente, as opiniões dos mais velhos.

— Você... você realmente quer dizer que as outras pessoas também pensam isso?

— Uma boa metade das pessoas em St. Mary Mead.

— Mas... minha cara senhora... o que pode ter dado vazão a uma ideia dessas? Eu era apegado de forma sincera a minha esposa. Ora, ela não gostava tanto de morar no interior como eu esperava que ela fosse, mas concordar perfeitamente em todos os assuntos é uma ideia impossível. Eu asseguro que sinto a perda dela imensamente.

— Provavelmente. Mas se você puder me perdoar por dizer isso, você não soa assim.

Mr. Spenlow elevou a sua parca constituição até a altura máxima.

— Minha cara senhora, muitos anos atrás eu li acerca de um certo filósofo chinês que, quando a sua amada esposa foi tirada dele, continuou a bater calmamente num gongo pela rua... um passatempo chinês bem comum, imagino... como sempre havia feito. As pessoas da cidade ficaram muito impressionadas com a sua resiliência.

— Mas — disse Miss Marple —, as pessoas de St. Mary Mead reagem de forma bem diferente. A filosofia chinesa não tem apelo para elas.

— Mas você entende?

Miss Marple assentiu.

— Meu Tio Henry — explicou ela — era um homem de um autocontrole excepcional. O lema dele era: "Nunca demonstre emoção." Ele também gostava muito de flores.

— Eu estava pensando — disse Mr. Spenlow, com algo parecido com ansiedade — que talvez eu instale uma pérgula no lado oeste do chalé. Rosas e, talvez, algumas glicínias. E tem uma flor branca estrelada, cujo nome eu me esqueço agora...

No mesmo tom com o qual ela geralmente falava com seu sobrinho-neto, de 3 anos de idade, Miss Marple falou:

— Eu tenho um catálogo muito bom aqui, com fotos. Talvez você queira dar uma olhada nele... preciso ir ao vilarejo.

Deixando Mr. Spenlow sentado contente no jardim com o seu catálogo, Miss Marple foi até o seu quarto, rapidamente enrolou um vestido em um pedaço de papel pardo e, ao sair de casa, caminhou rapidamente até o correio. Miss Politt, a costureira, morava nos aposentos acima do correio.

Mas Miss Marple não avançou diretamente pela porta e subiu as escadas. Eram apenas 14h30 e, com um minuto de atraso, o ônibus para Much Benham parou ao lado da porta do correio. Era um dos eventos do dia em St. Mary Mead. A agen-

te do correio saiu apressada com pacotes, pacotes relacionados ao segmento comercial de seu negócio, pois os correios também vendiam doces, livros baratos e brinquedos infantis.
Miss Marple ficou sozinha no correio por uns quatro minutos.

Foi só quando a agente do correio voltou ao seu posto que Miss Marple subiu e explicou a Miss Politt que ela queria que o seu velho vestido de crepe cinza fosse alterado e modernizado, se possível. Miss Politt prometeu ver o que poderia fazer.

O chefe de polícia ficou muito surpreso quando o nome de Miss Marple foi levado até ele. Ela veio com muitos pedidos de desculpas.

— Desculpe... lamento tanto, tanto, por incomodar. Você é tão ocupado, eu sei, mas ao mesmo tempo você sempre foi tão gentil, Coronel Melchett, e eu achei melhor vir até você ao invés de ir até o Inspetor Slack. Em primeiro lugar, sabe, porque eu odiaria que o Policial Palk tivesse qualquer problema. Falando sinceramente, acredito que ele não deveria ter encostado em nada.

Coronel Melchett estava levemente chocado. Ele falou:

— Palk? Esse é o policial de St. Mary Mead, não é? O que ele anda fazendo?

— Ele pegou um alfinete, sabe. Estava na túnica dele. E me ocorreu naquele momento que era bem provável que ele tivesse pegado aquilo na casa de Mrs. Spenlow.

— Claro, claro. Mas, no fim das contas, qual é a importância de um alfinete? Na verdade ele pegou o alfinete perto do corpo de Mrs. Spenlow. Veio e contou a Slack ontem... você o incentivou a fazer isso, imagino? Não deveria ter encostado em nada, claro, mas como eu falei, qual é a importância de um alfinete? Era só um alfinete comum. O tipo de coisa que qualquer mulher usaria.

— Ah, não, Coronel Melchett, é aí que o senhor está errado. Para os olhos de um homem, talvez, parecia um alfinete comum, mas não era. Era um alfinete especial, um alfinete bem fino, o tipo que você compra em caixas, o tipo usado pela maior parte das costureiras.

Melchett a encarou, uma fraca luz de compreensão surgindo nele. Miss Marple assentiu várias vezes, avidamente.

— Sim, claro. Parece tão óbvio para mim. Ela estava em seu quimono porque iria experimentar o seu vestido novo, e ela foi para a sala da frente, e Miss Politt falou alguma coisa sobre tirar medidas e colocou a fita métrica ao redor do pescoço dela... e então, tudo que ela precisaria fazer era cruzar as pontas e puxar... bem fácil, assim ouvi dizer. E então, claro, ela iria para o lado de fora e fecharia a porta e ficaria lá batendo como se tivesse acabado de chegar. Mas o alfinete mostra que ela *já tinha estado dentro da casa.*

— E foi Miss Politt quem telefonou para Spenlow?

— Sim. Do correio às 14h30... no momento em que o ônibus chega e o correio fica vazio.

Coronel Melchett falou:

— Mas, minha cara Miss Marple, por quê? Pelo amor de Deus, por quê? Não existe assassinato sem motivo.

— Bem, acho que o senhor sabe, Coronel Melchett, por tudo que ouvi, que o crime vem de muito tempo atrás. Isso me lembra, sabe, dos meus dois primos, Antony e Gordon. Tudo que Antony fazia dava certo para ele, e com o pobre Gordon era sempre o contrário. Cavalos de corrida ficavam mancos, as ações despencavam, e as propriedades perdiam o valor. Pelo que entendo, as duas mulheres estavam juntas nisso.

— No quê?

— No roubo. Há muito tempo. Esmeraldas muito valiosas, assim ouvi dizer. A criada e a jovenzinha. Porque uma coisa nunca foi explicada... como, quando a jovenzinha se casou com o jardineiro, ela teve dinheiro o bastante para montar uma floricultura?

"A resposta é, era a parte dela do... do golpe, acho que é a expressão correta. Tudo que ela fez deu certo. O dinheiro rendeu mais dinheiro. Mas, por outro lado, a criada, deve ter sido bem azarada. Ela acabou se tornando apenas uma costureira em um vilarejo. Então elas se encontraram de novo. Tudo estava bem de início, imagino, até Mr. Ted Gerard aparecer em cena.

"Mrs. Spenlow, veja bem, já estava sofrendo com a sua consciência, e tinha a inclinação para ser emocionalmente religiosa. Este jovem, sem dúvidas, a incentivou a "encarar os seus erros" e "assumir a culpa" e ouso dizer que ela se sentia inclinada a fazer isso. Mas Miss Politt não encarava as coisas dessa forma. Tudo que ela via era que poderia ir para a cadeia por um roubo que tinha cometido anos atrás. Então ela tomou a decisão de acabar com tudo. Eu creio, sabe, que ela sempre foi uma mulher maldosa. Eu não acredito que ela teria mexido um dedo caso o gentil e estúpido Mr. Spenlow tivesse sido enforcado."

Coronel Melchett falou lentamente:

— Podemos... hum... verificar a sua teoria... até certo ponto. A identidade da mulher Politt com a criada de Abercrombie, mas...

Miss Marple o tranquilizou.

— Vai ser bem fácil. Ela é o tipo de mulher que irá desmoronar quando for confrontada com a verdade. E então, veja bem, eu estou com a fita métrica dela. Eu... é... me apropriei dela ontem enquanto me trocava. Quando ela sentir falta e pensar que a polícia está com ela... bem, ela é uma mulher bem ignorante e vai achar que isso é uma prova contra ela de alguma forma.

Ela sorriu o encorajando.

— Você não terá dificuldade, posso lhe assegurar.

Era o mesmo tom com o qual a sua tia favorita uma vez o assegurou de que não falharia em sua prova de admissão em Sandhurst.

E ele havia mesmo passado.

O caso da empregada perfeita

Publicado originalmente em 1942, no Reino Unido. Na *Strand Magazine*, foi intitulado "The Perfect Maid" e no *Chicago Sunday Tribune*, "The Maid Who Disappeared"

— Ah, por favor, senhora, será que podemos conversar por um momento?

Poderia se pensar que tal pedido era um absurdo, já que Edna, a empregada de Miss Marple, conversava com a sua senhoria naquele exato momento.

Contudo, reconhecendo seu jeito de falar, Miss Marple respondeu prontamente:

— Certamente, Edna, entre e feche a porta. O que foi?

Fechando a porta obedientemente, Edna avançou até a sala, torceu a ponta do seu avental entre os dedos, e engoliu em seco uma ou duas vezes.

— Sim, Edna? — disse Miss Marple de forma encorajadora.

— Oh, por favor, senhora, é a minha prima, Gladdie.

— Meu Deus — exclamou Miss Marple, a mente saltando logo para a pior, e, infelizmente, mais costumeira conclusão. — Não... não está em apuros?

Edna se apressou em assegurá-la.

— Ah, não, senhora, nada do tipo. Gladdie não é esse tipo de garota. É só que ela está preocupada. Veja bem, ela perdeu o emprego.

— Puxa vida, lamento ouvir isso. Ela estava em Old Hall, não era, com as duas Misses Skinner?

— Sim, senhora, isso mesmo, senhora. E Gladdie está muito triste com isso... muito triste mesmo.

— Gladys trocou de posto várias vezes antes, não é mesmo?
— Ah, sim, senhora. Ela é uma que está sempre de mudança, Gladdie é assim mesmo. Ela nunca parece se aquietar, se você entende o que eu digo. Mas, antes, era ela quem sempre pedia para sair, veja bem!
— E dessa vez aconteceu o contrário? — indagou Miss Marple secamente.
— Sim, senhora, e isso entristeceu Gladdie em demasia.

Miss Marple pareceu levemente surpresa. A memória que guardava de Gladys, que vinha tomar chá na cozinha de vez em quando nos seus "dias de folga", era de uma garota robusta e risonha, de temperamento inabalavelmente equilibrado.

Edna continuou.

— Veja bem, senhora, foi a forma como tudo aconteceu... o jeito como ficou Miss Skinner.

— Como — inquiriu Miss Marple com paciência —, ficou Miss Skinner?

Dessa vez Edna foi bem longe com o seu noticiário.

— Ah, madame, foi um choque tão grande para Gladdie. Veja bem, um dos broches de Miss Emily tinha sumido, e houve uma comoção tão grande por causa disso, como nunca antes havia acontecido, e claro, ninguém gosta que uma coisa dessas aconteça; é preocupante, senhora, se é que você me entende. E Gladdie ajudou a procurar em todo canto, e lá estava Miss Lavinia dizendo que iria até a polícia por causa disso, e então ele apareceu de novo, enfiado bem no fundo de uma gaveta em uma penteadeira, e Gladdie ficou muito aliviada.

"E logo no dia seguinte ela quebrou um prato, e Miss Lavinia apareceu de repente e mandou Gladdie tirar um mês de licença. E o que Gladdie acha é que não pode ter sido por causa do prato e que Miss Lavinia estava só inventando uma desculpa, e que deve ser por causa do broche e que elas acham que ela o pegou e o colocou de volta quando a polícia foi mencionada, e Gladdie não faria uma coisa dessas, nunca na vida que ela faria, e o que ela acha é que a fofoca vai se espalhar e prejudicá-la, e isso é um assunto muito sério para uma garota, como a senhora bem sabe."

Miss Marple assentiu. Ainda que não fosse lá muito afeita à saltitante e presunçosa Gladys, ela estava certa da honestidade intrínseca da garota e conseguia muito bem imaginar que o imbróglio a tivesse incomodado.

Edna falou melancolicamente:

— Imagino, senhora, que não há nada que você possa fazer acerca disso? Gladdie está em uma enrascada tremenda.

— Diga a ela para não ser tola — disse Miss Marple com firmeza. — Se ela não pegou o broche... o que tenho certeza de que não fez... então ela não tem motivos para estar aflita.

— A história vai se espalhar — disse Edna tristemente.

Miss Marple falou:

— Eu... hum... vou passar por lá hoje à tarde. Vou trocar uma palavrinha com ambas Misses Skinner.

— Ah, obrigada, senhora — disse Edna.

Old Hall era uma grande casa vitoriana cercada por bosques e campos abertos. Uma vez que o imóvel mostrou não ser locável e nem vendável do jeito que estava, um especulador imobiliário o dividiu em quatro apartamentos com um sistema central de água quente, e uso comum dos jardins pelos inquilinos. O experimento tinha se mostrado satisfatório. Uma senhora rica e excêntrica e sua empregada ocuparam um apartamento. A velha mulher tinha paixão por pássaros, e reunia um conclave emplumado para refeições diárias. Um aposentado juiz indiano e sua esposa alugaram o segundo. Um casal de jovens recém-casados ocupou o terceiro, e o quarto havia sido ocupado só fazia dois meses, por duas solteironas de nome Skinner. Os quatro grupos de locatários tinham o mais distante dos relacionamentos, já que nenhum deles tinha nada em comum. O senhorio foi ouvido dizendo que isso era uma coisa excelente. O que ele temia eram amizades seguidas por afastamentos, e reclamações subsequentes.

Miss Marple já era conhecida de todos os locatários, ainda que não conhecesse nenhum deles muito bem. A mais velha Miss Skinner, Miss Lavinia, poderia ser considerada a trabalhadora da firma, e Miss Emily, a mais jovem, passava a maior parte do dia na cama, padecendo de várias reclamações que, na opinião de St. Mary Mead, eram imaginárias em sua maior parte. Apenas Miss Lavinia acreditava piamente no martírio da irmã e na paciência dela para com o suplício, e de boa vontade cuidava de afazeres e andava de um lado até o outro do vilarejo para buscar coisas "que a minha irmã tinha, de repente, desejado".

Na opinião do povo de St. Mary Mead, se Miss Emily sofresse metade do que dizia sofrer, ela teria mandado chamar Dr. Haydock há tempos. Mas, Miss Emily, ao ouvir essa sugestão, fechou os olhos de modo arrogante e disse que o caso dela não era tão simples — os melhores especialistas de Londres tinham ficado aturdidos com ele —, e que um novo médico maravilhoso a tinha colocado sob um regime de tratamento revolucionário e que agora ela realmente achava que a sua saúde melhoraria. Não era possível que um clínico chinfrim de vilarejo pudesse entender o caso dela.

— E sou da opinião — disse a sincera Miss Hartnell — de que ela está certa em não chamá-lo. O querido Dr. Haydock, daquele jeito despreocupado dele, lhe diria que não há problema algum com ela e a mandaria se levantar sem fazer pirraça! Não serviria para nada!

Na falta de um tratamento tão arbitrário, no entanto, Miss Emily permaneceu deitada em sofás, se cercando de estranhas caixinhas de remédio, e rejeitando quase tudo que havia sido cozinhado para ela e pedindo outra coisa — geralmente alguma coisa difícil e inconveniente de ser obtida.

A porta foi aberta para Miss Marple por Gladdie, que parecia mais deprimida do que Miss Marple jamais achou possível ser. Na sala de estar (que era uma fração da antiga sala de visitas, que tinha sido dividida em sala de jantar, sala de estar, banheiro e despensa), Miss Lavinia se levantou para cumprimentar Miss Marple.

Lavinia Skinner era uma mulher alta, esguia e ossuda de 50 anos. Tinha uma voz áspera e modos abruptos.

— Que bom te ver — disse ela. — Emily está deitada... se sentindo fraca hoje, a pobrezinha. Espero que ela te receba, isso a animaria, mas às vezes ela não sente vontade de ver ninguém. Coitada, é tão paciente.

Miss Marple respondeu educadamente. Empregados eram o assunto principal em St. Mary Mead, então não foi difícil guiar a conversa para essa direção. Miss Marple falou ter ouvido dizer que aquela moça gentil, Gladys Holmes, estava de partida.

Miss Lavinia assentiu.

— Na quarta-feira que vem. Quebrou coisas, sabe. Não podemos aceitar isso.

Miss Marple suspirou e falou que todos nós tínhamos que aguentar certas coisas hoje em dia. Era tão difícil arrumar moças dispostas a vir para o interior. Miss Skinner realmente achava uma boa ideia se livrar de Gladys?

— Eu sei que é difícil arrumar empregados — admitiu Miss Lavinia. — Os Devereux não arrumaram ninguém... mas, também, não me surpreende... sempre discutindo, música tocando a noite inteira... refeições a qualquer horário... aquela moça não sabe nada de cuidados domésticos. Eu sinto pena do marido dela! E os Larkin acabaram de perder a empregada deles. Claro, com aquele temperamento do juiz e o desejo dele de tomar *chota hazri*, como ele chama, às seis da manhã e Mrs. Larkin sempre reclamando, também não fico surpresa com isso. Janet, a empregada de Mrs. Carmichael, é uma relíquia, claro... embora, na minha opinião, seja uma mulher das mais detestáveis, e nitidamente maltrate a idosa.

— Então será que você não acha que é possível reconsiderar a sua decisão em relação a Gladys? Ela é uma moça muito boa. Eu conheço a família inteira dela; muito honesta e altiva.

Miss Lavinia sacudiu a cabeça.

— Eu tenho os meus motivos — falou ela cheia de importância.

Miss Marple murmurou:

— Você perdeu um broche, pelo que ouvi dizer...

— Ora, quem andou falando? Imagino que tenha sido a garota. Honestamente, eu tenho quase certeza de que ela o pegou. E então ficou com medo e o colocou de volta... mas, claro, não podemos dizer uma coisa dessas a menos que tenhamos certeza. — Ela mudou de assunto. — Venha e veja Emily, Miss Marple. Tenho certeza de que isso faria bem a ela.

Miss Marple seguiu mansamente até onde Miss Lavinia bateu numa porta, teve a sua entrada autorizada, e a conduziu ao melhor quarto do apartamento, onde grande parte da luz era barrada por persianas apenas entreabertas. Miss Emily estava deitada na cama, aparentemente se regozijando na penumbra e em seus sofrimentos particulares indefinidos.

A pouca luz a revelava como uma criatura magricela, de aparência indecisa, com uma boa quantidade de cabelo amarelo acinzentado, enrolado de forma desarrumada ao redor da cabeça e caindo em cachos, um ninho de passarinhos do qual nenhuma ave de valor se orgulharia. O cômodo cheirava a *Eau de Cologne*, biscoitos envelhecidos e cânfora.

Com olhos semicerrados e uma voz fraca, tímida, Emily Skinner explicou que este era um dos seus "dias ruins".

— A pior parte de ter uma saúde frágil — disse Miss Emily em tom melancólico —, é que sabemos o fardo que somos para todos ao nosso redor.

"Lavinia é muito boa para mim. Lavvie, querida, eu odeio causar problemas, mas se a minha garrafa de água quente puder ser enchida do jeito que gosto... cheia demais, ela fica pesada para mim... por outro lado, se não estiver cheia o suficiente, fica gelada imediatamente!"

— Desculpe-me, querida. Dê-me ela. Vou esvaziar um pouquinho.

— Talvez, já que você vai fazer isso, ela possa ser enchida novamente. Não há torradas em casa, imagino... não, não, não importa. Eu fico sem mesmo. Um chá fraco e uma fatia de limão... não tem limões? Não, realmente, não consigo beber sem limão. Acho que o leite estava meio azedo hoje de manhã. O que me fez desistir de colocar leite no meu chá. Não importa. Eu consigo ficar sem chá. É só que eu me sinto tão fraca. Ostras, pelo que dizem, são bem nutritivas. Eu me pergunto se conseguiria algumas? Não, não, é muito trabalho encontrá-las numa hora tão avançada do dia. Eu consigo ficar de jejum até amanhã.

Lavinia saiu do quarto murmurando alguma coisa incoerente sobre pedalar até o vilarejo.

Miss Emily sorriu debilmente para a sua convidada e comentou que odiava causar problemas a qualquer um.

Miss Marple contou a Edna naquela noite que acreditava que a sua interferência não tinha tido sucesso.

Ela ficou perturbada com a descoberta de que os rumores acerca da desonestidade de Gladys já circulavam pelo vilarejo.

No correio, Miss Wetherby a interpelou:

— Minha querida Jane, deram uma referência escrita a ela dizendo que ela era bem-disposta e sóbria e respeitável, mas não falava nada sobre honestidade. Isso para mim é muito significativo! Ouvi dizer que houve um problema com um broche. Acho que deve ter algo aí, sabe, porque ninguém despede uma empregada esses dias a menos que seja por um motivo bem sério. Elas terão bastante dificuldade em arrumar outra pessoa. As meninas simplesmente não querem ir até Old Hall. Elas ficam aflitas para voltar para casa nos dias de folga. Você vai ver, as Skinner não encontrarão mais ninguém, e então, talvez, aquela pavorosa irmã hipocondríaca tenha que se levantar e fazer alguma coisa!

Enorme foi o desgosto do vilarejo ao ficar sabendo que as irmãs Skinner tinham conseguido, através de uma agência, uma nova empregada que, de acordo com todos os relatos, era o ápice da perfeição.

— Uma "referência de três anos" a recomendando do modo mais afetuoso, ela prefere o interior, e pede um salário menor do que o de Gladys. Eu realmente acredito que tivemos uma sorte muito grande.

— Bem, realmente — disse Miss Marple, a quem esses detalhes foram repassados por Miss Lavinia na peixaria. — Parece bom demais para ser verdade.

Então se tornou a opinião de St. Mary Mead de que o ápice da perfeição desistiria no último minuto e não chegaria.

Nenhum desses prognósticos se tornou realidade, no entanto, e o vilarejo pôde observar o tesouro doméstico, chamado Mary Higgins, atravessando o vilarejo no táxi de Reed e indo na direção de Old Hall. Era preciso admitir que tinha boa aparência. Uma mulher das mais respeitáveis, muito bem-vestida.

Quando Miss Marple visitou Old Hall da próxima vez, por ocasião do recrutamento de feirantes para a festa do vicariato, Mary Higgins abriu a porta. Ela certamente era uma empregada de aspecto superior, com prováveis 40 anos de idade, de cabelo preto arrumado, bochechas rosadas, uma figura roliça discretamente vestida de preto com um avental e touca brancos — "o tipo de empregada boa e à moda antiga", como Miss Marple explicaria mais tarde, e com o tom de voz apropriado, respeitosamente inaudível, tão diferente do sotaque nasal de Gladys.

Miss Lavinia parecia menos afetada do que o normal e, ainda que lamentasse não poder participar da feira por causa da preocupação com a irmã, ela ainda assim fez uma bela contribuição monetária, e prometeu consignar panos de flanela e meias de bebê.

Miss Marple comentou da aparência de bem-estar dela.

— Eu realmente sinto que devo muito disso a Mary, sou tão grata por ter decidido me livrar daquela outra menina. Mary é realmente inestimável; cozinha e serve muito bem e mantém o nosso apartamento escrupulosamente limpo... colchões virados todos os dias. E ela é muito boa com Emily!
Miss Marple rapidamente perguntou de Emily.
— Ah, pobrezinha, ela tem se sentido muito baqueada ultimamente. Ela não consegue evitar, claro, mas isso dificulta muito as coisas de vez em quando. Pedindo para cozinhar certas coisas e então, quando elas chegam, diz que não quer comer agora... e então pede outra vez uma hora depois, quando está tudo estragado e é preciso preparar de novo. Gera, é claro, muito trabalho... mas, felizmente, Mary nem parece se importar. Está acostumada a cuidar dos enfermos, diz ela, e os entende. É tão reconfortante.
— Nossa — disse Miss Marple. — Você é abençoada.
— Sim, realmente. Eu sinto mesmo que Mary foi enviada como uma resposta para as nossas orações.
— Ela me parece quase boa demais para ser verdade — disse Miss Marple. — Eu seria... bem, eu seria um tanto quanto cuidadosa se fosse você.
Lavinia Skinner não conseguiu entender o objetivo desse comentário. Ela falou:
— Ah! Eu lhe asseguro que faço de tudo para deixá-la confortável. Não sei o que faria se ela fosse embora.
— Não acredito que ela vá embora até estar pronta — disse Miss Marple e encarou duramente a sua anfitriã.
Miss Lavinia falou:
— Quando não temos preocupações domésticas, isso tira um peso tão grande da nossa mente, não é mesmo? Como vai a sua Edna?
— Ela está muito bem. Não é muito esperta, claro. Não é como a sua Mary. Ainda assim, eu sei tudo sobre Edna porque ela é uma moça do vilarejo.

Ao adentrar no corredor ela ouviu a voz da enferma se elevar em aborrecimento.

— Essa compressa ficou muito seca... Dr. Allerton falou especificamente que a umidade deveria ser continuamente renovada. Isso, isso, deixe aí. Quero uma xícara de chá e um ovo cozido... cozido por apenas três minutos e meio, lembre-se, e chame Miss Lavinia para mim.

A eficiente Mary emergiu do quarto e, falando para Lavinia, "Miss Emily está chamando pela senhora, madame", foi abrir a porta para Miss Marple, a ajudando a vestir o casaco e entregando a ela um guarda-chuva da forma mais irrepreensível.

Miss Marple pegou o guarda-chuva, o deixou cair, tentou pegá-lo, e deixou cair a sua bolsa, que se abriu. Mary educadamente recuperou as várias miudezas — um lenço, uma agenda, uma carteira antiga de couro, dois xelins, três *pence* e um pedaço de uma bala de hortelã listrada.

Miss Marple recebeu esta última exibindo sinais de perplexidade.

— Ah, que coisa, deve ter sido o filhinho de Mrs. Clement. Ele estava chupando isso, eu me lembro, e pegou a minha bolsa para brincar. Deve ter colocado aí dentro. Está muito grudenta, não é mesmo?

— Quer que eu pegue, madame?

— Ah, você poderia fazer isso? Muito obrigada.

Mary se abaixou para pegar o último item, um pequeno espelho que, ao ser recuperado, fez com que Miss Marple exclamasse fervorosamente:

— Que sorte isso não ter se quebrado.

Ela então partiu, Mary parada educadamente perto da porta, segurando um pedaço de bala listrada e sem nenhuma expressão no rosto.

Pelos próximos dez dias, todo St. Mary Mead precisou ouvir sobre as excelências do tesouro de Miss Lavinia e Miss Emily.

No décimo primeiro dia, o vilarejo despertou com uma grande emoção.

Mary, o ápice da perfeição, tinha sumido! A cama dela não tinha sido desfeita e a porta da frente foi encontrada entreaberta. Ela havia fugido às escondidas no meio da noite.

E não era só Mary que tinha desaparecido! Dois broches e cinco anéis de Miss Lavinia; três anéis, um pingente, um bracelete e quatro broches de Miss Emily também tinham sumido!

Era o início de um capítulo de catástrofe.

A jovem Mrs. Devereux tinha perdido alguns diamantes que ela guardava numa gaveta destrancada e alguns valiosos casacos de pele dados a ela como presente de casamento. O juiz e a esposa dele também tiveram joias subtraídas, assim como uma certa quantia em dinheiro. Mrs. Carmichael foi quem pior sofreu. Não só tinha algumas joias preciosas, como também mantinha no apartamento grande valor em dinheiro que tinha sumido. Era o dia de folga de Janet, e a patroa dela tinha como hábito caminhar pelos jardins à noite, chamando passarinhos e espalhando farelos. Parecia claro que Mary, a empregada perfeita, tinha as chaves necessárias para entrar em todos os apartamentos!

Houve, é preciso confessar, um certo módico de prazer malicioso em St. Mary Mead. Miss Lavinia tinha se vangloriado tanto de sua maravilhosa Mary.

— E o tempo todo, minha querida, era apenas uma ladra qualquer!

Revelações interessantes vieram a seguir. Não apenas tinha Mary desaparecido completamente, mas a agência que a tinha fornecido e validado suas credenciais ficou chocada ao descobrir que a Mary Higgins que tinha se registrado com eles e cujas referências tinham aceitado, para todos os fins, nunca existiu. Era o nome de uma empregada genuína, que tinha morado com a irmã genuína de um decano, mas a verdadeira Mary Higgins estava vivendo em paz em algum lugar da Cornualha.

— Muita esperteza, o negócio todo — o Inspetor Slack foi forçado a admitir. — E se você me perguntar, aquela mulher trabalha com uma gangue. Houve um caso muito parecido em Northumberland um ano atrás. Os objetos nunca foram rastreados e ela nunca foi pega. No entanto, faremos um trabalho muito melhor do que o deles aqui em Much Benham!

O Inspetor Slack era um homem sempre confiante.

Entretanto, semanas se passaram, e Mary Higgins permanecia triunfantemente à solta. Em vão o Inspetor Slack redobrou sua energia característica.

Miss Lavinia permaneceu chorosa. Miss Emily ficou tão perturbada e se sentiu tão alarmada pela sua condição que até mesmo mandou chamar o Dr. Haydock.

O vilarejo inteiro ficou em terrível ansiedade para saber o que ele achava das queixas de saúde frágil de Miss Emily, mas, naturalmente, não podiam perguntar a ele. Informações satisfatórias vieram à tona, contudo, através de Mr. Meek, o assistente de farmacêutico que andava com Clara, a empregada de Mrs. Price-Ridley. Ficou-se sabendo então que Dr. Haydock havia prescrito uma mistura de assa-fétida e valeriana que, de acordo com Mr. Meek, era o medicamento padrão para fingidores no exército!

Pouco depois, descobriu-se que Miss Emily, incapaz de abrir mão da atenção médica que tinha recebido, estava declarando que, em nome de sua saúde, ela acreditava que era seu dever ficar perto do especialista em Londres que entendia o caso dela. Era, disse ela, a coisa justa para com Lavinia.

O apartamento foi colocado para sublocação.

Foi poucos dias mais tarde que Miss Marple, rosada e agitada, ligou para a estação de polícia em Much Benham e pediu para falar com o Inspetor Slack.

O Inspetor Slack não gostava de Miss Marple. Mas ele estava ciente de que o chefe de polícia, Coronel Melchett, não compartilhava daquela opinião. Muito a contragosto, então, ele a recebeu.

— Boa tarde, Miss Marple, o que posso fazer pela senhora?

— Ah, puxa vida — disse Miss Marple —, temo que você esteja com pressa.

— Muito trabalho a ser feito — disse Inspetor Slack —, mas tenho alguns minutos.

— Puxa vida — exclamou Miss Marple. — Espero ser capaz de explicar de forma adequada. É tão difícil, sabe, se explicar, você não acha? Não, talvez não ache. Mas veja bem, como não fui educada no estilo moderno... eu tive apenas uma preceptora, sabe, que ensinava as datas dos reis da Inglaterra e conhecimento geral... Dr. Brewer... três tipos de doença do trigo... pulgão, bolor... qual era mesmo a terceira... era mangra?

— Você quer falar sobre mangra? — indagou o Inspetor Slack e então corou.

— Ah, não, não. — Miss Marple rapidamente negou qualquer desejo de falar sobre mangra. — É apenas para ilustrar, sabe. E como as agulhas são feitas, e tudo mais. Discursivo, sabe, mas não ensina ninguém a manter o foco. Que é o que desejo fazer. Tem a ver com a empregada de Miss Skinner, Gladys, você sabe.

— Mary Higgins — disse Inspetor Slack.

— Ah, sim, a segunda empregada. Mas é de Gladys Holmes que estou falando... uma menina muito impertinente e vaidosa até demais, mas que é muito honesta, e é importante que isso seja reconhecido.

— Não houve nenhuma acusação contra ela até o momento pelo que sei — disse o inspetor.

— Não, eu sei que não há nenhuma acusação... mas é isso que torna tudo pior. Porque, veja só, as pessoas ficam pensando coisas. Ah, céus... sabia que explicaria as coisas da forma errada. O que eu realmente quero dizer é que o mais importante é encontrar Mary Higgins.

— Certamente — disse Inspetor Slack. — Tem alguma ideia relacionada ao assunto?

— Bem, na verdade, tenho, sim — disse Miss Marple. — Posso fazer uma pergunta? Impressões digitais não são úteis para vocês?

— Ah — disse Inspetor Slack —, foi nessa parte que ela se mostrou esperta demais para nós. Fez a maior parte do trabalho dela usando luvas de borracha ou luvas de empregada, ao que parece. E ela foi cuidadosa... limpou tudo no quarto dela e na pia. Não encontramos uma única impressão digital no lugar!

— Se você tivesse impressões digitais, isso ajudaria?

— Provavelmente, madame. Elas podem ser conhecidas na Scotland Yard. Este não é o primeiro trabalho dela, eu diria!

Miss Marple assentiu, alegre. Ela abriu a bolsa e extraiu uma pequena caixa de papelão. Dentro dela, aninhado em algodão, estava um pequeno espelho.

— Da minha bolsa — disse Miss Marple. — As impressões digitais da empregada estão nele. Acho que elas serão satisfatórias... ela encostou numa substância extremamente grudenta pouco antes.

O Inspetor Slack a encarou.

— Você coletou as digitais dela de propósito?

— Claro.

— Você já suspeitava dela?

— Bem, sabe, ela me pareceu boa demais para ser verdade. Eu praticamente disse isso a Miss Lavinia. Mas ela simplesmente não captou a indireta! Receio, sabe, inspetor, que eu não acredite em ápices de perfeição. A maioria de nós tem defeitos... e o serviço doméstico os exibe muito rapidamente!

— Bem — disse Inspetor Slack, se aprumando de novo —, fico em dívida com a senhora, certamente. Vamos mandar isso para a Scotland Yard e ver o que eles têm a dizer.

Ele parou. Miss Marple tinha inclinado a cabeça dela um pouco para o lado e o encarava com bastante atenção.

— Você não consideraria, imagino, inspetor, olhar um pouco mais perto de casa?

— O que você quer dizer, Miss Marple?

— É muito difícil explicar, mas quando você se depara com uma coisa peculiar, você costuma notar. Ainda que, normalmente, coisas peculiares sejam meras ninharias. Tenho essa impressão desde o início, sabe; com relação a Gladys e ao broche. Ela é uma menina honesta; ela não pegou aquele broche. Então por que Miss Skinner achou que ela tinha feito isso? Miss Skinner não é tola, longe disso! Por que ficou tão ansiosa para demitir uma garota que era uma boa empregada, quando empregados são difíceis de se achar? Era peculiar, sabe. Então fiquei ponderando. Ponderei muito. E notei outra coisa peculiar! Miss Emily é uma hipocondríaca, mas ela é a primeira hipocondríaca a não chamar um médico ou outro imediatamente. Hipocondríacos amam médicos, Miss Emily não!

— O que você está sugerindo, Miss Marple?

— Bem, estou sugerindo, sabe, que Miss Lavinia e Miss Emily são pessoas peculiares. Miss Emily passa quase o tempo todo dela num quarto escuro. E se aquele cabelo dela não for uma peruca, eu... eu mudo de nome! E o que estou dizendo é o seguinte... é perfeitamente possível que uma mulher magra, pálida, grisalha e reclamona seja a mesma mulher de cabelos pretos, rechonchuda e de bochechas rosadas. E ninguém que conheço jamais viu Miss Emily e Mary Higgins ao mesmo tempo.

"Tempo o bastante para conseguir o molde de todas as chaves, tempo o bastante para descobrir tudo sobre os outros inquilinos, e então... se livrar da garota local. Miss Emily caminha pelas redondezas durante a noite e aparece na estação como Mary Higgins no dia seguinte. E então, no momento certo, Mary Higgins desaparece, e lá se vai o clamor público atrás dela. Eu lhe digo onde encontrá-la, Inspetor. No sofá de Miss Emily Skinner! Pegue as impressões digitais dela se não acreditar em mim, mas você irá descobrir que estou certa! Uma dupla de ladras espertas, é isso que as Skinner são... e, sem dúvida, estão em conluio com algum esperto recolhedor ou coletor ou receptador ou seja lá qual for o nome que vocês usem. Mas eles não irão se safar dessa vez! Eu não permitirei que o bom e honesto nome de uma das nossas garotas do vilarejo seja manchado dessa forma! Gladys Holmes é tão honesta quanto o dia e todos ficarão sabendo disso! Boa tarde!"

Miss Marple já tinha saído antes mesmo de o Inspetor Slack se recuperar.

— Ufa! — murmurou ele. — Eu me pergunto se ela está certa.

Ele logo descobriu que Miss Marple estava certa de novo.

Coronel Melchett parabenizou a eficiência de Slack, e Miss Marple fez com que Gladys viesse tomar chá acompanhada de Edna e conversou seriamente com ela sobre a importância de se acomodar numa boa situação quando se deparasse com uma.

O caso da zeladora

Publicado originalmente na coletânea americana *Three Blind Mice and Other Stories* em 1950 e na coletânea britânica *Miss Marple's Final Cases* em 1979

— Bem — Dr. Haydock exigiu saber de sua paciente —, como está hoje?

Miss Marple sorriu para ele com desânimo de seus travesseiros.

— Acho, na verdade, que estou melhor — admitiu ela —, mas eu me sinto tão terrivelmente deprimida. Não consigo deixar de pensar o quão melhor teria sido se eu simplesmente tivesse morrido. Afinal, sou uma mulher velha. Ninguém me quer ou se importa comigo.

Dr. Haydock a interrompeu com a sua brusquidão habitual.

— Sim, sim, típica reação desse tipo de gripe. O que você precisa é de alguma coisa para arejar a sua cabeça. Um tônico mental.

Miss Marple suspirou e sacudiu a cabeça.

— E, além disso — continuou o Dr. Haydock —, eu trouxe o meu remédio comigo!

Ele atirou um longo envelope em cima da cama.

— A coisa perfeita para você. O tipo de quebra-cabeça que faz o seu estilo.

— Um quebra-cabeça? — Miss Marple pareceu interessada.

— Um esforço literário da minha parte — disse o médico, corando de leve. — Tentei transformar numa história convencional. "Ele disse", "ela disse", "a garota pensou" etc. Os fatos da história são reais.

— Mas por que um quebra-cabeça? — indagou Miss Marple.

Dr. Haydock sorriu.

— Porque a interpretação depende de você. Quero ver se você é tão esperta como sempre faz parecer.

Depois de disparar aquela bomba, ele saiu.

Miss Marple pegou o manuscrito e começou a ler.

— E onde está a noiva? — indagou Miss Harmon amigavelmente.

O vilarejo estava todo em alvoroço para ver a rica e bela jovem esposa que Harry Laxton tinha trazido do exterior. Havia um sentimento de indulgência generalizada de que Harry — um jovem patife — tinha tido a maior sorte de todas. Todo mundo sempre era indulgente para com Harry. Até mesmo os donos das janelas que padeceram do uso indiscriminado de um estilingue por parte dele tiveram suas indignações dissipadas pela sincera demonstração de remorso do jovem Harry. Ele tinha quebrado vidros, roubado orquídeas, matado coelhos e, mais tarde, contraiu dívidas, se enrolou com a filha do dono da tabacaria, foi desenrolado e mandado para a África — e o vilarejo, representado por velhas solteironas diversas, murmurou de forma indulgente:

— Ah, bem! A juventude é assim mesmo! Ele vai sossegar!

E agora, certamente, o filho pródigo tinha retornado... não em aflição, mas em triunfo. Harry Laxton tinha "se dado bem" como diziam. Ele tinha dado um jeito na vida, trabalhado duro e finalmente tinha conhecido e conquistado uma jovem anglo-francesa que era dona de uma grande fortuna.

Harry até poderia ter vivido em Londres, ou comprado uma propriedade em algum elegante condado de caça, mas preferiu voltar para a parte de mundo que era o lar dele. E lá, da forma mais romântica, ele com-

prou a construção abandonada na qual tinha passado a sua infância.

A Mansão Kingsdean ficou inabitada por quase setenta anos. Havia, aos poucos, caído em decadência e abandono. Um velho zelador e a sua esposa moravam no único canto habitável do lugar. Era uma casa grandiosa, vasta e pouco atraente, com jardins cobertos de vegetação fétida e árvores que a cercavam feito a cova de algum feiticeiro sombrio.

A casa de contradote, por outro lado, era agradável e despretensiosa, e fora alugada por um longo período ao Major Laxton, o pai de Harry. Quando menino, Harry vagava pelas terras de Kingsdean e conhecia cada centímetro da floresta emaranhada, e a própria casa velha sempre o fascinou.

Major Laxton havia falecido alguns anos antes, por isso seria de se pensar que Harry não teria nenhuma ligação que o trouxesse de volta... ainda assim, foi para a casa de sua meninice que Harry levou a sua noiva. A velha e arruinada Mansão Kingsdean foi derrubada. Um exército de construtores e pedreiros baixou no local e, num milagroso curto espaço de tempo — tão maravilhoso é o poder do dinheiro — a nova casa se ergueu branca e brilhante por entre as árvores.

Em seguida veio uma multidão de jardineiros e, depois deles, uma procissão de caminhões com mobília.

A casa estava pronta. Os empregados chegaram. Por fim, uma limusine cara depositou Harry e sua esposa na porta da frente.

O vilarejo se apressou em visitá-los, e Mrs. Price, que era dona da maior casa e se considerava a líder da sociedade local, mandou convites para uma festa com o objetivo de "conhecer a noiva".

Foi um grande evento. Várias damas adquiriram vestidos novos para a ocasião. Todos estavam animados, curiosos, ansiosos para ver essa fabulosa criatura. Diziam que tudo parecia um conto de fadas!

Miss Harmon, uma solteirona forte e castigada pelo clima, fez a pergunta dela enquanto se espremia pela sala de estar lotada. A pequena Miss Brent, uma solteirona magra e ácida, distribuía informações.

— Ah, minha nossa, tão charmosa. Modos tão belos. E bem jovem. De verdade, sabe, chega até a causar inveja ver alguém que tem tudo desse jeito. Boa aparência e dinheiro e linhagem... da mais distinta, não há nada de comum nela... e o querido Harry é tão devotado a ela!

— Ah — disse Miss Harmon —, ainda são os primeiros dias!

O nariz fino de Miss Brent tremeu de modo apreciativo.

— Ah, minha cara, você realmente acha...

— Todos nós sabemos como é o Harry — disse Miss Harmon.

— Sabemos como ele era! Mas imagino que agora...

— Ah — disse Miss Harmon —, os homens são sempre os mesmos. Uma vez trambiqueiro, sempre trambiqueiro. Eu os conheço.

— Puxa vida. Pobrezinha. — Miss Brent parecia muito mais feliz. — Sim, acredito que ela passará por apuros com ele. Alguém realmente precisa avisá-la. Eu me pergunto se ela ouviu alguma das histórias antigas.

— Parece tão injusto — disse Miss Brent — que ela não saiba de nada. Tão embaraçoso. Especialmente com apenas uma farmácia na aldeia.

Pois a filha do antigo tabacista agora era casada com Mr. Edge, o farmacêutico.

— Seria bem melhor — disse Miss Brent — se Mrs. Laxton fizesse suas compras na farmácia em Much Benham.

— Ouso dizer — disse Miss Harmon — que o próprio Harry Laxton irá sugerir isso.

E novamente um olhar significativo passou por entre elas.

— Mas eu acho mesmo — disse Miss Harmon — que ela precisa saber.

— Monstros — disse Clarice Vane de forma indignada para o tio dela, Dr. Haydock. — Algumas pessoas são monstros por completo.

Ele a olhou curiosamente.

Ela era uma garota alta, de cabelos pretos, bonita, afetuosa e impulsiva. Os enormes olhos castanhos dela agora brilhavam cheios de indignação ao dizer:

— Todas essas dondocas... falando coisas... insinuando coisas.

— Sobre Harry Laxton?

— Sim, sobre o caso dele com a filha do tabacista.

— Ah, isso! — O doutor deu de ombros. — Muitos jovens rapazes têm casos desse tipo.

— Claro que têm. E está terminado. Então para que ficar fofocando disso? E trazendo isso à tona anos depois? São como demônios se alimentando de cadáveres.

— Ouso dizer, minha querida, que assim parece a você. Mas, veja bem, elas têm pouquíssimas coisas sobre as quais falar por aqui, e eu temo que elas possuam a tendência de se fiarem a escândalos passados. Mas estou curioso para saber, por que isso te incomoda tanto?

Clarice Vane mordeu o próprio lábio e corou. Ela falou, numa voz curiosamente abafada:

— Eles... eles parecem tão felizes. Os Laxton, quero dizer. São jovens e estão apaixonados, e é tudo tão amável para eles. Odeio pensar nisso sendo estragado por sussurros e insinuações e fofocas e bestialidade em geral.

— Hum. Entendo.

Clarice continuou.

— Ele estava conversando comigo agora há pouco. Ele está tão feliz e ansioso e animado e... sim, empolgado... de ter realizado seu desejo e ter reconstruído Kingsdean. Ele é que nem uma criança no que tange a isso. E ela... bem, eu não acho que coisa alguma já tenha dado errado na vida dela. Ela sempre teve tudo. Você já a viu. O que achou dela?

O médico não respondeu imediatamente. Para outras pessoas, Louise Laxton poderia ser um objeto de inveja. Uma escolhida mimada pela fortuna. Para ele, no entanto, ela só o fazia se lembrar do refrão de uma canção popular ouvida anos atrás, Pobre menina rica...

Uma figura pequena, delicada, de cabelo louro enrolado em volta do rosto e olhos azuis grandes e melancólicos.

Louise estava um pouco encurvada. A longa sequência de elogios a tinha cansado. Ela esperava que logo fosse a hora de ir embora. Talvez, até mesmo agora, Harry diria. Ela o olhou de esguelha. Tão alto e de ombros largos, com seu enorme prazer nessa festa horrível, entediante.

Pobre menina rica...

— Ufa! — Era um sinal de alívio.

Harry se virou contente para olhar a esposa. Estavam voltando de carro da festa.

Ela falou:

— Querido, que festa mais pavorosa!

Harry riu.

— Sim, horrível. Deixe para lá, meu amor. Tinha que ser feito, sabe. Toda essa gente velha me conhecia quando eu vivia aqui quando menino. Ficariam terrivelmente desapontados se não dessem uma boa olhada em você.

Louise fez uma careta e falou:

— Precisaremos vê-los com frequência?

— O quê? Ah, não. Eles virão e farão visitas cerimoniosas usando suas caixas de cartões, e você irá retornar as visitas e então não precisará mais se incomodar. Você pode ter as suas próprias amigas ou o que quiser.

Louise falou, depois de um minuto ou dois:

— Não tem ninguém interessante vivendo por aqui?

— Ah, sim. Há os membros do condado, sabe. Embora talvez você os ache um pouco entediantes também. Seus maiores interesses são plantas, cachorros e cavalos. Você irá cavalgar, claro. Vai gostar disso. Tem um cavalo em Eglinton que eu gostaria que você conhecesse. Um lindo animal, perfeitamente treinado, nenhum defeito nele, mas cheio de espírito.

O carro diminuiu a velocidade para passar pelos portões de Kingsdean. Harry travou as rodas e xingou no momento em que uma figura grotesca surgiu no meio da estrada e só foi evitada por pouco. Ficou lá, agitando um punho e gritando para eles.

Louise segurou no braço dele.

— Quem é aquela... aquela velha horrível?

O semblante de Harry estava sombrio.

— É a velha Murgatroyd. Ela e o marido cuidavam da antiga casa. Ficaram lá por quase trinta anos.

— Por que ela está sacudindo o punho para você?

O rosto de Harry ficou vermelho.

— Ela... bem, ela se ressentiu pelo fato de a casa ter sido derrubada. E foi demitida, claro. O marido dela morreu há dois anos. Dizem por aí que ela ficou um pouco esquisita depois que ele morreu.

— Ela está... ela não está... passando fome?

As ideias de Louise eram vagas e um pouco melodramáticas. Riquezas te impedem de ter contato com a realidade.

Harry estava enfurecido.

— Meu bom Deus, Louise, que ideia! Eu paguei uma pensão a ela, claro... e bem generosa, aliás! Encontrei um novo chalé para ela e tudo mais.
Louise perguntou, confusa.
— Então por que ela se importa?
Harry estava franzindo o cenho, as sobrancelhas unidas.
— Ah, como é que eu vou saber? Loucura! Ela amava a casa.
— Mas era uma ruína, não era?
— Claro que era... caindo aos pedaços... telhado com goteiras... bem perigosa. Ao mesmo tempo eu imagino que tivesse um significado para ela. Ela ficou lá por um bom tempo. Ah, não sei! A pobre diaba perdeu o juízo, acho.
Louise falou inquieta:
— Ela... acho que ela amaldiçoou a gente. Ah, Harry, queria que ela não tivesse feito isso.

Parecia a Louise que a casa nova dela estava maculada e envenenada pela figura malevolente de uma velha louca. Quando ela saía de carro, quando cavalgava, quando passeava com os cachorros, havia sempre a mesma figura esperando. Curvada sobre si mesma, um chapéu surrado em cima de mechas de cabelo cinza-ferro e o murmúrio lento de imprecações.

Louise começou a acreditar que Harry estava certo... a velha era maluca. Ainda assim, isso não facilitava as coisas. Mrs. Murgatroyd nunca de fato foi até a casa, nem fez ameaças, tampouco ameaçou violência. A figura agachada dela permanecia sempre do lado de fora dos portões. Chamar a polícia seria inútil de qualquer forma. Seria, disse ele, angariar simpatia pela velha bruta. Ele lidou com o problema com mais facilidade do que Louise.

— Não se preocupe com isso, querida. Ela vai se cansar dessa besteira de amaldiçoar. Ela provavelmente só está fingindo.
— Ela não está, Harry. Ela... ela nos odeia! Eu posso sentir. Ela... ela está desejando o nosso mal.
— Ela não é uma bruxa, querida, ainda que pareça uma! Não fique toda mórbida com relação a isso.
Louise ficou em silêncio. Agora que a onda inicial de animação ao se acomodar tinha passado, ela se sentia curiosamente solitária e à deriva. Ela estava acostumada com a vida em Londres e na Riviera. Não tinha conhecimento e nem gostava da vida rural inglesa. Era ignorante naquilo que tangia à jardinagem, excetuando a tarefa final de "arrumar os arranjos de flores". Ela não ligava para cachorros. Ela se entediava com todos os vizinhos que conhecia. O que ela mais gostava era de cavalgar, de vez em quando com Harry, de vez em quando, quando ele estava ocupado demais cuidando do patrimônio, sozinha. Ela ia pelos bosques e estradas, desfrutando dos passos leves do belo cavalo que Harry tinha comprado para ela. Ainda assim, até mesmo Príncipe Hal, o mais sensível dos corcéis castanhos, costumava ficar tímido e bufar ao carregar sua dona em frente à figura encolhida de uma velha malévola.
Certo dia Louise tomou coragem. Estava caminhando fora de casa. Passou por Mrs. Murgatroyd, fingindo não a ver, mas, de repente, se virou e foi diretamente até ela. Falou, um pouco sem fôlego:
— O que foi? Qual é o problema? O que você quer?
A velha a olhou chocada. Ela tinha um rosto sombrio, ardiloso, com mechas de cabelo cinza-ferro e olhos turvos e suspeitos. Louise se perguntou se ela bebia.
Ela falava numa voz resmungona e ainda assim ameaçadora.

— O que eu quero, você pergunta? O quê, de fato! Aquilo que foi tirado de mim. Quem me mandou embora da Mansão Kingsdean? Eu morei ali, quando moça e mulher, por quase quarenta anos. Foi uma desgraça me expulsar e é uma desgraça que isso trará para você e para ele!

Louise falou:

— Você tem um belo chalé e...

Ela não terminou. Os braços da mulher se levantaram. Ela gritou:

— E para o que aquilo me serve? É o meu lugar que eu quero e a lareira na frente da qual eu me sentei durante todos aqueles anos. E, com relação a você e ele, estou te dizendo que não haverá felicidade para vocês na bela casa nova. É a tristeza sombria que recairá sobre vocês! Tristeza e morte e a minha maldição. Que a sua face apodreça.

Louise se virou e começou a correr cambaleando. Ela pensou: "Eu preciso sair daqui! Temos que vender a casa! Temos que ir embora."

Naquele momento uma solução dessas parecia fácil para ela. Mas a total incompreensão de Harry a dissuadiu. Ele exclamou:

— Ir embora daqui? Vender a casa? Por causa das ameaças de uma velha louca? Você deve ter perdido a cabeça.

— Não, não perdi. Mas ela... ela me assusta, eu sei que alguma coisa vai acontecer.

Harry Laxton falou de forma sombria:

— Deixe Mrs. Murgatroyd por minha conta. Eu me resolvo com ela!

Uma amizade nasceu entre Clarice Vane e a jovem Mrs. Laxton. As duas moças eram mais ou menos da mesma idade, ainda que diferentes em personalidades e gostos.

Na companhia de Clarice, Louise encontrava segurança. Clarice era tão autossuficiente, tão certa de si mesma. Louise mencionou o problema com Mrs. Murgatroyd e as ameaças dela, mas Clarice pareceu considerar a questão mais irritante do que assustadora.

— É tanta estupidez, esse tipo de coisa — disse ela.
— E muito, muito incômodo para você.
— Sabe, Clarice, eu... eu me sinto bem assustada de vez em quando. Meu coração dispara terrivelmente.
— Besteira, você não pode deixar que uma coisa boba dessas te derrube. Ela logo irá se cansar.

Ela ficou em silêncio por um minuto ou dois. Clarice perguntou:
— Qual é o problema?

Louise pausou por um minuto, então a resposta dela veio numa torrente:
— Eu odeio esse lugar! Eu odeio estar aqui. Os bosques e essa casa, e o silêncio pavoroso durante a noite, e o barulho esquisito que as corujas fazem. Ah, e as pessoas e tudo mais.
— As pessoas. Quais pessoas?
— As pessoas do vilarejo. Aquelas senhoras velhas, intrometidas e fofoqueiras.

Clarice indagou de forma incisiva:
— O que elas estão dizendo?
— Não sei. Não é nada em particular. Mas elas possuem mentes malignas. Depois de conversar com elas você tem a impressão de que não pode confiar em ninguém... em ninguém mesmo.

Clarice disse bruscamente:
— Esqueça-as. Elas não têm nada para fazer além de fofocar. E a maior parte da baboseira que elas falam é invencionice.

Louise falou:

— Eu queria que nunca tivéssemos vindo para cá. Mas Harry adora tanto esse lugar. — A voz dela suavizou.

Clarice pensou: "Como ela o adora." Ela falou abruptamente:

— Tenho que ir agora.

— Vou mandar o carro te levar. Volte logo.

Clarice assentiu. Louise se sentiu confortada pela visita da sua nova amiga. Harry ficou contente de encontrá-la mais alegre e daí em diante a incentivou a convidar Clarice com mais frequência até a casa.

Então, um dia, ele disse:

— Boas notícias para você, querida.

— Ah, o quê?

— Eu dei um jeito em Murgatroyd. Ela tem um filho na América, sabe. Bem, eu dei um jeito de fazê-la ir embora e se juntar a ele. Eu pagarei a viagem.

— Ah, Harry, que maravilhoso. Acredito que eu possa começar a gostar de Kingsdean afinal.

— Começar a gostar? Como assim, é o lugar mais maravilhoso do mundo!

Louise estremeceu de leve. Ela não conseguia se livrar tão facilmente do medo supersticioso dela.

Se as damas de St. Mary Mead esperavam pelo prazer de transmitir informações sobre o passado de seu marido à noiva, esse prazer foi negado a elas pela pronta ação de Harry Laxton.

Miss Harmon e Clarice Vane estavam ambas na loja de Mr. Edge, uma comprando naftalina e a outra um pacote de ácido bórico, no momento em que Harry Laxton e a esposa entraram.

Depois de cumprimentar as duas mulheres, Harry se virou para o balcão e estava pedindo uma escova de dentes quando parou no meio da frase e exclamou cordialmente:

— Ora, ora, olha só quem está aqui! Bella, eu não acredito.

Mrs. Edge, que havia saído correndo da sala dos fundos para cuidar do congestionamento dos negócios, sorriu de volta para ele alegremente, exibindo seus grandes dentes brancos. Ela tinha sido uma garota bonita de cabelos escuros e ainda era uma mulher razoavelmente atraente, mesmo que tivesse ganhado peso, e as linhas no rosto dela tivessem endurecido; mas os grandes olhos castanhos estavam cheios de carinho ao responder:

— Bella, sim, Mr. Harry, e fico encantada de vê-lo depois de todos esses anos.

Harry se virou para a esposa.

— Bella é uma antiga paixão minha, Louise — disse ele. — Eu estava loucamente apaixonado por ela, não estava, Bella?

— É o que você diz — falou Mrs. Edge.

Louise riu. Ela falou:

— Meu marido está muito feliz de ver todas as suas antigas amizades outra vez.

— Ah — disse Mrs. Edge —, nós não nos esquecemos de você, Mr. Harry. Parece até um conto de fadas pensar em você casado e construindo uma casa nova no lugar da arruinada Mansão Kingsdean.

— Você parece muito bem e radiante — disse Harry, e Mrs. Edge riu e falou que não tinha do que reclamar, perguntando se ele ia comprar a escova de dentes.

Clarice, observando a expressão chocada no rosto de Miss Harmon, falou exultante para si mesma: "Ah, bem-feito, Harry. Você acabou com os planos delas."

Dr. Haydock falou abruptamente para a sua sobrinha:

— Que besteira é essa sobre a velha Mrs. Murgatroyd estar andando perto de Kingsdean e sacudindo o punho e amaldiçoando os novos proprietários?

— Não é besteira. É verdade. Isso perturbou bastante a Louise.

— Diga a ela que ela não precisa se preocupar... quando os Murgatroyd eram zeladores eles nunca paravam de reclamar sobre o lugar... eles só continuavam ali porque Murgatroyd bebia e não conseguia outro emprego.

— Vou dizer a ela — disse Clarice em dúvida —, mas eu não acho que ela vá acreditar em você. A velha grita cheia de raiva.

— Sempre pareceu gostar de Harry quando criança. Não consigo entender.

Clarice disse:

— Ah, bem... eles irão se livrar dela em breve. Harry está pagando a passagem dela para a América.

Três dias depois, Louise caiu do cavalo e morreu.

Dois homens num furgão da padaria foram testemunhas do acidente. Viram Louise sair cavalgando pelos portões, viram a velha saltar e ficar no meio da estrada agitando os braços e gritando, viram o cavalo se assustar, desviar, e então disparar loucamente pela estrada, lançando Louise Laxton por cima de sua cabeça.

Um deles pairou sobre a figura inconsciente, sem saber o que fazer, enquanto o outro corria até a casa para conseguir ajuda.

Harry Laxton saiu correndo, o rosto pálido. Eles arrancaram uma porta do furgão e a carregaram nela até a casa. Ela morreu sem recuperar a consciência e antes que o médico chegasse.

(Fim do manuscrito de Dr. Haydock.)

Quando o Dr. Haydock chegou no dia seguinte, ficou contente de ver que havia um rubor nas bochechas de Miss Marple e, certamente, mais animação em seus modos.

— Bem — disse ele —, qual é o veredito?

— Qual é o problema, Dr. Haydock? — retorquiu Miss Marple.

— Ah, minha querida senhora, será que eu preciso lhe dizer isso?

— Imagino — disse Miss Marple — que seja o comportamento curioso da zeladora. Por que ela se comportava daquela forma tão estranha? As pessoas costumam mesmo se importar quando são expulsas de suas velhas casas. Mas não era a casa dela. Na verdade, ela costumava resmungar e reclamar durante o tempo em que vivia lá. Sim, isso realmente parece muito estranho. O que aconteceu com ela depois, a propósito?

— Fugiu para Liverpool. O acidente a assustou. Achou melhor esperar pelo barco lá.

— Tudo isso é muito conveniente para uma pessoa — disse Miss Marple. — Sim, acho que "O Problema do Comportamento da Zeladora" pode ser resolvido facilmente. Suborno, não é mesmo?

— Essa é a sua solução?

— Bem, se não era natural que se comportasse dessa forma, ela devia estar "se fazendo de doida", como dizem por aí, e isso significa que alguém a pagou para fazê-lo.

— E você sabe quem é esse alguém?

— Ah, acho que sim. Dinheiro outra vez, eu acho. E eu sempre notei que os cavalheiros tendem a admirar o mesmo tipo.

— Agora eu estou fora da minha alçada.

— Não, não, tudo se encaixa. Harry Laxton admirava Bella Edge, uma moça de cabelos escuros e vivaz. A sua sobrinha Clarice era parecida. Mas a coitada da esposa era de um tipo bem diferente... cabelos claros e carente... não era nem um pouco o tipo dele. Então ele deve ter se casado com ela por dinheiro. E a assassinou por dinheiro também!

— Você usou a palavra "assassinou"?

— Bem, ele faz o tipo. Atraente para as mulheres e bem inescrupuloso. Imagino que ele tenha tido a vontade de ficar com o dinheiro da esposa e se casar com a sua sobrinha. Ele pode ter sido visto conversando com Mrs. Edge. Mas eu não acho que ele ainda gostasse dela. Embora eu ouse dizer que ele fez a coitada achar que estivesse gostando, para os seus próprios fins. Ele logo a tinha sob o seu domínio, acho.

— Como você acha que ele a matou, exatamente?

Miss Marple ficou olhando ao longe por alguns minutos com olhos azuis sonhadores.

— Foi tudo muito bem cronometrado... com o furgão do padeiro servindo de testemunha. Eles conseguiam enxergar a velha e, claro, atribuíram o susto do cavalo a isso. Mas eu pergunto a mim mesma se uma espingarda de pressão, ou talvez um estilingue... sim, no momento em que o cavalo passou pelo portão. O cavalo, claro, saltou, e Mrs. Laxton foi atirada.

Ela pausou, franzindo o cenho.

— A queda pode tê-la matado. Mas ele não tinha como se certificar disso. E ele parece o tipo de homem que arquiteta os seus planos cuidadosamente e não deixa nada ao acaso. Ora, Mrs. Edge poderia fornecer a ele algo adequado sem que o marido dela soubesse. De outra forma, por qual motivo Harry se importaria com ela? Sim, acho que ele tinha alguma droga poderosa à sua disposição, que poderia ser administrada antes que você chegasse. Afinal, se uma mulher é lançada para longe de um cavalo e sofre ferimentos graves e morre sem recuperar a consciência, bem... um médico normalmente não suspeitaria, não é mesmo? Ele atribuiria isso ao impacto ou coisa parecida.

Dr. Haydock assentiu.

— Por que você suspeitou? — disse Miss Marple.

— Não foi nenhuma esperteza em particular da minha parte — disse Dr. Haydock. — Foi só o fato comum, bem conhecido, de que um assassino fica tão contente com a sua própria esperteza que ele não toma os devidos cuidados. Eu estava simplesmente dizendo algumas palavras de consolo ao marido enlutado... e me sentindo penoso pelo sujeito também... quando ele se lançou no sofá para fazer um pouco mais de encenação e uma seringa caiu do bolso dele.

"Ele a pegou e pareceu tão assustado que eu me coloquei a pensar. Harry Laxton não usava drogas; ele estava em perfeita saúde; o que ele fazia com uma seringa? Eu fiz a autópsia guardando certas possibilidades em mente. Encontrei estrofantina. O resto foi fácil. Havia estrofantina em posse de Laxton, e Bella Edge, interrogada pela polícia, cedeu e admitiu tê-la arranjado para ele. E, por fim, a velha Mrs. Murgatroyd confessou que foi Harry Laxton quem a mandou fazer todo aquele negócio de amaldiçoar."

— E a sua sobrinha superou isso?

— Sim, ela estava atraída pelo sujeito, mas não tinha ido longe.

O médico pegou seu manuscrito.

— Nota máxima para você, Miss Marple... e nota máxima para mim pelo tratamento que prescrevi. Você já está mais parecida consigo mesma.

O apartamento do terceiro andar

Publicado originalmente no Reino Unido
na *Hutchinson's Story Magazine*, em 1929

— Ora! — exclamou Pat.

Com uma careta cada vez mais profunda, ela remexia freneticamente na bagatela de seda que chamava de bolsa de festa. Dois rapazes e uma outra garota a observavam ansiosamente. Estavam todos parados do lado de fora da porta fechada do apartamento de Patricia Garnett.

— Não tem jeito — disse Pat. — Não está aqui dentro. E agora o que faremos?

— O que é a vida sem uma chave? — murmurou Jimmy Faulkener.

Ele era um jovem baixinho de ombros largos e olhos azuis gentis.

Pat esbravejou com ele.

— Não faça piadas, Jimmy. Isso é sério.

— Procure de novo, Pat — disse Donovan Bailey. — Deve estar em algum lugar por aí.

Ele tinha uma voz preguiçosa, agradável, que combinava com a sua figura esguia e de cabelos escuros.

— Se é que você a trouxe — disse a outra garota, Mildred Hope.

— Claro que eu trouxe — disse Pat. — Acredito que a tenha entregado a um de vocês dois.

Ela se dirigiu aos homens de forma acusatória.

— Falei a Donovan para que ficasse com ela para mim.

Mas ela não encontraria um bode expiatório tão fácil assim. Donovan foi enfático em sua negação, e Jimmy o apoiou.

— Eu mesmo te vi colocando-a na bolsa — disse Jimmy.

— Bem, então, um de vocês deve ter deixado-a cair quando pegou a minha bolsa. Eu mesma já fiz isso uma ou duas vezes.

— Uma ou duas vezes! — exclamou Donovan. — Você a deixou cair uma dúzia de vezes pelo menos, além de largá-la para trás o tempo todo.

— Não sei como é que tudo que existe no mundo não cai dessa bolsa o tempo inteiro — disse Jimmy.

— A questão é... como é que vamos entrar? — perguntou Mildred.

Ela era uma garota sensata, que mantinha o foco, mas não era nem de longe atraente ou impulsiva e problemática como Pat.

Os quatro encararam a porta trancada sem reação.

— Será que o porteiro não pode ajudar? — sugeriu Jimmy.

— Ele não tem uma chave mestra ou alguma coisa do tipo?

Pat sacudiu a cabeça. Havia apenas duas chaves. Uma estava dentro do apartamento, pendurada na cozinha, e a outra estava — ou deveria estar — na maldita bolsa.

— Se ao menos o apartamento fosse no térreo — reclamou Pat. — Nós poderíamos ter quebrado a janela ou coisa do tipo. Donovan, você não gostaria de escalar até lá, feito um ladrão?

Donovan declinou de forma educada, mas enfática, a sugestão de se tornar um gatuno.

— Um apartamento no quarto andar é uma grande empreitada — disse Jimmy.

— E a escada de incêndio? — sugeriu Donovan.

— Não existe uma.

— Deveria existir — disse Jimmy. — Um prédio de cinco andares precisa ter uma escada de incêndio.

— Ouso dizer que sim — disse Pat. — Mas o que deveria ser não nos ajuda. Como é que vou entrar no meu apartamento?

— Não tem uma daquelas engenhocas? — perguntou Donovan. — Aquele negócio no qual os comerciantes enviam costeletas e couves-de-bruxelas?

— O elevador de serviço — respondeu Pat. — Ah, sim, mas é apenas uma espécie de cesta de arame. Ah, espera... já sei. E o elevador de carvão?

— Agora sim — disse Donovan —, essa é uma boa ideia.

Mildred fez uma sugestão desanimadora.

— Vai estar trancada — disse ela. — Da cozinha de Pat, isto é, do lado de dentro.

Mas a ideia foi instantaneamente negada.

— Não bote fé nisso — disse Donovan.

— Não da cozinha de *Pat* — disse Jimmy. — Pat nunca tranca ou aferrolha nada.

— Não acho que esteja trancada — disse Pat. — Eu tirei o lixo hoje de manhã, e eu tenho certeza de que não a tranquei em seguida, e não acho que me aproximei dela depois.

— Bem — disse Donovan — esse fato vai ser muito útil para nós hoje à noite, mas, ao mesmo tempo, jovem Pat, permita-me dizer que tais hábitos desleixados te colocam à mercê de ladrões toda noite... e estes nem precisariam saber escalar.

Pat desconsiderou tais admoestações.

— Vamos — berrou ela, e começou a descer correndo os quatro lances de escadaria.

Os outros a seguiram. Pat os guiou por uma passagem escura, lotada, aparentemente, de carrinhos de bebê, por uma outra porta que levava até o fosso dos apartamentos, e até o elevador certo. No momento, havia uma lata de lixo em cima dele. Donovan a ergueu e pisou cautelosamente na plataforma. Ele torceu o nariz.

— O cheiro é um tanto desagradável — comentou. — Mas e agora? Eu embarco sozinho nessa empreitada ou alguém vem comigo?

— Eu também vou — disse Jimmy.

Ele subiu ao lado de Donovan.

— Imagino que o elevador vá me aguentar — acrescentou em dúvida.

— Você não deve pesar muito mais que uma tonelada de carvão — disse Pat, que havia prestado muita atenção na tabela de pesos e medidas.

— E, de qualquer forma, vamos descobrir em breve — disse Donovan alegremente, puxando a corda.

Com um rangido, eles sumiram de vista.

— Esse negócio faz um barulho horrível — comentou Jimmy, enquanto avançavam pela escuridão. — O que o pessoal dos outros apartamentos irá pensar?

— Fantasmas ou bandidos, imagino — respondeu Donovan. — Puxar essa corda é um serviço bem pesado. O porteiro daqui de Friars Mansions trabalha mais do que eu imaginava. Jimmy, meu amigo, você está contando os andares?

— Ah, Deus! Não. Esqueci disso.

— Bem, eu contei, ainda bem. Estamos passando pelo terceiro agora. O próximo é o nosso.

— E agora — resmungou Jimmy —, imagino que iremos descobrir que Pat trancou a porta no fim das contas.

Mas tais medos não tinham fundamento. A porta de madeira se abriu com um toque, e Donovan e Jimmy adentraram a escuridão profunda da cozinha de Pat.

— Vamos precisar de uma lanterna para enfrentar esse pavoroso trabalho noturno — exclamou Donovan. — Se eu bem conheço Pat, está tudo no chão, e vamos quebrar muita louça antes de eu chegar ao interruptor. Não se mexa, Jimmy, até eu conseguir acender as luzes.

Ele foi tateando cuidadosamente chão afora, proferindo um fervente "Droga!" quando uma quina da mesa da cozinha o acertou de surpresa nas costelas. Estendeu a mão para o interruptor, e dali a pouco um outro "Droga!" flutuou pela escuridão.

— Qual é o problema? — indagou Jimmy.

— A luz não acende. Acho que a lâmpada queimou. Espere um minuto. Vou acender a luz da sala.

A sala de estar era a porta logo após o corredor. Jimmy ouviu Donovan sair pela porta da cozinha e, no mesmo instante, um praguejar abafado o alcançou. Ele próprio então atravessou a cozinha com cuidado.

— Qual é o problema?

— Não sei. As salas ficam enfeitiçadas durante a noite, acho. Tudo parece estar num lugar diferente. Cadeiras e mesas onde você menos espera. Ah, diabos! Aqui está outra!

Mas, neste momento, Jimmy felizmente encontrou o interruptor e o apertou para baixo. Dentro de um instante os dois jovens se encaravam em horror silencioso.

Esta não era a sala de Pat. Estavam no apartamento errado.

Para começo de conversa, a sala era por volta de dez vezes mais abarrotada do que a de Pat, o que explicava o choque patético de Donovan ao bater repetidamente em cadeiras e mesas. Havia uma grande mesa redonda no centro da sala coberta com uma toalha de baeta, e uma aspidistra na janela. Era, na verdade, o tipo de cômodo cujo dono, os jovens tiveram certeza, teria dificuldade para explicar. Em mudo terror eles baixaram o olhar para a mesa, em cima da qual havia uma pilha de cartas.

— Mrs. Ernestine Grant — sussurrou Donovan, pegando-as e lendo o nome. — Ah, céus! Você acha que ela nos ouviu?

— É um milagre que não tenha ouvido — respondeu Jimmy. — Com o seu linguajar e a forma como ficou esbarrando na mobília. Venha, pelo amor de Deus, vamos sair daqui, rápido.

Eles rapidamente apagaram a luz e refizeram na ponta dos pés os passos até o elevador. Jimmy respirou aliviado quando recobraram a agilidade sem nenhum outro incidente na escuridão.

— Gosto de uma mulher que tem o sono pesado, profundo — disse de forma aprovadora. — Mrs. Ernestine tem suas qualidades.

— Agora eu entendo — disse Donovan —, o motivo pelo qual confundimos os andares, quero dizer. Subimos a partir do porão quando estávamos naquele fosso.

Ele puxou a corda e o elevador subiu.
— Agora estamos no lugar certo.
— Acredito piamente que estejamos — disse Jimmy ao adentrar outro vácuo escuro. — Meus nervos não serão capazes de aguentar outros choques desse tipo.

Mas nenhuma outra tensão aos nervos foi imposta. O primeiro clique de luz revelou a cozinha de Pat, e dentro de outro minuto eles estavam abrindo a porta da frente e permitindo a entrada das duas moças, que esperavam do lado de fora.
— Vocês demoraram um bom tempo — resmungou Pat. — Mildred e eu estamos esperando aqui há séculos.
— Tivemos um imprevisto — explicou Donovan. — Poderíamos ter sido levados embora para a delegacia como malfeitores perigosos.

Pat já tinha entrado na sala de estar, onde acendeu a luz e largou o xale no sofá. Ela ouviu com grande interesse a narrativa das aventuras de Donovan.
— Ainda bem que ela não viu vocês — comentou. — Tenho certeza de que é uma velha ranzinza. Recebi um bilhete dela hoje de manhã... queria se encontrar comigo em algum momento... alguma coisa sobre a qual queria reclamar... meu piano, acho. Pessoas que não gostam de pianos acima de suas cabeças não deveriam vir morar em apartamentos. Minha nossa, Donovan, você machucou sua mão. Está toda ensanguentada. Vá lavar isso na pia.

Donovan baixou o olhar para sua mão em surpresa. Ele saiu do quarto obedientemente e logo sua voz chamou por Jimmy.
— Sim? — disse o outro. — O que foi? Você não se machucou muito, não é?
— Eu não me machuquei nem um pouco.

Havia algo de tão esquisito na voz de Donovan que Jimmy o encarou em surpresa. Donovan estendeu sua mão lavada e Jimmy viu que não havia nenhuma marca ou corte de qualquer tipo.

— Que estranho — falou ele, franzindo a testa. — Havia bastante sangue. De onde veio? — E então, de repente, se deu conta daquilo que seu amigo mais esperto já tinha concluído. — Meu Jesus — disse ele. — Deve ter vindo daquele apartamento. — Ele parou, pensando nas possibilidades sugeridas pelas suas palavras. — Você tem certeza de que era... hum... sangue? — indagou. — Não era tinta?

Donovan sacudiu a cabeça.

— Era sangue, com certeza — respondeu, e estremeceu.

Eles se entreolharam. O mesmo pensamento estava certamente nas mentes de ambos. Foi Jimmy quem primeiro deu voz a ele.

— Então — disse ele desconfortável. — Você acha que devíamos... bem... descer de novo... e dar... uma... olhada? Ver se está tudo bem, sabe?

— E as garotas?

— Não diremos nada a elas. Pat vai colocar um avental e nos fazer uma omelete. Voltaremos antes de elas se perguntarem onde estamos.

— Pois bem — concordou Donovan. — Suponho que tenhamos que verificar isso. Ouso dizer que não há nada de errado, realmente.

Mas faltava convicção na voz dele. Entraram no elevador e desceram até o andar de baixo. Atravessaram a cozinha sem muita dificuldade, e mais uma vez acenderam a luz da sala de estar.

— Deve ter sido nesta sala — disse Donovan —, que... que aquilo sujou minha mão. Não encostei em nada na cozinha.

Ele olhou à sua volta. Jimmy fez o mesmo, e ambos franziram a testa. Tudo parecia arrumado e ordinário e a milhas de distância de qualquer sugestão de violência ou brutalidade.

De repente Jimmy se assustou violentamente e agarrou o braço de seu companheiro.

— Olhe!

Donovan seguiu o dedo que apontava e, por sua vez, proferiu uma exclamação. Por baixo das pesadas cortinas, projetava-se um pé — um pé feminino, em um sapato aberto de couro envernizado.

Jimmy foi até as cortinas e as abriu de uma vez. No recesso da janela, o corpo encolhido de uma mulher jazia no chão, uma poça escura e pegajosa ao lado do cadáver. Ela estava morta, não havia a menor dúvida. Jimmy estava tentando levantá-la quando Donovan o impediu.

— É melhor não fazer isso. Ela não deve ser tocada até a polícia chegar.

— A polícia. Ah, sim, claro. Caramba, Donovan, que coisa mais macabra. Quem você acha que ela é? Mrs. Ernestine Grant?

— Parece ser o caso. De qualquer forma, se tiver mais alguém no apartamento, não está fazendo nenhum barulho.

— O que fazemos agora? — indagou Jimmy. — Saímos para encontrar um policial ou ligamos do apartamento de Pat?

— Acho que ligar é a melhor opção. Vamos, podemos muito bem sair pela porta da frente. Não podemos passar a noite inteira subindo e descendo por aquele elevador fedorento.

Jimmy concordou. No momento em que passavam pela porta, ele hesitou.

— Veja bem, você acha que um de nós deveria permanecer aqui... só para ficar de olho nas coisas... até a polícia chegar?

— Sim, acho que você tem razão. Se você ficar, eu subo e telefono.

Ele correu rapidamente pelas escadas e tocou a campainha do apartamento acima. Pat veio atender, uma linda Pat de rosto corado vestindo um avental de cozinha. Os olhos dela se arregalaram em surpresa.

— Você? Mas como... Donovan, o que foi? Qual é o problema? Ele segurou as duas mãos dela.

— Está tudo bem, Pat... é só que fizemos uma descoberta desagradável no andar de baixo. Uma mulher... morta.

— Ah! — Ela soltou um gritinho. — Que coisa horrível. Ela teve um mal súbito ou coisa parecida?

— Não. Parece... bem... parece mais que ela foi assassinada.

— Ah, Donovan!

— Eu sei. É brutal.

As mãos dela ainda estavam nas dele. Ela as deixou ali — estava até mesmo se agarrando a ele. Querida Pat — como ele a amava. Será que ela ao menos ligava para ele? De vez em quando achava que sim. De vez em quando temia que Jimmy Faulkener... lembranças de Jimmy esperando pacientemente no andar de baixo o fizeram se apressar cheio de culpa.

— Pat, querida, precisamos ligar para a polícia.

— *Monsieur* está certo — disse uma voz atrás dele. — E, no meio tempo, enquanto esperamos por sua chegada, talvez eu possa ser de modesta valia.

Estavam parados à porta do apartamento, e agora dirigiam seus olhares para o corredor. Uma figura estava parada nas escadas um pouco acima deles. Ela desceu e entrou em seu alcance de visão.

Ficaram encarando o homenzinho com um bigode feroz e uma cabeça em forma de ovo. Vestia um roupão resplandecente e chinelos bordados. Ele se curvou de forma galante para Patricia.

— *Mademoiselle!* — disse ele. — Eu sou, como talvez você saiba, o inquilino do apartamento de cima. Gosto de ficar bem no alto, no céu, com a vista por sobre Londres. Alugo o apartamento sob o nome de Mr. O'Connor. Mas não sou um irlandês. Tenho outro nome. É por isso que me coloco aos seus serviços. Permita-me.

Com um floreio ele tirou um cartão e entregou a Pat. Ela leu.

— Monsieur Hercule Poirot. Ah! — Ela recuperou o fôlego. — *O* Monsieur Poirot! O grande detetive? E o senhor realmente irá ajudar?

— Essa é a minha intenção, *mademoiselle*. Eu quase ofereci a minha ajuda mais cedo.

Pat pareceu confusa.

— Eu escutei vocês discutindo como adentrariam seu apartamento. Eu sou muito esperto naquilo que tange a arrombar fechaduras. Eu poderia, sem dúvidas, ter aberto a porta para vocês, mas hesitei em sugerir. Você teria tido grandes suspeitas a meu respeito.

Pat riu.

— Agora, *monsieur* — disse Poirot a Donovan. — Entre, eu imploro, e telefone para a polícia. Eu descerei até o apartamento de baixo.

Pat desceu as escadas com ele. Encontraram Jimmy de vigia, e Pat explicou a presença de Poirot. Jimmy, por sua vez, explicou a Poirot as aventuras dele e de Donovan. O detetive escutou atentamente.

— A porta do elevador estava destrancada, você falou? Você entrou na cozinha, mas a luz não acendia.

Ele dirigiu seus passos para a cozinha enquanto falava. Os dedos dele tocaram no interruptor.

— *Tiens! Voilà ce qui est curieux!* — disse ele quando a luz se acendeu. — Funciona perfeitamente agora. Eu me pergunto... — Levantou um dedo para garantir o silêncio e ficou escutando. Um leve ruído estilhaçou a quietude... o barulho inconfundível de um ronco. — Ah! — disse Poirot. — *La chambre de domestique.*

Ele atravessou a cozinha na ponta dos pés até uma pequena despensa, de onde saía uma porta. Abriu a porta e acendeu a luz. O quarto era o tipo de canil que projetistas de apartamentos desenhavam para acomodar um ser humano. O espaço era quase todo ocupado pela cama. Na cama estava uma garota de bochechas rosadas, deitada

de barriga para cima e com a boca bem aberta, roncando placidamente.
Poirot desligou a luz e bateu em retirada.
— Ela não irá acordar — disse ele. — Deixemos que durma até a chegada da polícia.
Ele voltou para a sala de estar. Donovan tinha se juntado a eles.
— A polícia estará aqui quase que imediatamente, foi o que disseram — falou ele sem fôlego. — Não devemos encostar em nada.
Poirot assentiu.
— Não iremos encostar — disse. — Iremos olhar, apenas isso.
Ele avançou pela sala. Mildred tinha descido com Donovan, e os quatro jovens ficaram na entrada e o observaram com a respiração presa, cheios de interesse.
— O que eu não entendo, senhor, é o seguinte — disse Donovan. — Eu nunca me aproximei da janela... como o sangue veio parar na minha mão?
— Meu jovem amigo, a resposta para isso está na frente do seu rosto. Qual é a cor da toalha de mesa? Vermelha, não é mesmo? E sem dúvida você colocou a mão na mesa.
— Sim, eu fiz isso. Aquilo é...? — Ele parou.
Poirot assentiu. Estava se curvando sobre a mesa. Indicou com a mão uma mancha escura no vermelho.
— Foi aqui que o crime foi cometido — disse ele solenemente. — O corpo foi movido depois.
Ele então ficou ereto e olhou lentamente ao redor da sala. Não se moveu, não mexeu em nada, mas ainda assim os quatro observadores tiveram a impressão de que cada objeto naquele lugar bastante desagradável rendia seus segredos àquele olhar observador.
Hercule Poirot balançou a cabeça como que satisfeito. Um pequeno suspiro escapou dele.
— Estou vendo — disse.

— Está vendo o quê? — indagou Donovan com curiosidade.

— Estou vendo o que você sem dúvidas sentiu... — disse Poirot —, que o quarto está muito cheio de mobília.

Donovan sorriu pesaroso.

— Eu avancei sala adentro sem pensar muito — confessou. — Mas é claro, tudo estava em um lugar diferente da sala de Pat, e eu não conseguia entender.

— Nem tudo — retrucou Poirot.

Donovan o encarou curioso.

— Quero dizer — disse Poirot desculpando-se —, certas coisas são sempre fixas. Em um conjunto de apartamentos, a porta, a janela, a lareira... ficam no mesmo lugar nos espaços abaixo uns dos outros.

— Não estaria você se fiando a minúcias? — indagou Mildred.

Ela olhava para Poirot com uma leva desaprovação.

— Uma pessoa deveria sempre falar com a mais absoluta acuidade. Isso é uma pequena... como se diz... mania minha.

Ouviu-se o barulho de passos nas escadas, e três homens entraram. Eram um inspetor de polícia, um policial e o cirurgião divisionário. O inspetor reconheceu Poirot e o saudou de forma quase reverencial. Então se virou para os outros.

— Vou querer declarações de todos — começou —, mas em primeiro lugar...

Poirot interrompeu.

— Uma pequena sugestão. Voltemos ao apartamento de cima e a *mademoiselle* aqui pode fazer aquilo que planejava... nos fazer uma omelete. Eu tenho uma paixão por omeletes. Então, *Monsieur l'Inspecteur*, quando você tiver terminado por aqui, você se juntará a nós e poderá fazer perguntas à vontade.

Assim foi feito, e Poirot subiu com eles.

— Monsieur Poirot — disse Pat. — Acho que o senhor é um querido. E receberá uma linda omelete. Eu realmente faço omeletes assustadoramente bem.

— Isso é bom. Certa vez, *mademoiselle*, eu amei uma linda jovem inglesa, que se parecia muito com você... mas, infelizmente... ela não sabia cozinhar. Então, talvez, tenha sido melhor assim.

Havia uma leve tristeza em sua voz, e Jimmy Faulkener o olhou com curiosidade.

Uma vez dentro do apartamento, no entanto, ele se dedicou a agradar e entreter. A lúgubre tragédia do andar de baixo foi quase esquecida.

A omelete já tinha sido consumida e devidamente elogiada quando os passos do Inspetor Rice foram ouvidos. Ele entrou acompanhado do médico, tendo deixado o policial no andar de baixo.

— Bem, Monsieur Poirot — disse ele. — Parece tudo muito claro e evidente... não é muito da sua alçada, embora possa ser difícil capturar o culpado. Eu só gostaria de ouvir como aconteceu a descoberta.

Donovan e Jimmy recontaram os acontecimentos da noite. O inspetor se virou de forma reprovadora para Pat.

— Você não deveria deixar a porta do seu elevador destrancada, senhorita. Você realmente não deveria.

— Não o farei novamente — disse Pat, estremecendo. — Alguém poderia entrar e me assassinar que nem a coitada do andar de baixo.

— Ah, mas a entrada não se deu dessa forma — disse o inspetor.

— Você irá nos contar o que descobriu, sim? — perguntou Poirot.

— Não sei se deveria... mas já que é você, Monsieur Poirot...

— *Précisément* — disse Poirot. — E estes jovens... eles serão discretos.

— De qualquer forma, os jornais ficarão sabendo em breve — disse o inspetor. — Na realidade não há nenhum grande segredo. Bem, a falecida é Mrs. Grant, com certeza. Fiz o porteiro subir para identificá-la. Uma mulher de uns 35 anos.

Ela estava sentada à mesa, e foi baleada com uma pistola automática de calibre baixo, provavelmente por alguém sentado diante dela. Ela caiu para a frente, e foi assim que a toalha ficou manchada de sangue.

— Mas não teria alguém ouvido o tiro? — indagou Mildred.

— A pistola foi equipada com um silenciador. Não, você não ouviria nada. A propósito, você ouviu o grito que a empregada soltou quando contamos a ela que a patroa estava morta? Não. Bem, isso só serve para mostrar quão improvável era que alguém ouvisse o disparo.

— A empregada não tem nada a contar? — indagou Poirot.

— Era a noite de folga dela. Ela tem sua própria chave. Entrou por volta das 22h. Estava tudo quieto. Ela pensou que a patroa tivesse ido para a cama.

— Ela então não olhou na sala de estar?

— Sim, ela levou até lá as cartas que tinham chegado com o correio noturno, mas não viu nada de diferente... não mais do que Mr. Faulkener e Mr. Bailey viram. Veja bem, o assassino escondeu bem o corpo atrás das cortinas.

— Mas foi uma coisa peculiar de se fazer, não acha?

A voz de Poirot era gentil, mas ainda assim guardava algo que fez o inspetor erguer o olhar rapidamente.

— Não queria que a cena do crime fosse descoberta até ter tido tempo para escapar.

— Talvez, talvez... mas continue o que você estava dizendo.

— A empregada saiu às 17h. O doutor aqui coloca a hora da morte como sendo, aproximadamente, por volta de quatro ou cinco horas atrás. É isso, não é?

O médico, que era um homem de poucas palavras, se contentou em agitar a cabeça afirmativamente.

— São 23h45 agora. A hora exata pode ser, na minha opinião, precisada num horário bem definido.

Ele apresentou um pedaço amassado de papel.

— Encontramos isso no bolso do vestido da morta. Não precisa ter medo de segurar. Não há nenhuma impressão digital nele.

Poirot alisou a folha. Ao longo dela, algumas palavras estavam impressas em letras maiúsculas pequenas e delicadas.

EU TE VISITAREI HOJE À NOITE ÀS 19H30.
J.F.

— Um documento comprometedor para se deixar para trás — comentou Poirot, ao devolvê-lo.
— Bem, ele não sabia que ela o tinha no bolso — disse o inspetor. — Provavelmente pensou que ela o tinha destruído. Temos evidência, no entanto, de que ele era um homem cuidadoso. A pistola com a qual ela foi baleada foi encontrada debaixo do corpo... e, mais uma vez, não há impressões digitais. Foram apagadas muito cuidadosamente com um lenço de seda.
— Como você sabe que era um lenço de seda? — perguntou Poirot.
— Porque nós o encontramos — respondeu o inspetor triunfante. — No fim, enquanto fechava as cortinas, ele deve ter deixado cair sem perceber.

Ele exibiu um grande lenço de seda branca — um lenço de boa qualidade. O dedo do inspetor não foi necessário para chamar a atenção de Poirot para a marca no centro. Era bem-marcada e bem legível. Poirot leu o nome em voz alta.
— John Fraser.
— Isso — disse o inspetor. — John Fraser... J.F. no recado. Sabemos o nome do homem pelo qual devemos procurar, e ouso dizer que assim que descobrirmos um pouco mais sobre a falecida, e aqueles que a conheciam se apresentarem, logo iremos encontrá-lo.
— Eu me pergunto — disse Poirot. — Não, *mon cher*, por alguma razão, eu acho que ele não será fácil de encontrar, esse John Fraser. Ele é um homem estranho... cuidadoso, já que marca os seus lenços e limpa a pistola com a qual cometeu o crime... ainda assim, é descuidado, já que perde o lenço e não procura por uma carta que pode incriminá-lo.

— Atrapalhado, é isso que ele é — disse o inspetor.
— É possível — disse Poirot. — Sim, é possível. E ele não foi visto entrando no prédio?
— Tem todo tipo de gente entrando e saindo o tempo todo. São blocos grandes. Imagino que nenhum de vocês... — ele se dirigiu aos quatro coletivamente — viu alguém saindo do apartamento?

Pat sacudiu a cabeça.

— Saímos mais cedo... por volta das 19h.
— Entendo.

O inspetor se levantou. Poirot o acompanhou até a porta.

— Como um pequeno favor, posso examinar o apartamento de baixo?
— Ora, certamente, Monsieur Poirot. Eu sei o que eles acham de você no quartel. Vou deixar uma chave com você. Tenho duas. Ele estará vazio. A empregada foi para a casa de parentes, assustada demais para ficar sozinha ali.
— Eu agradeço — disse Monsieur Poirot.

Ele voltou para o apartamento, pensativo.

— Você não está satisfeito, Monsieur Poirot? — perguntou Jimmy.
— Não — disse Poirot. — Não estou satisfeito.

Donovan o olhou curiosamente.

— O que é que... bem, o preocupa?

Poirot não respondeu. Permaneceu em silêncio por um minuto ou dois, franzindo a testa, como se estivesse em pensamento profundo, então fez um súbito movimento impaciente dos ombros.

— Darei boa noite a você, *mademoiselle*. Você deve estar cansada. Teve que cozinhar muita coisa... não é mesmo?

Pat riu.

— Apenas a omelete. Eu não fiz o jantar. Donovan e Jimmy vieram e chamaram pela gente, e nós fomos a um lugarzinho no Soho.
— E então, sem dúvida, foram ao teatro?

— Sim. *Os olhos castanhos de Caroline.*
— Ah! — disse Poirot. — Deveriam ter sido olhos azuis... os olhos azuis de *mademoiselle*.

Ele fez um gesto sentimental, e então desejou boa noite a Pat mais uma vez, e também a Mildred, que passaria a noite ali por um pedido especial, já que Pat admitiu francamente que teria pesadelos se ficasse sozinha nessa noite em particular.

Os dois rapazes acompanharam Poirot. Quando a porta se fechou, e eles se preparavam para dar adeus a ele no patamar da escada, Poirot os interrompeu.

— Meus jovens amigos, vocês me ouviram dizer que eu não estava satisfeito? *Eh bien*, é verdade... não estou. Eu agora irei fazer algumas pequenas investigações por conta própria. Vocês gostariam de me acompanhar... sim?

A proposta encontrou um assentimento ansioso. Poirot os guiou até o apartamento do andar de baixo e inseriu na fechadura a chave que o inspetor tinha dado a ele. Ao entrar, ele não se dirigiu à sala de estar, como os outros esperavam. Ao invés disso, foi direto para a cozinha. Em um pequeno espaço que servia de copa havia uma grande lata de ferro. Poirot a destampou e, debruçando-se, começou a vasculhar dentro dela com a energia de um terrier feroz.

Tanto Jimmy quanto Donovan o encararam surpresos.

De repente, com um grito de triunfo, ele emergiu. Em sua mão segurava bem alto uma garrafa arrolhada.

— *Voilà!* — disse. — Encontrei o que procurava. — Ele a cheirou delicadamente. — Que pena! Estou *enrhumé*... estou com um resfriado.

Donovan tomou a garrafa dele e, por sua vez, a cheirou, mas não conseguiu sentir nada. Tirou a rolha e colocou a garrafa no nariz antes que o grito de aviso de Poirot pudesse impedi-lo.

Imediatamente ele tombou feito uma árvore. Poirot, ao se adiantar, amorteceu parcialmente a queda dele.

— Imbecil! — gritou. — Que ideia. Remover a rolha dessa forma estúpida! Ele não viu como eu a manuseei com delicadeza? Monsieur... Faulkener... não é mesmo? Será que você poderia me fazer a caridade de me trazer um pouco de conhaque? Vi um decantador na sala.

Jimmy saiu correndo, mas, quando finalmente voltou, Donovan estava sentado outra vez e dizendo estar muito bem. Ele ouviu um curto sermão de Poirot sobre a necessidade de se tomar cuidado ao cheirar substâncias potencialmente venenosas.

— Acho que vou para casa — disse Donovan, se colocando trêmulo de pé.— Isto é, se eu não mais for útil por aqui. Ainda estou me sentindo um pouco esquisito.

— Certamente — concordou Poirot. — É o melhor que você pode fazer. Monsieur Faulkener, espere aqui por um minutinho. Volto num instante.

Ele acompanhou Donovan até a porta e além. Eles ficaram do lado de fora, no corredor, conversando por alguns minutos. Quando Poirot finalmente voltou a entrar no apartamento, encontrou Jimmy parado na sala de estar, fitando o lugar com um olhar intrigado.

— Bem, Monsieur Poirot — disse ele —, e agora?

— E agora, nada. O caso está encerrado.

— O quê?

— Eu sei de tudo... agora.

Jimmy o encarou.

— Aquela garrafinha que você encontrou?

— Exatamente. Aquela garrafinha.

Jimmy sacudiu a cabeça.

— Não consigo entender nada. Por algum motivo, eu posso ver que você está insatisfeito com a evidência contra esse tal de John Fraser, quem quer que seja.

— Quem quer que seja — repetiu Poirot suavemente. — Se ele for alguém de fato... bem, eu ficarei surpreso.

— Não entendo.

— Ele é um nome... apenas isso... um nome cuidadosamente escrito em um lenço!
— E a carta?
— Você notou que ela foi impressa? Agora, por qual motivo? Eu digo. A caligrafia pode ser reconhecida, e uma letra datilografada é mais facilmente rastreada do que você pode imaginar... mas se um John Fraser de verdade tivesse escrito aquela carta, essas duas coisas não seriam do interesse dele! Não, foi escrita de propósito, e colocada na mulher morta para que encontrássemos. Não existe esse tal de John Fraser.

Jimmy o olhou irrequieto.

— E dessa forma — continuou Poirot —, eu volto ao ponto que primeiro me chamou a atenção. Você me ouviu dizer que certas coisas numa sala estavam sempre nos mesmos lugares sob certas circunstâncias. Eu mencionei três situações. Poderia ter mencionado uma quarta... o interruptor, meu amigo.

Jimmy ainda o encarava sem compreender. Poirot seguiu adiante:

— O seu amigo Donovan não se aproximou da janela... foi ao repousar a mão nessa mesa que ela ficou coberta de sangue! Mas eu me perguntei imediatamente... por que ele a colocou aqui? O que ele estava fazendo tateando por aqui no escuro? Porque lembre-se, meu amigo, o interruptor fica sempre no mesmo lugar... perto da porta. Por que é que, quando chegou aqui, ele não imediatamente tentou tatear em busca de luz e acendê-la? Essa era a coisa natural, normal a se fazer. De acordo com ele, tentou acender a luz da cozinha, mas não conseguiu. Ainda assim, quando apertei o interruptor, funcionou perfeitamente. Será que ele, então, não queria que a luz se acendesse naquele momento? Se ela tivesse sido acesa, vocês dois teriam visto imediatamente que estavam no apartamento errado. Não teria havido um motivo para vir até essa sala.

— Aonde você quer chegar, Monsieur Poirot? Não entendo. O que quer dizer?
— Quero dizer... isso.
Poirot ergueu uma chave Yale.
— A chave deste apartamento?
— Não, *mon ami*, a chave do apartamento acima. A chave de Mademoiselle Patricia, que Monsieur Donovan Bailey subtraiu da bolsa dela em algum momento da noite.
— Mas por que... por quê?
— *Parbleu!* Para que pudesse fazer aquilo que queria fazer... conseguir entrar neste apartamento de modo completamente insuspeito. Ele se certificou de que a porta do elevador estivesse destrancada no início da noite.
— Onde você encontrou a chave?
O sorriso de Poirot se ampliou.
— Acabei de encontrar... no lugar em que procurei por ela... no bolso de Monsieur Donovan. Veja bem, aquela garrafinha que eu fingi encontrar era um subterfúgio. Monsieur Donovan é atraído. Ele faz o que eu sabia que faria... destampa e cheira. E naquela garrafinha está cloreto de etila, um anestésico potente de efeito imediato. Ele me dá o breve momento de inconsciência de que preciso. Eu removo do bolso dele as duas coisas que eu sabia que estariam ali. A chave era uma delas... a outra...

Ele pausou por um instante, e então continuou:
— Eu questionei naquele momento o motivo dado pelo inspetor para a ocultação do corpo atrás da cortina. Para ganhar tempo? Não, havia algo além disso. E assim eu só consegui pensar em uma coisa... o correio, meu amigo. O correio noturno, que chega às 19h30 ou por volta disso. Digamos que o assassino não encontre uma coisa que esperava encontrar, mas que essa coisa possa ser entregue pelo correio mais tarde. Claramente, então, ele precisa voltar. Mas o crime não pode ser descoberto pela empregada quando ela chegar, ou a polícia tomaria controle do apartamento, então ele escon-

de o corpo atrás da cortina. E a empregada não suspeita de nada e coloca as cartas na mesa como sempre.
— As cartas?
— Sim, as cartas. — Poirot tirou algo do bolso. — Este é o segundo artigo que tirei de Monsieur Donovan enquanto ele estava inconsciente.
Ele exibiu a inscrição: um envelope datilografado endereçado a Mrs. Ernestine Grant.
— Mas eu irei perguntar uma coisa primeiro, Monsieur Faulkener, antes que possamos olhar o conteúdo da carta. Você está ou não está apaixonado por Mademoiselle Patricia?
— Eu gosto muito de Pat... mas nunca achei que tivesse uma chance.
— Você achava que ela gostava de Monsieur Donovan? Pode ser que tenha começado a gostar dele... mas foi só um começo, meu amigo. É sua obrigação fazê-la esquecer... ficar ao lado dela durante a tribulação.
— Tribulação? — questionou Jimmy bruscamente.
— Sim, tribulação. Faremos todo o possível para manter o nome dela fora disso, mas será impossível fazê-lo por completo. Ela era, veja bem, o motivo.
Ele abriu o envelope que segurava. Um anexo caiu. A carta de apresentação era breve, e era de uma firma de advogados.

Querida Madame,
O documento que você anexa está em ordem, e o fato de o casamento ter ocorrido em um país estrangeiro não o invalida de forma alguma.
Sinceramente, etc.

Poirot abriu o documento em anexo. Era uma certidão de casamento entre Donovan Bailey e Ernestine Grant, datado de oito anos atrás.
— Ah, meu Deus! — disse Jimmy. — Pat falou que tinha recebido uma carta da mulher pedindo para vê-la, mas jamais sonhou que fosse alguma coisa importante.

Poirot assentiu.

— Donovan sabia... ele foi ver sua esposa hoje à noite antes de ir ao apartamento de cima... alguma estranha ironia, a propósito, fez com que a infeliz mulher viesse para este prédio onde sua rival vivia... ele a matou a sangue frio, e então foi embora para sua diversão noturna. A esposa deve ter dito a ele que enviou a certidão de casamento para os advogados dela e esperava por uma resposta deles. Sem dúvida ele havia tentado fazê-la acreditar que havia uma falha no casamento.

— Ele parecia bem animado, também, a noite inteira. Monsieur Poirot, você não o deixou escapar? — Jimmy estremeceu.

— Não há escapatória para ele — disse Poirot sombriamente. — Você não precisa ter medo.

— É em Pat que estou pensando — respondeu Jimmy. — Você não acha... ela realmente se importava.

— *Mon ami*, esse é o seu trabalho — disse Poirot. — Fazê-la se voltar para você e esquecer. Eu não acho que você terá muitas dificuldades!

A aventura de Johnnie Waverly

Publicado originalmente como "The Kidnapping of Johnnie Waverly", no jornal britânico *The Sketch*, em 1924

— O senhor pode entender os sentimentos de uma mãe — disse Mrs. Waverly, talvez pela sexta vez.

Ela olhou para Poirot em súplica. Meu amigo, sempre solidário com as mães em apuros, gesticulou de modo tranquilizador.

— Sim, claro, eu compreendo perfeitamente. Tenha fé em Papa Poirot.

— A polícia... — começou a falar Mr. Waverly.

Sua esposa o interrompeu com um aceno.

— Não quero mais saber da polícia. Confiamos neles e olha o que aconteceu! Mas eu tinha ouvido falar tanto sobre Monsieur Poirot e as coisas maravilhosas que fez, que achei que ele poderia nos ajudar. Os sentimentos de uma mãe...

Poirot rapidamente interrompeu aquela reiteração com um gesto eloquente. A emoção de Mrs. Waverly era obviamente genuína, mas fazia uma combinação estranha com sua fisionomia astuta e um tanto dura. Quando, mais tarde, soube que ela era filha de um proeminente fabricante de aço que havia aberto seu caminho no mundo desde office-boy até sua atual eminência, percebi que ela havia herdado muitas das qualidades paternas.

Mr. Waverly era um homem grande, corado e de aparência jovial. Mantinha as pernas bem separadas e parecia o tipo de cavalheiro rural.

— Suponho que o senhor já saiba tudo sobre o negócio, Monsieur Poirot?

A pergunta era quase supérflua. Há alguns dias, os jornais só falavam do espetacular sequestro do pequeno Johnnie Waverly, o filho de 3 anos e herdeiro de Marcus Waverly, Esquire, da Mansão Waverly, em Surrey, uma das famílias mais antigas da Inglaterra.

— Conheço os fatos principais, é claro, mas conte-me toda a história, *monsieur*, eu lhe peço. E em detalhes, por favor.

— Bem, suponho que o começo de tudo foi há cerca de dez dias, quando recebi uma carta anônima, uma coisa horrível por si só, que não consegui decifrar. O autor teve a ousadia de exigir que eu lhe pagasse 25 mil libras — 25 mil libras, Monsieur Poirot! Se não concordasse, ele ameaçava sequestrar Johnnie. Claro que joguei a coisa no cesto de lixo sem mais delongas. Pensei que fosse uma piada besta. Cinco dias depois, recebi outra carta. "A menos que você pague, seu filho será sequestrado no dia 29." Isso foi no dia 27. Ada ficou preocupada, mas eu não conseguia levar o assunto a sério. Maldição, estamos na Inglaterra. Ninguém sai por aí sequestrando crianças e pedindo resgate.

— Não é uma prática comum, certamente — disse Poirot.
— Prossiga, *monsieur*.

— Bem, Ada não me deixou em paz, então, me sentindo um tanto idiota, expus o assunto à Scotland Yard. Eles não pareceram encarar o caso com seriedade, achavam que era uma piada besta. No dia 28, recebi uma terceira carta. "Você não pagou. Seu filho será levado de você ao meio-dia de amanhã, dia 29. Vai lhe custar cinquenta mil libras para recuperá-lo." E lá fui eu para a Scotland Yard de novo. Desta vez, ficaram mais impressionados. Eles acreditavam que as cartas haviam sido escritas por um lunático e que, muito provavelmente, algum tipo de tentativa seria feita na hora indicada.

Me garantiram que tomariam todas as precauções devidas. O Inspetor McNeil e homens o suficiente viriam para Waverly no dia seguinte e assumiriam o comando.

"Voltei para casa com a cabeça muito aliviada. No entanto, já tínhamos a sensação de estar em estado de sítio. Dei ordens para que nenhum desconhecido fosse admitido e que ninguém saísse de casa. A noite passou sem nenhum incidente desagradável, mas na manhã seguinte minha esposa ficou gravemente doente. Alarmado com sua condição, mandei chamar o Dr. Dakers. Os sintomas dela pareciam intrigá-lo. Embora hesitasse em sugerir que ela havia sido envenenada, pude ver que era isso que pensava. Não havia perigo, ele me assegurou, mas levaria um ou dois dias até que ela pudesse se mover outra vez. Voltando ao meu quarto, fiquei assustado e surpreso ao encontrar um bilhete preso ao meu travesseiro. Tinha a mesma caligrafia que os outros e continha apenas três palavras: 'às doze horas.'

"Admito, Monsieur Poirot, que então perdi a cabeça! Alguém na casa estava metido nisso, um dos criados. Acordei todos eles e os coloquei contra a parede. Eles não sabiam de nada; foi Miss Collins, a dama de companhia de minha esposa, que me informou que havia visto a babá de Johnnie saindo pela estrada naquela manhã. Pressionei-a, e ela desabou. Ela havia deixado a criança com a criada do berçário e saído furtivamente para se encontrar com um amigo, um homem! Muito suspeito! Ela negou ter prendido o bilhete no meu travesseiro, pode ter dito a verdade, não sei. Senti que não podia correr o risco de a própria babá da criança estar no meio disso. Um dos criados estava envolvido, disso eu tinha certeza. Finalmente perdi a paciência e despedi todo mundo, babá e tudo. Dei a eles uma hora para juntarem suas coisas e saírem de casa."

O rosto de Mr. Waverly ficou dois tons mais vermelho quando se lembrou de sua ira justa.

— Não foi um pouco imprudente, *monsieur*? — sugeriu Poirot. — Pelo que sabe, o senhor poderia estar jogando a favor do inimigo.

Mr. Waverly o encarou.

— Não pensei assim. Minha ideia era mandar todo mundo para bem longe. Enviei um telegrama para Londres para que uma nova equipe fosse enviada naquela noite. No meio tempo, só haveria pessoas em quem eu pudesse confiar na casa: a secretária de minha esposa, Miss Collins, e Tredwell, o mordomo, que está comigo desde que eu era menino.

— E esta Miss Collins, há quanto tempo está com o senhor?

— Só um ano — disse Mrs. Waverly. — Ela tem sido inestimável para mim como dama de companhia, e também é uma governanta muito eficiente.

— E a babá?

— Está comigo há seis meses. Procurou-me com referências excelentes. Mesmo assim, nunca gostei dela de verdade, embora Johnnie fosse muito afeiçoado a ela.

— Mesmo assim, suponho que ela já havia partido quando a catástrofe ocorreu. Talvez, Monsieur Waverly, o senhor nos fará a gentileza de continuar.

Mr. Waverly retomou sua narrativa.

— O Inspetor McNeil chegou por volta das 10h30. Todos os criados já haviam partido. Ele se declarou bastante satisfeito com os arranjos internos. Tinha vários homens postados no parque do lado de fora, vigiando todos os acessos à casa, e me garantiu que, se a coisa toda não fosse uma farsa, sem dúvida capturaríamos meu misterioso correspondente.

"Johnnie estava comigo, e ele, eu e o inspetor fomos juntos para a sala que chamamos de câmara do conselho. O inspetor trancou a porta. Há um grande relógio de madeira lá, e quando os ponteiros se aproximavam do meio-dia, não me importo em confessar que estava nervoso feito um gato. Ouviu-se um zumbido e o relógio começou a badalar. Eu me agarrei a Johnnie. Tive a sensação de que um homem poderia cair dos céus. A última badalada soou e, ao fazê-lo, houve uma grande comoção do lado de fora, gritos e correria. O inspetor abriu a janela e um policial veio correndo.

"'Nós o pegamos, senhor', disse ele, ofegando. 'Estava se esgueirando por entre os arbustos. Tinha um equipamento e tanto com ele.'

"Corremos para o terraço onde dois policiais seguravam um sujeito de aparência violenta em roupas surradas, que se contorcia e se revirava em uma tentativa vã de escapar. Um dos policiais estendeu um pacote desenrolado que eles haviam arrancado de seu cativo. Continha um pedaço de algodão e um frasco de clorofórmio. Ver isso fez meu sangue ferver. Também havia um bilhete endereçado a mim. Eu o abri. Continha as seguintes palavras: 'Você deveria ter pago. Resgatar seu filho agora vai custar cinquenta mil. Apesar de todas as suas precauções, ele foi sequestrado no dia 29, como eu disse.'

"Dei uma grande risada, um riso de alívio, mas ao fazê-lo escutei o zumbido de um motor e um grito. Virei minha cabeça. Correndo pela estrada em direção ao portão sul em uma velocidade furiosa, estava um carro cinza comprido e baixo. Foi o homem que o dirigia que gritou, mas não foi isso que me deixou horrorizado. Foi a visão dos cachos louros de Johnnie. A criança estava no carro ao lado dele.

"O inspetor soltou um palavrão. 'A criança estava aqui há menos de um minuto', bradou ele. Seus olhos correram sobre nós. Estávamos todos ali: eu, Tredwell, Miss Collins. 'Quando você o viu pela última vez, Mr. Waverly?'

"Refiz meus passos metalmente, tentando lembrar. Quando o policial nos chamou, eu havia saído correndo com o inspetor, me esquecendo de Johnnie.

"E então veio um som que nos assustou, o badalar de um relógio de igreja vindo da aldeia. Com uma exclamação de surpresa, o inspetor examinou seu relógio. Era exatamente meio-dia. De comum acordo, corremos para a câmara do conselho; o relógio de lá estava adiantado em dez minutos. Alguém deve tê-lo adulterado deliberadamente, pois nunca soube que estivesse atrasado ou adiantado antes. É de perfeita pontualidade."

Mr. Waverly fez uma pausa. Poirot sorriu para si mesmo e endireitou um pequeno tapete que o pai ansioso havia empurrado para o lado.

— Um probleminha agradável, encantador e obscuro — murmurou Poirot. — Eu o investigarei para o senhor com prazer. Realmente foi planejado *à merveille*.

Mrs. Waverly o censurou com o olhar.

— Mas o meu menino — choramingou ela.

Poirot rapidamente recompôs sua expressão e tornou a aparentar a própria encarnação da empatia.

— Ele está seguro, madame, está ileso. Fique tranquila, esses canalhas vão cuidar muito bem dele. Para eles, não é o menino o peru, digo, a galinha, que põe os ovos de ouro?

— Monsieur Poirot, tenho certeza de que só há uma coisa a ser feita: pagar. Eu era totalmente contra no início, mas agora! Os sentimentos de uma mãe...

— Mas interrompemos o *monsieur* em sua história — exclamou Poirot rapidamente.

— Imagino que o senhor conheça o resto muito bem pelos jornais — disse Mr. Waverly. — Claro, o Inspetor McNeil pegou o telefone de imediato. Uma descrição do carro e do homem circulou por todos os lados, e a princípio parecia que tudo ia dar certo. Um carro, correspondendo à descrição, com um homem e um menino pequeno, havia passado por vários vilarejos, aparentemente indo para Londres. Eles pararam em um lugar, e percebeu-se que a criança estava chorando e obviamente com medo de seu companheiro. Quando o Inspetor McNeil anunciou que o carro havia sido parado, e o homem e o menino detidos, quase adoeci de tanto alívio. O senhor sabe o resto. O menino não era Johnnie, e o homem era um motorista entusiasmado, que gostava de crianças, que havia pegado uma criança brincando nas ruas de Edenswell, um vilarejo a cerca de quinze milhas de nós, e gentilmente lhe dava uma carona. Graças ao erro grosseiro da polícia, todos os vestígios desapareceram. Se eles não tivessem seguido o carro errado com tamanha persistência, poderiam já ter encontrado o menino.

— Acalme-se, meu senhor. A polícia é composta por homens inteligentes e corajosos. O erro deles foi muito natural. E, no geral, foi um esquema sagaz. Quanto ao homem que eles capturaram na propriedade, entendo que sua defesa consistiu esse tempo todo em uma negação persistente. Ele declarou que a nota e o pacote foram dados a ele para serem entregues em Waverly Court. O homem que os entregou deu-lhe uma nota de dez xelins e prometeu-lhe outra, se fossem entregues exatamente dez minutos antes do meio-dia. Ele deveria se aproximar da casa pelos campos e bater na porta lateral.

— Não acredito em uma palavra disso — declarou Mrs. Waverly com veemência. — É tudo um monte de mentiras.

— *En verité*, é uma história fraca — disse Poirot, pensativo. — Mas até agora eles não a derrubaram. Eu entendo, também, que ele fez uma certa acusação?

Seu olhar interrogou Mr. Waverly. Este último ficou bastante vermelho outra vez.

— O sujeito teve a impertinência de fingir que reconheceu em Tredwell o homem que lhe dera o pacote. "Só que o cara raspou o bigode." Tredwell, que nasceu nessa propriedade!

Poirot sorriu de leve com a indignação do cavalheiro.

— No entanto, o senhor mesmo suspeita que alguém da casa tenha sido cúmplice do sequestro.

— Sim, mas não Tredwell.

— E a senhora, madame? — perguntou Poirot, virando-se subitamente para ela.

— Não pode ter sido Tredwell quem deu a carta e o pacote a este vagabundo, se é que alguém realmente fez isso, o que não acredito. Foi entregue a ele às dez horas, diz ele. Às dez, Tredwell estava com meu marido no fumoir.

— Conseguiu ver o rosto do homem no carro, *monsieur*? Parecia de alguma forma com o de Tredwell?

— Estava muito longe para eu ver seu rosto.

— Tredwell tem algum irmão, o senhor sabe?

— Ele tinha vários, mas estão todos mortos. O último morreu na guerra.

— Eu não estou ainda familiarizado com a propriedade de Waverly Court. O carro estava indo para o portão sul. Existe outra entrada?

— Sim, o que chamamos de portão leste. Pode ser visto do outro lado da casa.

— Parece-me estranho que ninguém tenha visto o carro entrando na propriedade.

— Há uma via pública de passagem, e um acesso a uma pequena capela. Uma boa quantidade de carros passa pelo terreno. O homem deve ter parado o carro em um local conveniente e corrido até a casa no momento em que o alarme foi dado e a atenção foi atraída para outro lugar.

— A menos que ele já estivesse dentro da casa — ponderou Poirot. — Existe algum lugar onde ele poderia ter se escondido?

— Bem, certamente não fizemos uma busca completa na casa de antemão. Parecia não haver necessidade. Suponho que ele pode ter se escondido em algum lugar, mas quem o teria deixado entrar?

— Voltaremos a isso mais tarde. Uma coisa de cada vez, sejamos metódicos. Não há nenhum esconderijo especial na casa? Waverly Court é um lugar antigo, e às vezes há "buracos de padre", como são chamados.

— Caramba, há mesmo um buraco de padre. Abre-se a partir de um dos painéis do corredor.

— Perto da câmara do conselho?

— Bem do lado de fora da porta.

— *Voilà*!
— Mas ninguém sabe de sua existência, exceto minha esposa e eu.
— Tredwell?
— Bem, ele deve ter ouvido falar.
— Miss Collins?
— Eu nunca mencionei isso a ela.
Poirot refletiu por um minuto.
— Bem, *monsieur*, a próxima coisa a se fazer é visitar Waverly Court. Se eu chegar esta tarde, isso será cômodo para o senhor?
— Ah, venha o mais rápido possível, por favor, Monsieur Poirot! — bradou Mrs. Waverly. — Leia isto mais uma vez.

Ela colocou nas mãos dele a última missiva do inimigo, que chegara aos Waverly naquela manhã e que havia feito a senhora procurar Poirot com urgência. Dava instruções claras e objetivas para o pagamento do dinheiro, e terminava com a ameaça de que a vida do menino pagaria por qualquer trapaça. Estava claro que o amor ao dinheiro estava em guerra com o amor materno primordial de Mrs. Waverly, e que este último estava finalmente ganhando a batalha.

Poirot deteve Mrs. Waverly por um minuto, após a saída do marido.

— Madame, a verdade, por favor. A senhora compartilha da fé de seu marido no mordomo, Tredwell?
— Não tenho nada contra ele, Monsieur Poirot, não consigo ver como ele pode estar envolvido nisso, mas... bem, nunca gostei dele, nunca!
— Mais uma coisa, madame, pode me dar o endereço da babá da criança?
— Netherall Road, 149, em Hammersmith. O senhor não imagina que...
— Eu nunca imagino. Apenas... faço uso de minhas pequenas células cinzentas. E às vezes, mas só às vezes, tenho uma pequena ideia.

Poirot se voltou para mim quando a porta se fechou.

— Então a madame nunca gostou do mordomo. É interessante isso, hein, Hastings?

Recuso-me a ser direcionado. Poirot me enganou tantas vezes que agora tenho cautela. Sempre há um problema em algum lugar.

Depois de nos arrumarmos elaboradamente para sair, partimos para Netherall Road. Tivemos a sorte de encontrar Miss Jessie Withers em casa. Ela era uma mulher de rosto agradável, de 35 anos, hábil e elevada. Eu não conseguia acreditar que ela pudesse estar envolvida no caso. Ela estava amargamente ressentida com a maneira como foi despedida, mas admitiu seu erro. Ela estava noiva de um pintor e decorador que por acaso estava na vizinhança, e havia saído para encontrá-lo. A coisa parecia bastante natural. Eu não conseguia entender Poirot. Todas as suas perguntas me pareceram irrelevantes. Elas diziam respeito principalmente à rotina diária de sua vida em Waverly Court. Fiquei francamente entediado e feliz quando Poirot resolveu partir.

— O sequestro é um trabalho fácil, *mon ami* — observou ele, ao fazer sinal para um táxi em Hammersmith Road e ordenar que fosse até Waterloo. — Aquela criança poderia ter sido sequestrada com a maior facilidade em qualquer dia nos últimos três anos.

— Não vejo como isso nos faça avançar muito — comentei com frieza.

— *Au contraire*, nos faz avançar muito, enormemente! Se vai usar um alfinete de gravata, Hastings, pelo menos deixe-o no centro exato da gravata. No momento, está pelo menos um dezesseis avos de polegada a mais para a direita.

Waverly Court era um belo lugar antigo, recentemente restaurado com bom gosto e cuidado. Mr. Waverly nos mostrou a câmara do conselho, o terraço e todos os vários locais relacionados ao caso. Finalmente, a pedido de Poirot, ele pressionou uma mola na parede, um painel deslizou para o lado e uma curta passagem nos conduziu para o buraco de padre.

— Veja o senhor mesmo — disse Waverly. — Não há nada aqui.

A minúscula sala estava bastante vazia, não havia nem mesmo pegadas no chão. Juntei-me a Poirot, onde ele estava curvado atentamente sobre uma marca no canto.

— O que acha disso, meu amigo?

Havia quatro impressões próximas.

— Um cachorro — falei.

— Um cachorro muito pequeno, Hastings.

— Um lulu da Pomerânia.

— Menor que um lulu da Pomerânia.

— Um griffon de Bruxelas? — sugeri, reticente.

— Menor até do que um griffon. Uma espécie desconhecida do Kennel Club.

Olhei para ele. Seu rosto estava iluminado de empolgação e satisfação.

— Eu estava certo — murmurou. — Eu sabia que estava certo. Venha, Hastings.

Quando saímos para o corredor e o painel se fechou atrás de nós, uma jovem saiu por uma porta mais adiante no corredor. Mr. Waverly a apresentou a nós.

— Miss Collins.

Miss Collins tinha cerca de 30 anos de idade, e modos alertas e enérgicos. Tinha cabelos claros, um tanto opacos, e usava pincenê.

A pedido de Poirot, passamos para uma pequena sala matinal, e ele a questionou detalhadamente quanto aos criados e, principalmente, quanto a Tredwell. Ela admitiu que não gostava do mordomo.

— Ele é muito esnobe — explicou ela.

Em seguida, passaram à questão da comida ingerida por Mrs. Waverly na noite do dia 28. Miss Collins declarou que tinha comido os mesmos pratos no andar de cima, em sua sala de estar, e não sentiu nenhum efeito prejudicial. Quando ela estava saindo, cutuquei Poirot.

— O cachorro — sussurrei.

— Ah, sim, o cachorro! — ele abriu um grande sorriso. — Por acaso há algum cachorro sendo mantido aqui, *mademoiselle*?

— Há dois retrievers nos canis do lado de fora.

— Não, quis dizer um cachorrinho bem pequenininho.

— Não, nada do tipo.

Poirot permitiu que ela saísse. Então, apertando a campainha, comentou comigo:

— Ela está mentindo, aquela Mademoiselle Collins. Possivelmente eu faria o mesmo no lugar dela. Agora, vamos ao mordomo.

Tredwell era um indivíduo digno. Contou sua história com perfeita autoconfiança, e era essencialmente a mesma de Mr. Waverly. Ele admitiu que conhecia o segredo do buraco de padre.

Quando finalmente se retirou, pontifício até o fim, me deparei com o olhar intrigado de Poirot.

— O que acha de tudo isso, Hastings?

— O que *você* acha? — me esquivei.

— Como você se tornou cauteloso. Nunca, nunca as células cinzentas funcionarão a menos que você as estimule. Ah, mas não vou provocar você! Vamos fazer nossas deduções juntos. Que pontos nos parecem especialmente difíceis?

— Há uma coisa que me impressiona — disse eu. — Por que o homem que sequestrou a criança saiu pelo portão sul em vez de pelo portão leste, onde ninguém poderia vê-lo?

— Esse é um ponto muito bom, Hastings, excelente. Vou combiná-lo com outro. Por que avisar aos Waverly de antemão? Por que não simplesmente sequestrar a criança e cobrar o resgate?

— Porque eles esperavam conseguir o dinheiro sem serem forçados a agir.

— Certamente seria muito improvável que o dinheiro fosse pago por uma mera ameaça?

— Também queriam centrar as atenções para o meio-dia, para que, quando o vagabundo fosse capturado, o outro pudesse sair de seu esconderijo e fugir com a criança despercebido.

— Isso não altera o fato de que eles estariam dificultando algo que era perfeitamente fácil. Se eles não especificassem uma hora ou data, nada seria mais simples do que esperar a oportunidade e levar o menino em um carro um dia quando ele saísse com sua babá.

— S-sim — admiti, receoso.

— Na verdade, há um jogo deliberado de farsa! Agora, vamos abordar a questão pelo outro lado. Tudo mostra que havia um cúmplice dentro da casa. Ponto número um, o envenenamento misterioso de Mrs. Waverly. Ponto número dois, a carta presa ao travesseiro. Ponto número três, adiantar o relógio em dez minutos, todos trabalhos internos. E um fato adicional que você pode não ter notado. Não havia poeira no buraco de padre. Fora varrido com uma vassoura.

"Agora, temos quatro pessoas na casa. Podemos eliminar a babá, uma vez que ela não poderia ter varrido o buraco de padre, embora possa ser implicada nos outros três pontos. Quatro pessoas, Mr. e Mrs. Waverly, o mordomo Tredwell, e Miss Collins. Vamos pegar Miss Collins primeiro. Não temos muita coisa contra ela, exceto que sabemos muito pouco sobre ela, que é obviamente uma jovem inteligente e que está aqui há apenas um ano."

— Ela mentiu sobre o cachorro, você disse — eu o lembrei.

— Ah, sim, o cachorro. — Poirot deu um sorriso peculiar.

— Agora vamos passar para Tredwell. Existem vários fatos suspeitos contra ele. Para início de conversa, o vagabundo declara que foi Tredwell quem lhe deu o pacote na aldeia.

— Mas Tredwell pode fornecer um álibi nesse ponto.

— Mesmo assim, ele poderia ter envenenado Mrs. Waverly, prendido o bilhete no travesseiro, adiantado o relógio e varrido o buraco de padre. Por outro lado, ele nasceu e foi criado a serviço dos Waverly. Parece extremamente improvável que seja conivente com o sequestro do filho da casa. Não se enquadra na cena!

— Bem, e então?

— Devemos proceder de modo lógico, por mais absurdo que pareça. Vamos considerar brevemente Mrs. Waverly. Mas ela é rica, o dinheiro é dela. Foi o dinheiro dela que restaurou esta propriedade empobrecida. Não haveria razão para ela sequestrar seu filho e pagar seu dinheiro para si mesma. O marido não, está numa posição diferente. Ele tem uma esposa rica. Não é a mesma coisa que ser rico por conta própria. Na verdade, tenho uma leve impressão de que a senhora não gosta muito de se desfazer de seu dinheiro, exceto sob um ótimo pretexto. Mas, Mr. Waverly, se pode ver de imediato, é um *bon viveur*.

— Impossível — gaguejei.

— De modo algum. Quem mandou embora os criados? Mr. Waverly. Ele pode ter escrito os bilhetes, drogado sua esposa, adiantado os ponteiros do relógio e estabelecido um excelente álibi para seu fiel criado, Tredwell. Tredwell nunca gostou de Mrs. Waverly. Ele é dedicado a seu mestre e está disposto a obedecer suas ordens de forma implícita. Havia três deles nessa história. Waverly, Tredwell e algum amigo de Waverly. Esse é o erro que a polícia cometeu, eles não fizeram mais perguntas sobre o homem que dirigia o carro cinza com a criança errada dentro. Ele foi o terceiro homem. Ele pega uma criança em uma aldeia próxima, um menino de cachinhos louros. Entra dirigindo pelo portão leste e sai pelo portão sul no momento certo, acenando com a mão e gritando. Eles não podem ver seu rosto ou o número do carro, então, obviamente, também não podem ver o rosto da criança. Em seguida, ele larga uma pista falsa, indo para Londres. Nesse ínterim, Tredwell fez sua parte em providenciar que o pacote e a nota fossem entregues por um cavalheiro de aparência rude. Seu mestre pode fornecer um álibi no caso improvável de o homem o reconhecer, apesar do bigode falso que usava. Quanto a Mr. Waverly, assim que o tumulto ocorre do lado de fora e o inspetor sai correndo, ele rapidamente esconde a criança no buraco de padre e o segue para fora. Mais tarde, quando o inspetor já tiver partido e Miss Collins estiver fora do caminho, será fácil levá-lo para algum lugar seguro em seu próprio carro.

— Mas e o cachorro? — perguntei. — E a mentira de Miss Collins?

— Essa foi meu pequeno chiste. Perguntei-lhe se havia um cachorrinho bem pequenininho na casa e ela disse que não. Mas sem dúvida existem... no berçário! Veja, Mr. Waverly colocou alguns brinquedos no buraco de padre para manter Johnnie distraído e quieto.

— Monsieur Poirot... — Mr. Waverly entrou na sala. — O senhor descobriu alguma coisa? O senhor tem alguma pista de para onde o menino foi levado?

Poirot entregou-lhe um pedaço de papel.

— Aqui está o endereço.

— Mas isto é uma folha em branco.

— Porque estou esperando que o senhor o escreva para mim.

— O que... — O rosto de Mr. Waverly ficou roxo.

— Eu sei de tudo, *monsieur*. Dou-lhe vinte e quatro horas para devolver o menino. Sua engenhosidade estará à altura da tarefa de explicar seu reaparecimento. Caso contrário, Mrs. Waverly será informada da sequência exata de eventos.

Mr. Waverly desabou numa cadeira e escondeu o rosto nas mãos.

— Ele está com minha velha babá, a dez milhas de distância. Está feliz e sendo bem cuidado.

— Não duvido disso. Se eu não acreditasse que o senhor no fundo é um bom pai, não estaria disposto a lhe dar outra chance.

— O escândalo...
— Exatamente. Seu nome é antigo e honrado. Não o coloque em risco novamente. Boa noite, Mr. Waverly. Ah, aliás, um conselho. Sempre varra nos cantos!

Vinte e quatro melros

Publicado originalmente nos Estados Unidos como "Four and Twenty Blackbirds" na *Collier's Magazine*, em 1940, e depois como "Poirot and the Regular Customer" na *The Strand*, em 1941

Hercule Poirot estava jantando com seu amigo Henry Bonnington no restaurante Gallant Endeavour em King's Road, Chelsea.

Mr. Bonnington gostava do Gallant Endeavour. Ele gostava do ambiente descontraído, da comida que era "simples" e "inglesa" e "sem muita invencionice". Gostava de apontar às pessoas que jantavam lá com ele o lugar onde Augustus John costumava sentar, e chamar sua atenção para os nomes de artistas famosos no livro de visitantes. O próprio Mr. Bonnington era um homem pouco artístico — mas tinha certo orgulho das atividades artísticas dos outros.

Molly, a simpática garçonete, cumprimentou Mr. Bonnington como um velho amigo. Ela se orgulhava de lembrar o que seus clientes gostavam ou não gostavam em termos de comida.

— Boa noite, senhor — disse ela, enquanto os dois homens se sentavam em uma mesa de canto. — O senhor está com sorte hoje: peru recheado com castanhas. Esse é seu favorito, não é? E temos um queijo *stilton* muito bom! Os senhores vão comer a sopa ou o peixe primeiro?

Mr. Bonnington refletiu sobre o assunto. Ele advertiu Poirot enquanto este estudava o menu:

— Nenhuma daquelas suas frescuras francesas agora. Boa comida inglesa, bem preparada.

— Meu amigo — Hercule Poirot acenou com a mão —, eu não poderia pedir nada melhor! Coloco-me em suas mãos sem receios.

— Ah... hum... eh... — respondeu Mr. Bonnington, e dedicou uma atenção especial ao assunto.

Com esses importantes assuntos e a questão do vinho resolvidos, Mr. Bonnington recostou-se com um suspiro e desdobrou o guardanapo enquanto Molly se afastava.

— Boa menina, ela — disse com aprovação. — Já foi uma beldade e tanto, os artistas costumavam pintá-la. Ela entende de comida também, e isso é muito mais importante. Via de regra, as mulheres são muito insensatas em relação à comida. Há muitas mulheres que, se saem com um camarada de quem gostam, nem percebem o que estão comendo. Pedirão a primeira coisa que virem.

Hercule Poirot balançou a cabeça.

— *C'est terrible*.

— Os homens não são assim, graças a Deus! — disse Bonnington complacente.

— Nunca? — Um brilho passou pelos olhos de Hercule Poirot.

— Bem, talvez quando são muito jovens — concedeu Mr. Bonnington. — Filhotinhos! Os jovens de hoje são todos iguais, sem coragem, sem resistência. Não tenho utilidade para os jovens, e eles não têm utilidade para mim — acrescentou com estrita imparcialidade. — Talvez estejam certos! Mas, quando você escuta algum desses jovens falar, sai achando que nenhum homem tem o direito de *estar vivo* depois dos 60 anos! Do jeito que são, é de se perguntar quantos deles não ajudaram a tirar seus parentes idosos deste mundo.

— É possível que façam isso — disse Hercule Poirot.

— Bela mentalidade a sua, Poirot, devo dizer. Todo esse trabalho policial está desgastando seus ideais.

Hercule Poirot sorriu.

— *Tout de même* — disse ele. — Seria interessante fazer uma tabela das mortes acidentais de pessoas com mais de 60 anos. Garanto que isso levantaria algumas especulações curiosas em sua mente.

— O problema com você é que começou a procurar crimes, em vez de esperar que os crimes venham até você.

— Peço desculpas — disse Poirot. — Estou falando apenas do meu trabalho. Conte-me, meu amigo, sobre seus próprios assuntos. Como o mundo está sendo com você?

— Uma bagunça! — disse Mr. Bonnington. — Esse é o problema com o mundo hoje em dia. Muita bagunça. E muita linguagem refinada. A boa linguagem ajuda a esconder a bagunça. Como um molho muito condimentado que esconde o fato de que o peixe por baixo não é dos melhores! Dê-me um filé de linguado honesto e sem molho por cima.

O peixe foi dado a ele naquele momento por Molly, e ele grunhiu em aprovação.

— Você sabe exatamente do que eu gosto, minha garota — disse ele.

— Bem, o senhor vem aqui com bastante frequência, não é? Eu deveria saber do que o senhor gosta.

Hercule Poirot perguntou:

— As pessoas gostam sempre de pedir as mesmas coisas? Elas não gostam de uma mudança às vezes?

— Não os cavalheiros, senhor. As senhoras gostam de variedade, os cavalheiros sempre gostam da mesma coisa.

— O que eu lhe falei? — resmungou Bonnington. — As mulheres são fundamentalmente desequilibradas quando se trata de comida!

Ele olhou ao redor do restaurante.

— O mundo é um lugar engraçado. Está vendo aquele velho de aparência estranha com barba, ali no canto? Molly dirá que ele sempre vem aqui nas noites de terça e quinta. Ele vem aqui há quase dez anos, é uma espécie de marco no lugar. No entanto, ninguém aqui sabe seu nome ou onde mora ou qual é o seu negócio. É estranho, se paramos para pensar.

Quando a garçonete trouxe as porções de peru, ele indagou:

— Vejo que vocês ainda têm o velho Matusalém ali?

— Isso mesmo, senhor. Terças e quintas, são seus dias. Exceto que ele veio aqui na *segunda-feira* da semana passada! Isso me deixou bem desnorteada! Achei que tinha errado as datas e que devia ser terça-feira sem que eu soubesse! Mas ele veio na noite seguinte também, então a segunda-feira foi apenas uma espécie de extra, por assim dizer.

— Um desvio interessante do hábito — murmurou Poirot. — Eu me pergunto qual foi o motivo.

— Bem, senhor, se você me perguntar, acho que ele estava aborrecido ou preocupado com alguma coisa.

— Por que você achou isso? Pelo jeito dele?

— Não, senhor, não foi exatamente o jeito dele. Ele estava muito quieto como sempre. Nunca fala muito, exceto boa noite quando chega e vai embora. Não, foi seu *pedido*.

— Seu pedido?

— Ouso dizer que os senhores, cavalheiros, vão rir de mim — Molly enrubesceu —, mas quando um cavalheiro vem aqui há dez anos, a gente começa a conhecer seus gostos e desgostos. Ele nunca suportou pastel com massa podre, nem amoras, e eu nunca o vi tomar uma sopa cremosa, mas naquela segunda-feira à noite ele pediu sopa de tomate, torta de rins com carne e torta de amoras! Parecia que simplesmente não havia se dado conta *do que* pediu!

— Sabe — disse Hercule Poirot —, eu acho isso extraordinariamente interessante.

Molly pareceu satisfeita e partiu.

— Bem, Poirot — disse Henry Bonnington com uma risada. — Vamos ver algumas deduções suas. Todas na sua melhor forma.

— Eu preferiria ouvir as suas primeiro.

— Quer que eu seja o Watson, hein? Bem, o velho foi ao médico e o médico mudou sua dieta.

— Para sopa de tomate, torta de rins com carne e torta de amoras? Não consigo imaginar nenhum médico fazendo isso.

— Eu não duvido, meu velho. Os médicos receitam qualquer coisa hoje em dia.

— Essa é a única solução que lhe ocorre?

Henry Bonnington disse:

— Bem, falando sério, suponho que só haja uma explicação possível. Nosso amigo desconhecido estava dominado por alguma poderosa emoção mental. Ele ficou tão perturbado com isso que literalmente não percebeu o que estava pedindo ou comendo.

Parou por um minuto e disse:

— Você vai me dizer a seguir que sabe exatamente o que se passava em sua mente. Você dirá que talvez ele estivesse decidindo cometer um assassinato.

Riu de sua própria sugestão. Hercule Poirot não riu.

Ele admitiu que naquele momento havia ficado seriamente preocupado. Afirmou que deveria ter tido algum pressentimento do que provavelmente estava por ocorrer.

Seus amigos garantem-lhe que tal ideia é bastante fantasiosa.

Foi cerca de três semanas depois que Hercule Poirot e Bonnington se encontraram novamente — desta vez, o encontro foi no metrô.

Eles acenaram um para o outro, balançando-se no vagão, segurando-se em alças adjacentes. Então, em Piccadilly Circus, houve um êxodo geral e eles encontraram assentos bem na extremidade dianteira do carro —, um local tranquilo, já que ninguém entrava ou saía por ali.

— Assim é melhor — disse Mr. Bonnington. — Muito egoísta, a raça humana, não dão espaço por mais que você peça!

Hercule Poirot deu de ombros.

— O que você queria? — disse ele. — A vida é muito curta.

— É isso mesmo. Hoje estamos aqui, amanhã já fomos embora — disse Bonnington com uma espécie de prazer sombrio. — E por falar nisso, você se lembra daquele velho que vimos no Gallant Endeavour? Eu me pergunto se *ele* já partiu dessa para melhor. Ele não aparece por lá há uma semana inteira. Molly está bastante preocupada com isso.

Hercule Poirot sentou-se mais ereto. Seus olhos verdes brilharam.

— É mesmo? — perguntou. — De fato?

Bonnington continuou:

— Você se lembra que sugeri que ele tivesse ido ao médico e feito alguma dieta? Dietas são uma bobagem, é claro, mas não me surpreenderia se ele tivesse consultado um médico quanto a sua saúde, e escutado dele algo que o tenha assustado. Isso explicaria ele pedindo coisas do menu sem perceber o que estava fazendo. É bem provável que o choque que recebeu o tenha apressado a partir deste mundo mais cedo do que o imaginado. Os médicos precisam ter cuidado com o que dizem a um camarada.

— Geralmente eles têm — disse Hercule Poirot.

— Eu desço aqui — disse Bonnington. — Até mais. Não suponho que algum dia saberemos quem era o velho, nem mesmo seu nome. Que mundo engraçado!

Saiu apressado do vagão.

Hercule Poirot, sentado carrancudo, parecia não achar que o mundo era assim tão engraçado.

Ele foi para casa e deu certas instruções a seu fiel criado, George.

Hercule Poirot passou o dedo por uma lista de nomes. Era um registro das mortes em uma determinada área.

O dedo de Poirot parou.

— Henry Gascoigne. Sessenta e nove. Vou tentar ele primeiro.

Mais tarde no mesmo dia, Hercule Poirot estava sentado no consultório do Dr. MacAndrew, perto da King's Road. MacAndrew era um escocês alto e ruivo, de rosto inteligente.

— Gascoigne? — disse ele. — Sim, isso mesmo. Um senhorzinho excêntrico. Morava sozinho em uma daquelas velhas casas abandonadas, que estão sendo removidas para construir um bloco de apartamentos modernos. Eu não o tinha atendido antes, mas o tinha visto por perto e sabia quem ele era. Foram os leiteiros que ficaram sabendo primeiro. As garrafas de leite começaram a se acumular do lado de fora. No final, os vizinhos avisaram a polícia, e eles arrombaram a porta e o encontraram. Ele havia caído escada abaixo e quebrado o pescoço. Usava um roupão velho com uma faixa esfarrapada, pode facilmente ter tropeçado nela.

— Compreendo — disse Hercule Poirot. — Foi muito simples. Um acidente.

— Isso mesmo.

— Ele tinha algum parente?

— Tem um sobrinho. Costumava vir ver seu tio uma vez por mês. Lorrimer, seu nome é George Lorrimer. Ele mesmo é médico. Mora em Wimbledon.

— Ele ficou triste com a morte do velho?

— Eu não sei se diria triste. Quer dizer, ele tinha uma afeição pelo velho, mas realmente não o conhecia muito bem.

— Há quanto tempo Mr. Gascoigne estava morto quando o senhor o viu?

— Ah! — disse o Dr. MacAndrew. — É aqui que o assunto se torna oficial. Não menos de 48 horas e não mais de 72 horas. Ele foi encontrado na manhã do dia 6. Na verdade, chegamos mais perto do que isso. Ele tinha uma carta no bolso do roupão, escrita no dia 3, postada em Wimbledon naquela tarde. Teria sido entregue por volta das 21h20. Isso indica a hora da morte depois das 21h20 do dia 3. Isso está de acordo com o conteúdo do estômago e os processos de digestão. Ele havia feito uma refeição cerca de duas horas antes de morrer. Eu o examinei na manhã do dia 6 e sua condição era bastante consistente com a morte ter ocorrido cerca de sessenta horas antes, por volta das 22h, no dia 3.

— Tudo parece mesmo muito consistente. Diga-me, quando ele foi visto vivo pela última vez?

— Ele foi visto em King's Road por volta das 19h daquela mesma noite, quinta-feira, dia 3, e jantou no restaurante Gallant Endeavour às 19h30. Parece que sempre jantava lá às quintas-feiras. Ele era um artista, sabe. Mas era extremamente ruim.

— Ele não tinha outras relações? Só este sobrinho?

— Havia um irmão gêmeo. A história toda é bastante curiosa. Eles não se viam há anos. Parece que o outro irmão, Anthony Gascoigne, casou-se com uma mulher muito rica e desistiu da arte, e os irmãos se desentenderam por causa disso. Não se viam desde então, creio eu. Mas, curiosamente, *eles morreram no mesmo dia.* O gêmeo mais velho faleceu às quinze horas do dia 3. Uma vez antes eu soube de um outro caso de gêmeos que morreram no mesmo dia... em diferentes partes do mundo! Provavelmente apenas uma coincidência, mas aí está.

— A esposa do outro irmão está viva?

— Não, ela morreu há alguns anos.

— Onde Anthony Gascoigne morava?

— Ele tinha uma casa em Kingston Hill. Ele era, creio eu, pelo que o Dr. Lorrimer me disse, muito recluso.

Hercule Poirot assentiu com a cabeça, pensativo. O escocês olhou para ele com intensidade.

— O que exatamente o senhor tem em mente, Monsieur Poirot? — perguntou sem rodeios. — Eu respondi às suas perguntas, como era meu dever, ao ver as credenciais que o senhor me mostrou. Mas não estou sabendo do que se trata.

Poirot falou devagar:

— Um simples caso de morte acidental, foi o que o senhor disse. O que tenho em mente é igualmente simples: um simples empurrão.

Dr. MacAndrew pareceu surpreso.

— Em outras palavras, assassinato! O senhor tem alguma base para essa crença?

— Não — disse Poirot. — É uma mera suposição.
— Deve haver algo — persistiu o outro.
Poirot não falou. MacAndrew disse:
— Se for o sobrinho, Lorrimer, de quem o senhor suspeita, não me importo de dizer aqui e agora que o senhor está desperdiçando seu tempo. Lorrimer estava jogando bridge em Wimbledon das 20h30 à meia-noite. Isso saiu no inquérito.
Poirot murmurou:
— E provavelmente foi verificado. A polícia é cuidadosa.
O médico indagou:
— Talvez o senhor saiba algo contra ele?
— Eu não sabia que existia tal pessoa até que o senhor o mencionasse.
— Então o senhor suspeita de outra pessoa?
— Não, não. Não é nada disso. É um caso sobre os hábitos rotineiros do animal humano. Isso é muito importante. E o falecido Monsieur Gascoigne não se encaixa. Está tudo errado, veja só.
— Eu realmente não entendo.
Hercule Poirot murmurou:
— O problema é que há molho demais sobre um peixe ruim.
— Perdão?
Hercule Poirot sorriu.
— O senhor vai me prender como um lunático em breve, *Monsieur le Docteur*. Mas eu não sou um paciente mental, sou apenas um homem que gosta de ordem e método e que fica preocupado quando descobre um fato *que não se encaixa*. Devo pedir que você me perdoe por ter lhe causado tanto incômodo.
Ele se levantou e o médico também.
— Sabe — disse MacAndrew —, sinceramente, não consigo ver nada nem um pouco suspeito sobre a morte de Henry Gascoigne. Eu digo que ele caiu, o senhor diz que alguém o empurrou. Está tudo... bem... no ar.
Hercule Poirot suspirou.

— Sim — disse ele. — É profissional. Alguém fez um bom trabalho!

— O senhor ainda acha...

O homenzinho estendeu as mãos.

— Sou um homem obstinado, um homem com uma ideiazinha, e nada com o que sustentá-la! A propósito, Henry Gascoigne usava dentadura?

— Não, seus próprios dentes estavam em excelente estado. Muito digno de crédito na sua idade.

— Ele cuidava bem deles. Eram brancos e bem escovados?

— Sim, eu percebi isso em particular. Os dentes tendem a ficar um pouco amarelos à medida que envelhecemos, mas estavam em boas condições.

— Não estavam nem um pouco manchados?

— Não. Não creio que ele fosse fumante, se é isso que o senhor quer dizer.

— Não quis dizer exatamente isso, foi apenas um tiro no escuro... que provavelmente não vai dar em nada! Adeus, Dr. MacAndrew, e obrigado por sua gentileza.

Ele apertou a mão do médico e saiu.

— E agora — disse —, vamos ao tiro no escuro.

No Gallant Endeavour, ele se sentou à mesma mesa que havia dividido com Bonnington. A moça que o serviu não era Molly. Molly, a moça lhe disse, estava viajando de férias.

Eram apenas dezenove horas e Hercule Poirot não encontrou dificuldade em iniciar uma conversa com a moça sobre o velho Mr. Gascoigne.

— Sim — disse ela. — Ele vinha aqui há anos e anos. Mas nenhuma de nós, meninas, sabia o nome dele. Vimos sobre o inquérito no jornal e havia uma foto dele. "Olha aqui", falei para a Molly, "se esse não é o nosso 'velho Matusalém', como costumávamos chamá-lo."

— Ele jantou aqui na noite de sua morte, não foi?

— Isso mesmo, quinta-feira, dia 3. Ele estava sempre aqui nas quintas. Terças e quintas-feiras, pontual como um relógio.
— A senhorita não se lembra, suponho, o que ele jantou?
— Bem, deixe-me ver, foi sopa de frango ao curry, isso mesmo, e foi torta de carne, ou foi o carneiro? Não, foi a torta, isso mesmo, e torta de amora e maçã, e queijos. E pensar que ele foi para casa e caiu daquelas escadas naquela mesma noite. Disseram que a faixa esfiapada do roupão foi a causa. Claro, suas roupas eram sempre horríveis, antiquadas e vestidas de qualquer maneira, e todas esfarrapadas, e ainda assim ele *tinha* uns ares, como se fosse *alguém*! Ah, nós recebemos todo o tipo de cliente interessante aqui.

Ela foi embora.

Hercule Poirot comeu seu filé de linguado. Seus olhos exibiram uma luz verde.

— É estranho — disse a si mesmo —, como as pessoas mais inteligentes deixam escapar os detalhes. Bonnington ficará interessado.

Mas ainda não havia chegado o momento de uma conversa prazerosa com Bonnington.

Armado com apresentações vindas de uma área influente, Hercule Poirot não encontrou nenhuma dificuldade em lidar com o delegado do distrito.

— Uma figura curiosa, o falecido Gascoigne — observou.
— Um velho solitário e excêntrico. Mas sua morte parece despertar uma quantidade incomum de atenção.

Ele olhou com alguma curiosidade para o visitante enquanto falava. Hercule Poirot escolheu suas palavras com cuidado.

— Existem circunstâncias relacionadas a ela, *monsieur*, que tornam desejável uma investigação.
— Bem, como posso ajudá-lo?
— Creio que seja de sua competência ordenar que documentos produzidos em seu tribunal sejam destruídos ou

apreendidos, como o senhor achar adequado. Uma certa carta foi encontrada no bolso do roupão de Henry Gascoigne, não foi?
— Foi, sim.
— Uma carta de seu sobrinho, Dr. George Lorrimer?
— Correto. A carta foi utilizada no inquérito para ajudar a determinar a hora da morte.
— Algo que foi corroborado pela evidência médica?
— Exatamente.
— Essa carta ainda está disponível?

Hercule Poirot esperou bastante ansioso pela resposta. Quando soube que a carta ainda estava disponível para exame, deu um suspiro de alívio.

Assim que finalmente a teve em mãos, ele a estudou com algum cuidado. Ela havia sido escrita em caligrafia ligeiramente apertada, com uma caneta tinteiro.

Dizia assim:

Caro Tio Henry,

Lamento dizer-lhe que não tive sucesso no que diz respeito ao Tio Anthony. Ele não demonstrou entusiasmo por uma visita sua, e não me deu resposta quanto a seu pedido de que deixasse o passado para trás. Ele está, é claro, extremamente doente, e sua mente tende a divagar. Imagino que seu fim esteja muito próximo. Ele parecia mal se lembrar de quem o senhor era.

Lamento ter falhado com o senhor, mas posso garantir que fiz o melhor que pude.

Seu afetuoso sobrinho,
GEORGE LORRIMER

A carta em si era datada de 3 de novembro. Poirot olhou para o carimbo do envelope: 16h30, dia 3 de novembro.

Ele murmurou:
— Está lindamente em ordem, não é?

Kingston Hill era seu próximo objetivo. Após certa dificuldade, com um exercício de pertinácia bem-humorada conseguiu uma entrevista com Amelia Hill, cozinheira-governanta do falecido Anthony Gascoigne.

Mrs. Hill estava inclinada a ser rígida e desconfiada no início, mas a encantadora genialidade desse estrangeiro de aparência estranha teria surtido efeito em uma pedra. Mrs. Amelia Hill começou a ceder.

Ela se viu, como tantas outras mulheres antes dela, despejando seus problemas para um ouvinte realmente solidário.

Por catorze anos ela ficou encarregada da casa de Mr. Gascoigne, e não foi um trabalho fácil! Não mesmo! Muitas mulheres teriam desistido sob o fardo que *ela* teve de suportar! O pobre cavalheiro era excêntrico, e não havia como negar. Era notoriamente apegado a seu dinheiro — era uma espécie de mania para ele — e era um cavalheiro tão rico quanto se poderia imaginar! Mas Mrs. Hill o serviu fielmente e suportou seus hábitos e, naturalmente, ela esperava pelo menos *uma lembrança*. Mas não, absolutamente nada! Apenas um velho testamento que deixava todo o dinheiro para a esposa e, se ela falecesse antes, tudo para o irmão, Henry. Um testamento feito anos atrás. Não parecia justo!

Aos poucos, Hercule Poirot a desvinculou de seu tema principal de cupidez insatisfeita. Foi realmente uma injustiça sem coração! Mrs. Hill não poderia ser julgada por se sentir magoada e surpresa. Era bem sabido que Mr. Gascoigne era rígido em relação a dinheiro. Disseram até que o morto se recusou a ajudar seu único irmão. Mrs. Hill provavelmente sabia tudo sobre isso.

— Foi por isso que o Dr. Lorrimer veio falar com ele? — perguntou Mrs. Hill. — Eu sabia que era algo sobre seu irmão, mas pensei que era apenas porque seu irmão queria se reconciliar. Eles haviam se desentendido anos atrás.

— Pelo que entendo — disse Poirot —, Mr. Gascoigne recusou totalmente?

— Isso mesmo — respondeu Mrs. Hill com um aceno de cabeça. — "Henry?", ele disse, bem fraco. "Que história é essa sobre o Henry? Não o vejo há anos e não quero. Rapaz briguento, o Henry." Apenas isso.

A conversa então voltou às queixas especiais de Mrs. Hill e ao comportamento insensível do advogado do falecido Mr. Gascoigne.

Com alguma dificuldade, Hercule Poirot despediu-se sem interromper a conversa de modo abrupto.

E assim, logo após a hora do jantar, ele foi até Elmcrest, Dorset Road, Wimbledon, a residência do Dr. George Lorrimer.

O doutor estava em casa. Hercule Poirot foi conduzido ao consultório e lá o Dr. George Lorrimer veio até ele, obviamente recém-saído da mesa de jantar.

— Não sou um paciente, doutor — disse Hercule Poirot. — E minha vinda aqui é, talvez, um tanto impertinente, mas sou um homem velho e acredito em negociações simples e diretas. Eu não me importo com advogados e seus métodos tortuosos.

Ele certamente despertou o interesse de Lorrimer. O médico era um homem de estatura mediana, bem barbeado. Seu cabelo era castanho, mas seus cílios eram quase brancos, o que dava a seus olhos uma aparência pálida e fervente. Seus modos eram enérgicos e não desprovidos de humor.

— Advogados? — disse ele, erguendo as sobrancelhas. — Odeio essa gente! O senhor despertou minha curiosidade, meu caro senhor. Por favor, sente-se.

Poirot o fez e, em seguida, apresentou um de seus cartões profissionais, que entregou ao médico.

Os cílios brancos de George Lorrimer piscaram.

Poirot inclinou-se confidencialmente.

— Muitos dos meus clientes são mulheres — disse ele.

— É natural — disse o Dr. George Lorrimer, com um leve brilho nos olhos.

— Como o senhor disse, é natural — concordou Poirot.

— As mulheres desconfiam da polícia oficial. Elas preferem investigações privadas. Não querem que seus problemas sejam tornados públicos. Uma senhora idosa veio me consultar há alguns dias. Ela estava infeliz com o marido com quem havia brigado muitos anos antes. Esse marido dela era seu tio, o falecido Mr. Gascoigne.

O rosto de George Lorrimer ficou roxo.

— Meu tio? Absurdo! Sua esposa morreu há muitos anos.

— Não seu tio Mr. Anthony Gascoigne. Seu tio, Mr. Henry Gascoigne.

— Tio Henry? Mas ele não era casado!

— Ah, sim, ele era sim — disse Hercule Poirot, mentindo descaradamente. — Sem dúvida alguma. A senhora até trouxe sua certidão de casamento.

— É mentira! — gritou George Lorrimer. Seu rosto estava agora tão roxo quanto uma ameixa. — Eu não acredito. O senhor é um mentiroso atrevido.

— É uma pena, não é? — disse Poirot. — O senhor cometeu assassinato por nada.

— Assassinato? — A voz de Lorrimer tremeu. Seus olhos claros se arregalaram de terror.

— A propósito — disse Poirot —, vejo que o senhor voltou a comer torta de frutas silvestres. Um hábito insensato. Diz-se que as amoras são cheias de vitaminas, mas podem ser mortais de outras maneiras. Nesta ocasião, acho que elas ajudaram a colocar uma corda em volta do pescoço de um homem. O seu pescoço, Dr. Lorrimer.

— Veja, *mon ami*, onde você errou foi em relação ao seu pressuposto fundamental.

Hercule Poirot, sorrindo placidamente para o amigo por cima da mesa, agitava a mão de modo expositivo.

— Um homem sob forte estresse mental não escolhe aquele momento para fazer algo que nunca fez antes. Seus reflexos apenas seguem o caminho de menor resistência. Um homem que está chateado com algo *pode* vir a descer para jantar vestido com seus pijamas, mas eles serão *seus* próprios pijamas, não os de outra pessoa.

"Um homem que não gosta de sopa cremosa, pastelão de carne e amoras de repente pede todas as três coisas uma noite. Porque ele está pensando em outro assunto, *você* diz. Mas *eu* digo que *um homem que tem algo em mente pedirá automaticamente o prato que pedia com mais frequência antes.*

"*Eh bien*, então, que outra explicação poderia haver? Eu simplesmente não conseguia pensar em uma explicação razoável. E eu estava preocupado! O incidente havia sido totalmente errôneo. Não encaixava! Tenho uma mente ordenada e gosto que as coisas se encaixem. O pedido do jantar de Mr. Gascoigne me deixou incomodado.

"Então você me disse que o homem tinha desaparecido. Ele havia faltado uma terça e uma quinta-feira pela primeira vez em anos. Eu gostei disso menos ainda. Uma hipótese estranha surgiu em minha mente. Se eu estivesse certo sobre isso, *o homem estava morto*. Eu fiz perguntas. O homem *estava* morto. E ele estava muito ordenadamente morto. Em outras palavras, o peixe ruim foi coberto com o molho!

"Ele havia sido visto em King's Road às 19h. Jantou aqui às 19h30, duas horas antes de morrer. Tudo se encaixava, a evidência do conteúdo do estômago, a evidência da carta. Molho demais! Era impossível ver o peixe!

"Sobrinho dedicado escreveu a carta, sobrinho dedicado tinha um álibi lindo para a hora da morte. Morte essa que era muito simples: uma queda escada abaixo. Simples acidente? Simples assassinato? Todos dizem que foi o primeiro.

"Sobrinho dedicado é o único parente vivo. O sobrinho dedicado será o herdeiro, mas há algo *para* herdar? O tio é notoriamente pobre.

"Mas há um irmão. E o irmão na sua época havia se casado com uma esposa rica. E o irmão mora em uma casa grande e rica em Kingston Hill, então parece que a esposa rica deve ter deixado todo o dinheiro para ele. Você vê a sequência, esposa rica deixa dinheiro para Anthony, Anthony deixa dinheiro para Henry, o dinheiro de Henry vai para George, uma cadeia completa."

— Tudo muito bonito em teoria — disse Bonnington. — Mas o que você fez?

— Assim que você *sabe*, em geral você consegue o que quer. Henry havia morrido duas horas depois de uma *refeição*, isso foi tudo com que o inquérito realmente se preocupou. Mas supondo que a refeição não fosse o jantar, e sim o *almoço*. Coloque-se no lugar de George. George quer dinheiro, muito dinheiro. Anthony Gascoigne está morrendo, mas sua morte não adianta nada para George. Seu dinheiro vai para Henry, e Henry Gascoigne pode viver por anos. Então Henry deve morrer também, e quanto mais cedo melhor, mas sua morte deve ocorrer *depois* de Anthony e, ao mesmo tempo, George deve ter um álibi. O hábito de Henry em jantar regularmente em um restaurante duas noites da semana sugere um álibi para George. Sendo um sujeito cauteloso, testa seu plano primeiro. *Ele se faz passar por seu tio na noite de segunda-feira no restaurante em questão.* Tudo corre sem problemas. Todos lá o aceitam como sendo seu tio. Ele fica satisfeito. Só tem que esperar até que o Tio Anthony mostre sinais definitivos de que está morrendo. Chega a hora. Ele escreve uma carta ao tio na tarde de 2 de novembro, mas data como dia 3. Chega à cidade na tarde do dia 3, visita o tio e põe em ação seu plano. Um empurrão forte e Tio Henry rola escada abaixo. George procura a carta que escreveu e a enfia no bolso do roupão de seu tio. Às 19h30 ele está no Gallant Endeavour, barba, sobrancelhas grossas, tudo completo. Sem dúvida, Mr. Henry Gascoigne está vivo às 19h30. Em seguida, uma rápida metamorfose em um banheiro, e volta a toda velocidade em seu carro para Wimbledon e uma noite de bridge. O álibi perfeito.

Mr. Bonnington olhou para ele.

— Mas e o carimbo do correio na carta?

— Ah, isso foi muito simples. O carimbo do correio estava borrado. Por quê? Ele tinha sido alterado com fuligem de lâmpada, de dois para três de novembro. Você não perceberia, a menos que estivesse procurando por isso. E por fim, havia os melros.

— Melros?

— *Vinte e quatro melros assados em uma torta*! Ou amoras, se preferir ser literal! Você entende que George, afinal, não era um ator bom o suficiente. Você se lembra do sujeito que se pintou todo de preto para interpretar *Otelo*? Esse é o tipo de ator que você tem que ser no crime. George *se parecia* com seu tio e *caminhava* como seu tio e *falava* como seu tio e tinha a barba e as sobrancelhas de seu tio, mas ele se esqueceu de *comer* como seu tio. Pediu os pratos de que ele mesmo gostava. Amoras mancham os dentes, e os dentes do cadáver não estavam manchados, mas Henry Gascoigne comeu amoras silvestres no Gallant Endeavour naquela noite. Mas não havia amoras no seu estômago. Eu perguntei hoje de manhã. E George foi tolo o suficiente para ficar com a barba e o resto da maquiagem. Ah! Evidências em abundância, uma vez que você as procura. Visitei George e o pressionei. Isso encerrou tudo! Ele estava comendo amoras novamente, por sinal. Um sujeito ganancioso, se importava bastante com sua comida. *Eh bien*, a ganância vai enforcá-lo muito bem, a menos que eu esteja muito enganado.

Uma garçonete trouxe para eles duas porções de torta de amora e maçã.

— Leve embora — disse Bonnington. — Não se pode ser muito cuidadoso. Traga-me uma porção pequena de pudim de sagu.

Os detetives do amor

Publicado originalmente nos Estados Unidos como "At the Crossroads" em *Flynn's Weekly*, em outubro de 1926, e então como "The Magic of Mr. Quin No. 1: At the Cross Roads" na *Storyteller*, em 1926

O miúdo Mr. Satterthwaite olhou pensativo para o seu anfitrião. A amizade entre os dois homens era peculiar. O coronel era um cavalheiro simples do interior, cuja paixão na vida era o esporte. As poucas semanas que passava por obrigação em Londres eram passadas de má vontade. Mr. Satterthwaite, por outro lado, era um sujeito urbano. Ele era uma autoridade em culinária francesa, moda feminina e sabia de todos os últimos escândalos. Sua paixão era observar a natureza humana, e ele era um especialista em seu ramo particular — o de observador da vida.

De tal forma, era de se presumir que ele e Coronel Melrose teriam pouco em comum, já que o coronel não se interessava pelos assuntos dos vizinhos e tinha horror a qualquer tipo de emoção. Os dois homens eram amigos, principalmente, porque seus pais, antes deles, tinham sido amigos. Além disso, eles conheciam as mesmas pessoas e tinham visões reacionárias com relação a novos ricos.

Já era por volta de 19h30. Os dois homens estavam sentados no confortável escritório do coronel, e Melrose descrevia uma corrida do inverno anterior com o entusiasmo de um caçador perspicaz. Mr. Satterthwaite, cujo conhecimento sobre cavalos consistia principalmente na tradição da visita matinal de domingo aos estábulos, que ainda é mantida em antigas casas de campo, ouviu com sua polidez invariável.

O toque agudo do telefone interrompeu Melrose. Ele caminhou até a mesa e pegou o auscultador.

— Alô, sim... Coronel Melrose falando. O que foi?

Toda a feição dele se alterou, se tornou rígida, oficial. Quem agora falava era o magistrado, não o esportista.

Ele ouviu por alguns momentos, então falou laconicamente:

— Certo, Curtis. Chego aí daqui a pouco. — Colocou o auscultador de volta no telefone, e se virou para seu convidado. — Sir James Dwighton foi encontrado na biblioteca dele... assassinado.

— O quê?

Mr. Satterthwaite ficou surpreso... entusiasmado.

— Preciso ir até Alderway imediatamente. Gostaria de vir comigo?

Mr. Satterthwaite se lembrou de que o coronel era o chefe de polícia da região.

— Se eu não for te incomodar... — hesitou.

— Nem um pouco. Era o Inspetor Curtis no telefone. Um sujeito bom, honesto, mas não muito esperto. Eu ficaria contente se você viesse comigo, Satterthwaite. Tenho a impressão de que isso irá se tornar um problema daqueles.

— Já prenderam o culpado?

— Não — respondeu Melrose, brusco.

Os ouvidos treinados de Mr. Satterthwaite detectaram uma nuance reservada por trás da curta negativa. Ele começou a repassar na sua mente tudo que sabia sobre os Dwighton.

Um velho sujeito pomposo, o falecido Sir James, brusco em seus modos. Um homem que facilmente faria inimigos. Beirando os 60 anos, de cabelos grisalhos e um rosto rosado. Famoso por ser sovina ao extremo.

Sua mente foi então até Lady Dwighton. A imagem dela flutuou na frente dele, jovem, cabelos ruivos, esguia. Ele se lembrou de vários rumores, insinuações, trechos de fofoca. Então era isso — era por essa razão que Melrose parecia tão taciturno. Ele logo se recompôs — sua imaginação estava passando dos limites.

Cinco minutos depois, Mr. Satterthwaite tomou seu lugar ao lado do anfitrião no pequeno carro de dois lugares dele, e juntos dirigiram noite adentro.

O coronel era um homem taciturno. Avançaram por quase 1,5 milha antes dele falar. Então perguntou, nervoso:

— Você os conhece, imagino?

— Os Dwighton? Sei tudo sobre eles, é claro. — Sobre quem é que Mr. Satterthwaite não sabia tudo? — Eu o encontrei uma vez, acho, e a ela com mais frequência.

— Linda mulher — disse Melrose.

— Linda! — declarou Mr. Satterthwaite.

— Acha mesmo?

— Do tipo puramente renascentista — declarou Mr. Satterthwaite, começando a gostar da conversa. — Ela atuou naquelas apresentações teatrais, sabe, a matinê para caridade na primavera passada. Eu fiquei muito impressionado. Não há nada de moderno nela... puro Renascimento. É fácil imaginá-la no Palácio Ducal, ou como Lucrécia Bórgia.

O coronel deixou o carro desviar levemente, e Mr. Satterthwaite parou subitamente. Ele se perguntou que fatalidade tinha trazido o nome de Lucrécia Bórgia para a língua dele. Sob as circunstâncias...

— Dwighton não foi envenenado, foi? — indagou abruptamente.

Melrose olhou para ele de esguelha, de certa forma curioso.

— Por que você diz isso, eu me pergunto? — disse ele.

— Ah, eu... eu não sei. — Mr. Satterthwaite estava confuso. — Isso... isso só me ocorreu.

— Bem, não foi — disse Melrose, sombrio. — Se você quer saber, ele foi golpeado na cabeça.

— Com um objeto contundente — murmurou Satterthwaite, balançando a cabeça sabiamente.

— Não fale que nem a porcaria de uma história de detetive, Satterthwaite. Ele foi golpeado na cabeça com uma estátua de bronze.

— Ah — disse Satterthwaite, e voltou ficar em silêncio.

— Sabe de alguma coisa sobre um cidadão chamado Paul Delangua? — indagou Melrose depois de um minuto ou dois.

— Sim. Um jovem de boa aparência.

— Ouso dizer que as mulheres assim o descreveriam — rosnou o coronel.

— Você não gosta dele?

— Não, não gosto.

— Imaginei que gostasse. Ele cavalga muito bem.

— Feito um estrangeiro em uma exposição de cavalos. Cheio de truques bestas.

Mr. Satterthwaite conteve um sorriso. O pobre, velho Melrose era tão britânico em suas visões. Apropriadamente consciente de um ponto de vista cosmopolita, Mr. Satterthwaite era capaz de deplorar uma atitude insular em relação à vida.

— Ele já esteve nessa parte do mundo antes? — indagou.

— Estava ficando em Alderway com os Dwighton. O rumor é que Sir James o expulsou uma semana atrás.

— Por quê?

— O pegou fazendo amor com a sua esposa, imagino. O que diabos...

Houve uma derrapada violenta, e um impacto assustador.

— Cruzamentos mais perigosos da Inglaterra — disse Melrose. — Mesmo assim, o outro sujeito deveria ter buzinado. Estamos na estrada principal. Imagino que o prejudicamos muito mais do que ele nos prejudicou.

Ele saltou para fora. Uma figura surgiu do outro carro e se juntou a ele. Fragmentos de fala chegaram a Satterthwaite.

— Minha culpa, temo — dizia o estranho. — Mas eu não conheço muito bem essa parte da região, e não há nenhuma placa avisando que estamos entrando na estrada principal.

O coronel, apaziguado, respondeu adequadamente. Os dois homens se curvaram por sobre o carro do estranho, que um *chauffeur* já estava examinando. A conversa se tornou altamente técnica.

— Coisa de meia hora, ouso dizer — disse o estranho. — Mas não deixe que eu o atrase. Fico feliz pelo seu carro ter escapado de danos tão bem.

— Na verdade... — começava a dizer o coronel, mas foi interrompido.

Mr. Satterthwaite, cheio de animação, saltitou para fora do carro feito um passarinho e catou o estranho carinhosamente pela mão.

— Realmente *é você!* Eu pensei ter reconhecido a voz — declarou ele, empolgado. — Que coisa extraordinária. Que coisa mais extraordinária.

— Hein? — disse Coronel Melrose.

— Mr. Harley Quin. Melrose, tenho certeza de que você já me ouviu falar muitas vezes de Mr. Quin?

Coronel Melrose parecia não se lembrar do fato, mas concordou educadamente enquanto Mr. Satterthwaite tagarelava alegremente.

— Eu não te vejo... deixe-me ver...

— Desde aquela noite na Sinos e Retalhos, não? — disse o outro.

— Sinos e Retalhos? — indagou o coronel.

— Uma hospedaria — explicou Mr. Satterthwaite.

— Que nome estranho para uma hospedaria.

— É apenas um nome antigo — disse Mr. Quin. — Houve um tempo, lembre-se, em que sinos e mantas de retalho eram mais comuns na Inglaterra do que nos dias de hoje.

— Imagino que sim, é, sem dúvida você está certo — falou Melrose vagamente.

Ele piscou. Por causa de um curioso efeito de luz — os faróis de um carro e as luzes traseiras vermelhas de outro —

Mr. Quin pareceu, ele próprio, por um momento, estar vestido numa colcha de retalhos. Mas era apenas a luz.

— Não podemos deixá-lo abandonado aqui na estrada — continuou Mr. Satterthwaite. — Você precisa vir conosco. Tem bastante espaço para três, não é, Melrose?

— Ah, bastante. — Mas a voz do coronel era um pouco duvidosa. — A única coisa é — comentou ele —, o trabalho que estamos fazendo. Hein, Satterthwaite?

Mr. Satterthwaite permaneceu imóvel. As ideias saltaram e lampejaram sobre ele. Ele positivamente tremia de empolgação.

— Não — gritou. — Não, eu deveria ter pensado melhor! Não há nenhum acaso no que diz respeito a você, Mr. Quin. Não foi um acidente o fato de termos todos nos encontrado esta noite na encruzilhada.

Coronel Melrose encarou o amigo em choque. Mr. Satterthwaite o pegou pelo braço.

— Lembra-se do que falei... sobre nosso amigo Derek Capel? O motivo do suicídio dele, que ninguém conseguia adivinhar? Foi Mr. Quin quem resolveu aquele problema... e houve outros desde então. Ele mostra coisas que estavam ali o tempo inteiro, mas que você não tinha visto. Ele é maravilhoso.

— Meu querido Satterthwaite, você está me fazendo corar — disse Mr. Quin, sorrindo. — Pelo que eu me lembro, tais descobertas foram todas feitas por você, não por mim.

— Foram feitas porque você estava lá — disse Mr. Satterthwaite com intensa convicção.

— Bem — disse Coronel Melrose, pigarreando de forma desconfortável. — Não podemos perder tempo. Vamos.

Ele sentou no banco do motorista. Não estava muito feliz de ter um estranho impingido a ele por meio do entusiasmo de Mr. Satterthwaite, mas não tinha nenhuma objeção válida para oferecer, e estava ansioso para chegar a Alderway o mais rápido possível.

Mr. Satterthwaite exortou Mr. Quin a entrar em seguida, e ele próprio ficou com o assento da ponta. O carro era espaçoso e nele cabiam os três sem aperto.

— Então você tem interesse em crimes, Mr. Quin? — perguntou o coronel, fazendo seu melhor para ser cordial.

— Não exatamente em crimes.

— No quê, então?

Mr. Quin sorriu.

— Vamos perguntar a Mr. Satterthwaite. Ele é um observador muito perspicaz.

— Eu acho — disse Satterthwaite, lentamente —, que posso estar errado, mas acho... que Mr. Quin está interessado em... amantes.

Ele corou ao dizer a última palavra, que nenhum inglês consegue pronunciar sem embaraço. Mr. Satterthwaite a trouxe à baila desculpando-se, e entre aspas.

— Por Deus! — disse o coronel, chocado e silenciado.

Ele refletiu internamente que este parecia ser um amigo muito peculiar de Satterthwaite. Olhou-o de esguelha. O sujeito parecia não ter problemas... um jovem bem normal. Cabelos e olhos escuros, mas não parecia nem um pouco estrangeiro.

— E agora — disse Satterthwaite de modo importante —, eu preciso contar a você tudo sobre o caso.

Falou por uns dez minutos. Sentado ali na escuridão, atravessando a noite, ele possuía um intoxicante sentimento de poder. E daí que era apenas um observador da vida? Ele tinha as palavras sob seu comando, era mestre delas, conseguia alinhá-las em um padrão — um estranho padrão renascentista composto da beleza de Laura Dwighton, com seus braços brancos e cabelo vermelho — e a figura sombria de Paul Delangua, que as mulheres achavam bonito.

Situando tudo isso em Alderway — Alderway, que tinha estado de pé desde os dias de Henrique VII e, de acordo com alguns, desde antes disso. Alderway, inglesa até a alma, com seus arbustos aparados, seu antigo viveiro de pássaros e o tanque de peixes, onde os monges guardavam suas carpas para as refeições das sextas-feiras.

Em algumas pinceladas hábeis ele pintou Sir James, um Dwighton que era um verdadeiro descendente dos velhos De Wittons, aqueles que há tempos tinham tirado dinheiro da terra e o trancado em seus cofres, para que, ainda que os outros tivessem dias ruins, os mestres de Alderway jamais empobrecessem.

Finalmente Mr. Satterthwaite cessou. Ele tinha certeza, estava certo desde o início, da atenção de seu público. Aguardava agora o elogio que era seu por direito. Ele veio.

— Você é um artista, Mr. Satterthwaite.

— Eu... eu faço o meu melhor.

O homenzinho de repente ficou muito humilde.

Eles haviam passado pelos portões da propriedade alguns minutos antes. Agora, conforme o carro parava diante da porta, um policial desceu apressado as escadas para recebê-los.

— Boa noite, senhor. O Inspetor Curtis está na biblioteca.

— Certo.

Melrose subiu as escadas seguido pelos outros dois. Enquanto os três passavam pelo amplo corredor, um velho mordomo espiou apreensivamente por uma porta. Melrose balançou a cabeça para ele.

— Boa noite, Miles. Que negócio triste.

— É mesmo — disse o outro com a voz trêmula. — Eu mal posso acreditar, senhor; não consigo mesmo. Só de pensar que alguém golpearia o mestre da casa...

— Sim, sim — interrompeu Melrose. — Irei conversar com você em um instante.

Ele caminhou até a biblioteca. Lá, um grande inspetor de aparência militar o saudou com respeito.

— Negócio desagradável, senhor. Eu não mexi nas coisas. Nenhuma impressão digital na arma. Quem quer que tenha feito isso sabia o que estava fazendo.

Mr. Satterthwaite olhou para a figura curvada sentada na grande escrivaninha, mas rapidamente desviou o olhar. O homem tinha sido golpeado por trás, um golpe potente que havia afundado seu crânio. A imagem não era bonita.

A arma estava caída no chão — uma estatueta de bronze com dois pés de altura, a base dela manchada e molhada. Mr. Satterthwaite se curvou sobre ela com curiosidade.

— Uma Vênus — disse ele suavemente. — Então quer dizer que ele foi alvejado por Vênus.

Ele encontrou um alimento para a meditação poética no pensamento.

— As janelas — disse o inspetor — estavam todas fechadas e aferrolhadas por dentro.

Ele fez uma pausa significativa.

— Tornando isso um trabalho interno — disse relutantemente o chefe de polícia. — Bem... bem, veremos.

O homem assassinado vestia roupas de golfe, e um saco de tacos de golfe tinha sido jogado de qualquer jeito em cima de um grande sofá de couro.

— Tinha acabado de chegar do campo de golfe — explicou o inspetor, seguindo o olhar do chefe de polícia. — Às 15h15, foi isso. Pediu que o mordomo lhe trouxesse chá. Mais tarde chamou o seu valete para que lhe trouxesse um par de chinelos macios. Até onde sabemos, o valete foi a última pessoa a vê-lo com vida.

Melrose assentiu, e virou sua atenção mais uma vez para a escrivaninha.

Uma boa quantidade de ornamentos tinha sido revirada e quebrada. Proeminente dentre todos estava um grande relógio de esmalte escuro, que estava posto de lado no centro exato da mesa.

O inspetor limpou a garganta.

— Isso é o que você poderia chamar de um golpe de sorte, senhor — disse ele. — Como você pode ver, está parado. Às *18h30*. Isso nos dá a hora do crime. Muito conveniente.

O coronel estava encarando o relógio.

— Como você mesmo diz — comentou ele. — Muito conveniente. — Pausou por um minuto e então acrescentou: — Conveniente demais! Eu não gosto muito disso, inspetor.

Ele encarou os outros dois. Seus olhos buscaram os de Mr. Quin com uma expressão de apelo.

— Para o inferno com isso tudo — disse ele. — Está arrumadinho demais. Você sabe o que eu quero dizer. As coisas não acontecem desse jeito.

— Você quer dizer — murmurou Mr. Quin — que relógios não caem assim?

Melrose o encarou por um momento, então olhou de novo para o relógio, que tinha aquela aparência patética e inocente que era comum aos objetos que tinham, de repente, sido roubados de sua dignidade. Muito cautelosamente Coronel Melrose o recolocou de pé outra vez. Ele deu um golpe violento na mesa. O relógio balançou, mas não caiu. Melrose repetiu a ação, e muito lentamente, com certa má vontade, o relógio caiu de costas.

— A que horas o crime foi descoberto? — Melrose exigiu saber de modo enfático.

— Bem por volta das dezenove horas, senhor.

— Quem descobriu?

— O mordomo.

— Traga-o aqui — disse o chefe de polícia. — Eu irei vê-lo agora. Onde está Lady Dwighton, a propósito?

— Deitada, senhor. A empregada dela diz que está prostrada e não pode ver ninguém.

Melrose assentiu, e Inspetor Curtis saiu em busca do mordomo. Mr. Quin olhava pensativo para a lareira. Mr. Satterthwaite seguiu o exemplo dele. Encarou as brasas fumegantes por um minuto ou dois, e então algo brilhante na grade capturou seu olho. Ele se abaixou e pegou um pequeno pedaço de vidro curvo.

— O senhor pediu para me ver?

Era a voz do mordomo, ainda trêmula e incerta. Mr. Satterthwaite deslizou o fragmento de vidro para dentro do bolso do seu casaco e se virou.

O velho estava parado à porta.

— Sente-se — disse gentilmente o chefe de polícia. — Você está tremendo todo. Foi um choque para você, eu suponho.

— Foi sim, senhor.

— Bem, não vou segurá-lo por muito tempo. O seu patrão chegou em casa pouco depois das dezessete horas, acredito?

— Sim, senhor. Ele mandou que o chá lhe fosse servido aqui. Depois disso, quando vim para levar embora, ele pediu para que Jennings fosse mandado a ele... é o valete dele, senhor.

— A que horas foi isso?

— Por volta de 18h10, senhor.

— Sim... e então?

— Mandei o recado para Jennings, senhor. E não foi até que eu voltasse aqui para fechar as janelas e cerrar as cortinas às dezenove horas que eu vi...

Melrose o cortou.

— Sim, sim, você não precisa descrever tudo isso. Você não encostou no corpo ou mexeu em nada, não é?

— Ah! Não mesmo, senhor! Eu fui ao telefone o mais rápido que pude para ligar para a polícia.

— E depois?

— Contei a Jane... a empregada de sua senhoria... para que repassasse a notícia a ela.

— Você não viu sua patroa nenhuma vez essa noite?

Coronel Melrose dispôs a pergunta de forma muito casual, mas os ouvidos atentos de Mr. Satterthwaite capturaram ansiedade por trás das palavras.

— Não para falar com ela, senhor. A senhoria permaneceu no seu quarto desde a tragédia.

— Você a viu antes?

A pergunta foi incisiva, e todos na sala notaram a hesitação antes de o mordomo responder.

— Eu... eu tive um vislumbre dela, senhor, descendo a escadaria.

— Ela entrou aqui?

Mr. Satterthwaite prendeu a respiração.

— Eu... eu acho que sim, senhor.

— A que horas foi isso?

Teria sido possível escutar um alfinete cair. Será que o velho sabia, se perguntou Mr. Satterthwaite, o que estava atrelado à resposta dele?

— Foi por volta de 18h30, senhor.

Coronel Melrose respirou fundo.

— Isso é o bastante, obrigado. Mande Jennings, o valete, vir falar comigo, por favor.

Jennings atendeu ao chamado com prontidão. Um homem de rosto fino e passos felinos. Havia algo de astuto e reservado sobre ele.

Um homem, pensou Mr. Satterthwaite, que poderia facilmente matar seu amo se tivesse certeza de que não seria pego.

Ele ouviu atentamente as respostas do valete para as perguntas de Coronel Melrose. Mas a história dele parecia bem direta. Ele trouxe chinelos macios para o patrão, e levou embora os sapatos.

— O que você fez depois disso, Jennings?

— Eu voltei para a sala dos empregados, senhor.

— Que horas você deixou seu mestre?

— Deve ter sido por volta das 18h15, senhor.

— Onde você estava às 18h30, Jennings?

— Na sala dos empregados, senhor.

Coronel Melrose liberou o homem com um movimento de cabeça. Ele olhou para Curtis com curiosidade.

— Isso confere, senhor, eu confirmei. Ele estava na sala dos empregados das 18h20 até as 19h.

— Então isso o libera — disse o chefe de polícia um pouco pesarosamente. — Além disso, não há motivação.
Olharam uns para os outros.
Houve uma batida à porta.
— Entre — disse o coronel.
Uma empregada de rosto assustado apareceu.
— Por favor, sua senhoria ouviu que Coronel Melrose está aqui e ela gostaria de vê-lo.
— Certamente — disse Melrose. — Eu irei imediatamente. Você pode me mostrar o caminho?
Mas uma mão empurrou a garota para o lado. Uma figura muito diferente agora estava parada na porta. Laura Dwighton parecia uma visitante de outro planeta.

Ela usava um vestido colado ao corpo, de estilo medieval, em brocado azul opaco. O cabelo ruivo estava partido no meio e cobria as orelhas. Consciente do fato de que tinha um estilo particular, Lady Dwighton nunca cortou o cabelo. Estava preso para trás num simples nó na nuca. Os braços dela estavam desnudos.

Um deles estava esticado para se equilibrar contra a moldura da porta, o outro pendurado do lado dela, segurando um livro. "Ela parece", pensou Mr. Satterthwaite, "uma Madonna de uma das primeiras telas italianas."

Ela ficou parada ali, se balançando levemente de um lado para o outro. Coronel Melrose foi na direção dela.
— Eu vim para te dizer... para te dizer...
A voz dela era grave e rica. Mr. Satterthwaite estava tão entretido com o valor dramático da cena que se esqueceu do caráter real dela.
— Por favor, Lady Dwighton...
Melrose colocou um braço ao redor dela, a ajudando a ficar de pé. Ele a levou pelo corredor e para dentro de uma antessala, as paredes cobertas de seda desbotada. Quin e Satterthwaite seguiram. Ela se afundou no sofá baixo, a cabeça repousando para trás na almofada cor de ferrugem, as pál-

pebras fechadas. Os três homens a observaram. De repente ela abriu os olhos e se sentou ereta. Falou muito calmamente:

— Eu o matei. Foi isso que eu vim dizer. *Eu o matei!*

Houve um momento de silêncio agonizante. O coração de Mr. Satterthwaite pulou uma batida.

— Lady Dwighton — disse Melrose. — Você teve um grande choque... você está perturbada. Não acredito que saiba muito bem o que está dizendo.

Ela iria voltar atrás agora... enquanto ainda havia tempo?

— Eu sei perfeitamente o que estou dizendo. Eu atirei nele.

Dois dos homens na sala perderam o fôlego, o outro não fez barulho algum. Laura Dwighton se inclinou ainda mais para a frente.

— Você não entende? Eu desci e atirei nele. Admito isso.

O livro que ela segurava na mão caiu no chão. Havia um cortador de papel dentro dele, um objeto com formato de uma adaga e cabo cravejado. Mr. Satterthwaite o pegou mecanicamente e colocou sobre a mesa. Ao fazer isso ele pensou, "Que brinquedo perigoso. É possível matar um homem com isso."

— Bem... — a voz de Laura Dwighton era impaciente — ... o que você vai fazer com relação a isso? Me prender? Me levar embora?

Coronel Melrose encontrou sua voz com dificuldade.

— O que você me falou é muito sério, Lady Dwighton. Vou pedir para que permaneça em seu quarto até eu ter... hum... feito alguns preparativos.

Ela assentiu e ficou de pé. Estava bem recomposta agora, séria e fria.

No momento em que ela se virou na direção da porta, Mr. Quin falou:

— O que você fez com o revólver, Lady Dwighton?

Uma sombra de incerteza cruzou o rosto dela.

— Eu... eu larguei lá no chão. Não, acho que joguei pela janela... Ah! Não consigo me lembrar agora. Qual é a importância disso? Eu mal sabia o que estava fazendo. Não importa, não é mesmo?

— Não — disse Mr. Quin. — Acho que importa muito pouco.

Ela olhou para ele perplexa, com um ar do que poderia ter sido preocupação. Então virou a cabeça e saiu da sala imperiosamente. Mr. Satterthwaite correu atrás dela. Ela poderia, ele sentiu, desmoronar a qualquer minuto. Mas ela já estava na metade das escadas, não demonstrando nenhum sinal da fraqueza de antes. A empregada de rosto assustado estava ao pé da escada, e Mr. Satterthwaite falou com ela com autoridade.

— Cuide da sua senhoria — disse ele.

— Sim, senhor. — A garota se preparou para subir atrás da figura de azul. — Ah, por favor, eles não estão suspeitando dele, não é?

— Suspeitando de quem?

— Jennings, senhor. Ah! Acredite, senhor, ele não machucaria uma mosca.

— Jennings? Não, claro que não. Vá cuidar da sua senhoria.

— Sim, senhor.

A garota rapidamente subiu a escadas. Mr. Satterthwaite voltou para a sala de onde tinha acabado de sair.

Coronel Melrose falava pesadamente:

— Bem, estou confuso. Tem mais aqui do que revelam as aparências. É... é que nem uma daquelas tolices que as mocinhas fazem em muitos romances.

— É irreal — concordou Mr. Satterthwaite. — É como se fosse algo do teatro.

Mr. Quin balançou a cabeça.

— Sim, você admira o drama, não é mesmo? Você é um homem que aprecia uma boa atuação quando encontra uma.

Mr. Satterthwaite olhou firme para ele.

No silêncio que seguiu, um barulho distante os alcançou.

— Parece um tiro — disse Coronel Melrose. — Um dos vigias, ouso dizer. Foi provavelmente isso que ela ouviu. Talvez tenha descido para ver. Ela não se aproximaria ou examinaria o corpo. Ela imediatamente concluiria...

— Mr. Delangua, senhor.

Era o velho mordomo quem falava, desculpando-se parado na porta.

— E? — disse Melrose. — O que foi?

— Mr. Delangua está aqui, senhor, e gostaria de conversar com você se possível.

Coronel Melrose se reclinou para trás em sua cadeira.

— Mande-o entrar — falou sombriamente.

Um momento depois, Paul Delangua estava parado à porta. Tal como Coronel Melrose havia indicado, havia algo de não-inglês nele, o rosto bonito, os cabelos escuros, os olhos um pouco juntos demais. Havia nele um ar da Renascença. Ele e Laura Dwighton sugeriam a mesma atmosfera.

— Boa noite, cavalheiros — disse Delangua.

Ele fez uma pequena mesura teatral.

— Não sei qual é seu assunto, Mr. Delangua — disse Coronel Melrose bruscamente —, mas se não tiver nada a ver com o caso em questão...

Delangua o interrompeu com uma risada.

— Pelo contrário — disse ele — tem tudo a ver com isso.

— O que você quer dizer?

— Quero dizer — disse Delangua baixinho —, que eu vim me entregar pelo assassinato de Sir James Dwighton.

— Você sabe o que está dizendo? — indagou Melrose com gravidade.

— Perfeitamente.

Os olhos do jovem estavam fixos na mesa.

— Eu não entendo...

— Por que eu me entregaria? Chame de remorso... chame do que você quiser. Eu o esfaqueei, de verdade... tenha certeza disso. — Ele apontou com a cabeça na direção da mesa.

— Você tem a arma aí, estou vendo. Uma pequena ferramenta muito útil. Lady Dwighton infelizmente deixou dentro de um livro, e eu por acaso peguei.

— Um minuto — disse Coronel Melrose. — Devo entender que você admite esfaquear Sir James com isso?

Ele segurou a adaga no alto.

— Isso mesmo. Eu entrei pela janela, sabe. Ele estava de costas para mim. Foi bem fácil. Eu saí da mesma forma.

— Pela janela?

— Pela janela, claro.

— A que horas foi isso?

Delangua hesitou.

— Deixe-me ver... eu estava conversando com aquele vigia... isso foi por volta de 18h15. Ouvi o sino da igreja tocar. Deve ter sido... bem, digamos que por volta de 18h30.

Um sorriso sombrio apareceu nos lábios do coronel.

— Correto, rapaz — disse ele. — 18h30 foi a hora do crime. Talvez você já tenha ouvido isso? Mas este é um assassinato dos mais peculiares!

— Por quê?

— Tantas pessoas confessando — disse Coronel Melrose.

Eles ouviram a respiração aguda do outro.

— Quem mais confessou? — indagou numa voz que tentou em vão manter firme.

— Lady Dwighton.

Delangua jogou a cabeça para trás e riu de modo forçado.

— Lady Dwighton costuma ser histérica — falou levemente. — Eu não prestaria atenção em nada do que ela diz se eu fosse você.

— Eu não acho que vou — disse Melrose. — Mas tem uma outra coisa esquisita nesse assassinato.

— O que é?

— Bem — disse Melrose —, Lady Dwighton confessou ter atirado em Sir James, e você confessou tê-lo esfaqueado. Mas, para a sorte de vocês dois, ele não foi nem alvejado e nem esfaqueado, veja bem. O crânio dele foi esmagado.

— Meu Deus! — gritou Delangua. — Mas uma mulher conseguiria fazer isso...

Ele parou, mordendo o lábio. Melrose assentiu com o fantasma de um sorriso.

— Já li bastante sobre isso — ele se pôs a dizer. — Nunca vi acontecer.

— O quê?

— Um casal de idiotas se comprometendo porque um achava que o outro tinha feito algo — disse Melrose. — Agora vamos ter que começar do começo.

— O valete — gritou Mr. Satterthwaite. — Aquela garota agora há pouco... eu não estava prestando atenção naquela hora. — Ele fez uma pausa, buscando a coerência. — Ela estava com medo de que suspeitássemos dele. Ele devia ter algum motivo do qual não sabemos, mas ela sabe.

Coronel Melrose franziu a testa e então tocou a campainha. Quando foi atendido, ele falou:

— Por favor pergunte a Lady Dwighton se ela poderia nos fazer a bondade de descer outra vez.

Aguardaram em silêncio até que ela chegasse. Ao ver Delangua ela se assustou e esticou o braço para impedir uma queda. Coronel Melrose veio ágil ao resgate.

— Está tudo bem, Lady Dwighton. Por favor, não fique alarmada.

— Eu não entendo. O que Mr. Delangua está fazendo aqui?

Delangua se aproximou dela:

— Laura... Laura... por que você fez isso?

— Fiz o quê?

— Eu sei. Foi por minha causa... porque você pensou que... afinal, era natural, imagino. Mas, oh! Você é um anjo!

Coronel Melrose pigarreou. Ele era um homem que não gostava de emoções e tinha horror a qualquer coisa que se aproximasse de um "espetáculo".

— Se você assim me permite dizer, Lady Dwighton, tanto você quanto Mr. Delangua escaparam por pouco. Ele tinha acabado de chegar para "confessar" o assassinato por sua vez... ah, está tudo bem, ele não o fez! Mas o que queremos saber é a verdade. Sem nenhuma delonga. O mordomo falou que você entrou na biblioteca às 18h30... foi isso mesmo?

Laura olhou para Delangua. Ele sacudiu a cabeça.

— A verdade, Laura — disse ele. — É o que queremos agora.

Ela soltou um longo suspiro.

— Eu irei dizer a vocês.

Ela se afundou numa cadeira que Mr. Satterthwaite havia rapidamente empurrado adiante.

— Eu realmente desci. Abri a porta da biblioteca e vi...

Ela parou e engoliu em seco. Mr. Satterthwaite se inclinou adiante e deu um tapinha encorajador na mão dela.

— Sim — disse ele. — Sim. Você viu?

— Meu marido estava prostrado em cima da escrivaninha. Eu vi a cabeça dele... o sangue... ah!

Ela cobriu o rosto com as mãos. O chefe de polícia se inclinou para a frente.

— Desculpe, Lady Dwighton. Você achou que Mr. Delangua tivesse atirado nele?

Ela assentiu.

— Perdoe-me, Paul — implorou. — Mas você falou... você falou...

— Que eu atiraria nele como se fosse um cão — falou Delangua, sombrio. — Eu me lembro. Foi no dia em que eu descobri que ele a maltratava.

O chefe de polícia manteve-se firmemente fiado ao assunto de interesse.

— Então devo entender, Lady Dwighton, que você subiu outra vez e... hum... não disse nada. Não precisamos adentrar nos seus motivos. Você não encostou no corpo ou se aproximou da escrivaninha?

Ela estremeceu.

— Não, não. Eu saí correndo da sala.

— Entendo, entendo. E a que horas exatamente foi isso? Você sabe?

— Era pouco depois de 18h30 quando voltei para o meu quarto.

— Então às... digamos, 18h25, Sir James já estava morto. — O chefe de polícia olhou para os outros. — Aquele relógio... foi colocado ali de propósito, não é? Suspeitamos desde o começo. Nada é mais fácil do que mover os ponteiros de um relógio para o horário desejado, mas foi um erro colocá-lo de lado desse modo. Bem, isso parece afunilar na direção do mordomo ou do valete, e eu não consigo acreditar que seja o mordomo. Diga-me, Lady Dwighton, esse tal de Jennings tinha algum rancor contra seu marido?

Laura tirou as mãos do rosto.

— Não exatamente um rancor, mas... bem, James me contou hoje de manhã que iria demiti-lo. Descobriu que ele estava roubando.

— Ah! Agora estamos nos aproximando de algo. Jennings seria demitido sem uma referência. Um problema sério para ele.

— Você falou alguma coisa sobre o relógio — disse Laura Dwighton. — Existe uma chance, se você quiser determinar o horário... James certamente estaria usando o seu relógio de golfe. Também não teria quebrado quando ele caiu para a frente?

— É uma ideia — disse lentamente o coronel. — Mas temo que... Curtis!

O inspetor balançou a cabeça em rápida compreensão e saiu da sala. Voltou um minuto depois. Na palma da mão dele estava um relógio de prata marcado como uma bola de golfe, o tipo que é vendido para que golfistas os carreguem soltos num bolso cheio de bolas.

— Aqui está, senhor — disse ele —, mas eu duvido que vá servir para qualquer coisa. São resistentes, relógios assim.

O coronel o tomou do inspetor e o segurou perto do ouvido.

— Mesmo assim, parece ter parado — observou.
Ele pressionou o relógio com o polegar, e a tampa se abriu. O vidro de dentro estava rachado.

— Ah! — falou ele exultante.

O ponteiro apontava exatamente para 18h15.

— Uma taça muito boa de vinho do porto, Coronel Melrose — disse Mr. Quin.

Eram 21h30, e os três homens tinham acabado de terminar de jantar na casa de Coronel Melrose. Mr. Satterthwaite estava particularmente alegre.

— Eu estava bastante certo. — Ele riu. — Você não pode negar, Mr. Quin. Você apareceu esta noite para salvar dois jovens absurdos que estavam decididos a enfiarem suas cabeças na forca.

— Eu fiz isso? — disse Mr. Quin. — Certamente não. Eu não fiz nada.

— Como acabou se provando, não foi necessário — concordou Mr. Satterthwaite. — Mas poderia ter sido. Foi bem complicado, sabe. Eu nunca irei me esquecer do momento em que Lady Dwighton falou, "eu o matei". Eu nunca vi nada tão dramático nem mesmo no teatro.

— Estou inclinado a concordar com você — disse Mr. Quin.

— Eu não teria acreditado que tal coisa pudesse acontecer fora de um romance — declarou o coronel, pela, talvez, vigésima vez naquela noite.

— E acontece? — indagou Mr. Quin.

O coronel o encarou.

— Ora, aconteceu hoje à noite.

— Veja bem — interpôs Mr. Satterthwaite, se inclinando para trás e bebericando o seu porto —, Lady Dwighton foi magnífica, muito magnífica, mas ela cometeu um erro. Ela não deveria ter concluído que o marido dela foi alvejado. Da mesma forma como Delangua foi um tolo por presumir que ele tinha sido esfaqueado só porque calhou de a adaga estar em cima da mesa na nossa frente. Foi mera coincidência o fato de Lady Dwighton ter descido com ela.

— Foi mesmo? — indagou Mr. Quin.

— Agora, se eles tivessem dito apenas que tinham matado Sir James, sem especificar como — continuou Mr. Satterthwaite —, qual teria sido o resultado?

— Eles poderiam ter sido levados à sério — disse Mr. Quin com um sorriso estranho.

— O negócio todo foi exatamente como em um livro — disse o coronel.

— Foi de onde tiraram a ideia, ouso dizer — falou Mr. Quin.

— Possivelmente — concordou Mr. Satterthwaite. — As coisas que lemos voltam para nós da forma mais estranha. — Ele olhou para Mr. Quin. — Claro, o relógio realmente pareceu suspeito desde o início. Não podemos nunca esquecer o quão fácil é adiantar ou atrasar os ponteiros de um relógio.

Mr. Quin assentiu e repetiu as palavras.

— Adiantar — disse ele, e fez uma pausa. — Ou atrasar.

Havia algo de encorajador em sua voz. Seus olhos escuros, brilhantes, estavam fixos em Mr. Satterthwaite.

— Os ponteiros do relógio foram adiantados — disse Mr. Satterthwaite. — Sabemos disso.

— Foram mesmo? — indagou Mr. Quin.

Mr. Satterthwaite o encarou.

— Você quer dizer — falou ele lentamente —, que foi o relógio de golfe que foi atrasado? Mas isso não faz sentido. É impossível.

— Não impossível — murmurou Mr. Quin.

— Bem... absurdo. A quem isso beneficiaria?

— Apenas, imagino, alguém que tivesse um *álibi* para aquela hora.

— Por Deus! — gritou o coronel. — Essa é a hora que o jovem Delangua dizia estar conversando com o vigia.

— Ele nos falou isso de forma muito específica — disse Mr. Satterthwaite.

Eles se entreolharam. Tiveram uma sensação incômoda, como se o chão estivesse se desfazendo sob seus pés. Os fatos estavam girando, mostrando ângulos novos e inesperados. E no centro do caleidoscópio estava o rosto sorridente de Mr. Quin.

— Mas nesse caso... — começou Melrose —, nesse caso... Mr. Satterthwaite, ágil, concluiu a frase para ele.

— É tudo ao contrário. Um estratagema da mesma forma... mas um estratagema contra o valete. Ah, mas não pode ser! É impossível. Por que um acusaria o outro do crime?

— Sim — disse Mr. Quin. — Até este momento vocês suspeitavam deles, não? — A voz dele prosseguiu, plácida e sonhadora. — Feito algo saído de um livro, você falou, coronel. Eles tiraram a ideia daí. É o que o herói e a heroína inocentes fazem. Claro que isso fez com que vocês os considerassem inocentes... havia a força da tradição por trás deles. Mr. Satterthwaite vinha falando o tempo todo que parecia algo encenado num palco. Vocês dois estavam certos. Não era real. Vocês vêm falando isso o tempo todo sem saber o que estão dizendo. Eles teriam contado uma história muito melhor se quisessem que acreditassem neles.

Os dois homens olharam desamparados para ele.

— Seria uma esperteza — falou Mr. Satterthwaite lentamente. — Teria sido uma esperteza diabólica. E eu pensei em outra coisa. O mordomo falou que entrou às dezenove horas para fechar as janelas... então ele devia esperar que estivessem abertas.

— Foi assim que Delangua entrou — disse Mr. Quin. — Ele matou Sir James com um golpe, e ele e ela fizeram juntos aquilo que precisavam fazer...

Ele olhou para Mr. Satterthwaite, o encorajando a reconstruir a cena. Ele assim o fez, hesitante.

— Eles quebraram o relógio e o colocaram de lado. Sim. Alteraram o relógio de golfe e o quebraram também. Então ele saiu pela janela, e ela a fechou atrás dele. Mas tem uma coisa que eu não entendo. Por se incomodar com o relógio de golfe? Por que não simplesmente atrasar os ponteiros do outro relógio?

— O relógio sempre foi um pouco óbvio — disse Mr. Quin.

— Qualquer um teria enxergado o que havia por trás de uma pista falsa transparente feito aquela.

— Mas certamente o relógio de golfe era uma aposta improvável. Ora, foi mero acaso que chegamos a pensar no relógio de golfe.

— Ah, não — disse Mr. Quin. — Foi uma sugestão da dama, lembre-se.

Mr. Satterthwaite o encarou, fascinado.

— E ainda assim, veja — disse Mr. Quin, sonhador —, a única pessoa que não teria deixado o relógio de bolso passar despercebido seria o valete. Valetes sabem melhor do que ninguém aquilo que os seus patrões carregam nos bolsos. Eles não entendem a natureza humana, aqueles dois. Não são como Mr. Satterthwaite.

Mr. Satterthwaite sacudiu a cabeça.

— Eu estava completamente enganado — murmurou ele humildemente. — Eu achei que você tivesse vindo salvá-los.

— E assim eu o fiz — disse Mr. Quin. — Ah! Não aqueles dois... os outros. Talvez você não tenha prestado atenção na empregada? Ela não vestia brocado azul ou agia de forma dramática. Mas ela é uma garota muito bonita, e eu acho que ama muito aquele tal de Jennings. Acho que vocês serão capazes de salvar o homem dela da forca.

— Não temos nenhum tipo de prova — disse o Coronel Melrose, pesaroso.

Mr. Quin sorriu.

— Mr. Satterthwaite tem.

— Eu? — Mr. Satterthwaite estava abismado.

Mr. Quin prosseguiu.

— Você tem uma prova de que o relógio de golfe não foi quebrado no bolso de Sir James. Não é possível quebrar um relógio daqueles sem abrir a tampa. Tente e veja por si mesmo. Alguém pegou o relógio e o abriu, atrasou os ponteiros, quebrou o vidro e então fechou e guardou-o outra vez. Eles nunca notaram que um pedaço do vidro estava faltando.

— Ah! — gritou Mr. Satterthwaite.

A mão dele voou para o bolso do colete. Ele apresentou um fragmento de vidro curvo.

Era o seu momento.

— Com isso — disse Mr. Satterthwaite com importância —, eu salvarei um homem da morte.

Notas sobre **Três ratos cegos e outros contos**

Quando a Rainha Mary foi questionada sobre o que gostaria de ganhar em seu aniversário de 80 anos, ela pediu uma nova história de uma de suas escritoras favoritas, Agatha Christie. Exultante com o pedido, ela agradeceu e escreveu "Três ratos cegos". A peça de rádio foi transmitida pela primeira vez na BBC em 1947. Infelizmente, não existe uma gravação da performance original. Em 1948, Christie adaptou a peça de rádio para um conto.

A ideia da peça surgiu de uma notícia real de 1945 sobre dois irmãos que foram abusados em um orfanato, um dos quais morreu em consequência disso. Foi um caso que chocou a Inglaterra e resultou na mudança das leis de adoção temporária alguns anos depois.

O prato que Molly cozinha no conto "Três ratos cegos", *Welsh rarebit*, também é conhecido como *Welsh rabbit*, embora a receita não contenha coelho (*rabbit*), e sim queijo e pão torrado.

Christopher Wren foi um projetista, astrônomo, geômetra e o maior arquiteto da Inglaterra de seu tempo. Wren projetou 51 igrejas em Londres, incluindo a St. Paul's.

Ainda no conto "Três ratos cegos", a expressão do século XVIII "meu olho e Betty Martin" (do inglês, *all my eye and Betty Martin*) era usada para descrever uma besteira, um absurdo.

O conto "Estranha graça" foi adaptado em 2004 como parte da série de anime japonesa *Agatha Christie's Great Detectives* e intitulado "The Strange Will". Apresentava Poirot se unindo à sobrinha-neta de Miss Marple para solucionar crimes.

Ainda no segundo conto deste livro, o prato de presunto com espinafre (do inglês *gammon and spinach*) é também uma expressão idiomática que significa: besteira, sem sentido, trapaça.

É em "O assassinato da fita métrica" que Miss Marple conhece seus velhos amigos, Coronel Melchett e Inspetor Slack. Esse conto foi adaptado para a TV japonesa na série de anime *Agatha Christie's Great Detectives* em 2004.

Nele, o Coronel Melchett menciona o "Grupo de Oxford", um movimento religioso anglicano da Universidade de Oxford do século XIX. O principal ponto defendido pelo movimento era demonstrar que a Igreja Anglicana era uma descendente direta da Igreja estabelecida pelos apóstolos.

Chota hazri é um termo usado em casas anglo-indianas para a refeição feita logo após o amanhecer, que geralmente inclui chá e biscoitos.

Mencionada no quinto conto, "O caso da zeladora", a casa de contradote (do inglês *dower house*) era uma casa de menor porte para a qual, segundo a tradição britânica, a viúva do antigo dono da propriedade se mudava em ocasião da morte do marido caso o herdeiro fosse casado ou, caso fosse solteiro, assim que ele se casasse.

Uma versão inicial desta história intitulada "The Case of the Caretaker's Wife" foi incluída na obra de não ficção de John Curran, *Agatha Christie: Murder in the Making*, em 2011. Miss Marple não está acamada nessa versão e resolve ativamente o caso. Leitores cuidadosos também podem reconhecer aspectos dessa história no romance *Endless Night*, de 1967.

O conto "O apartamento do terceiro andar" foi adaptado para a série de tv *Agatha Christie's Poirot* em 1989, estrelando David Suchet no papel-título.

Em "A aventura de Johnnie Waverly", os "buracos de padre" (do inglês *priest holes*) eram esconderijos usados por padres católicos quando foram perseguidos na Inglaterra.

Augustus John, figura ilustre que frequentava o Gallant Endeavour, mencionado no conto "Vinte e quatro melros", foi um pintor galês que nasceu em 1878.

O trecho *Vinte e quatro melros assados em uma torta* é uma referência à cantiga de roda inglesa "Sing a Song of Sixpence", que remonta do século XVIII.

Este livro foi impresso pela Geográfica,
em 2022, para a HarperCollins Brasil.
A fonte usada no miolo é Cheltenham, corpo 9,5/13,4pt.
O papel do miolo é pólen 80g/m²,
e o da capa é couché 150g/m² e cartão paraná.